燈 塔 系

王可心 著

头顶一片天

文匯出版社

序

出版社给我的要求是，要让看了《序》的人，买书。

我觉得压力很大，于是请教我的一个搞文化营销的朋友，我们相识二十几年。他说，按照营销思维，你该讲一讲你在文学中所受到的苦。我说我哪里有苦，我苦不苦你还不知道吗？他说，也是啊，没有文学你早完蛋了。他的意思是，文学拯救了我。

那么，就从这份拯救说起。

十几年前，我出了一次车祸，很严重，卧床两年，做了七次手术。我后来的很多作品中都透着一股无可奈何的情绪，肯定跟这段经历有关。在长达几个月的时间里，只能躺着看天棚上的日光灯，坐姿成为奢望，治疗手段无效，前景渺茫，能否重新站起来、重新走路是每天思考的惟一问题，除了无奈和绝望还能有什么呢？

为了排遣恐惧和寂寞，我开始了文学创作。

记不得是第几次手术了，但可以确定是春天，室内已经停供暖气，又阴又冷。手术前一天，我家人问我有什么愿望，我说去看看春天的太阳，再出去就该是秋天了。他们用医院的平车推我去晒太阳，一起看刚刚泛起的鹅黄的树叶，没有谈论第二天的手术，他们在听我一个人白话。我眉飞色舞地讲我的小说，讲我的人物命运。我的主治医生看到了那一幕，他惊诧于我的举动。他不知道，在编织情节的时候，我是多么的享受和幸福。

所以，我的朋友说，我应该感谢文学，她保全了我的精神，没让我崩溃，没让我得抑郁症。

三尺床榻上开始的写作，不可避免地充塞了被缚者的挣扎，我的主人公大多面临绝境，起码也是身在困途。杨八的主动卖肾，陆大壮的替人顶罪，丁大露的母女对峙，陈茜欲罢不能的婚外情……无一例外地展示着罗网中的情感和生活。这是我摆脱不掉的情结。

我对人面临痛处和苦难，有着切肤的感受，我理解他们，体恤他们，想张开臂膀去拥抱他们。当杨八拼力杀人的一刻，我不忍下笔，当陆大壮被弟媳设计，赤身出现在母亲面前时，我不忍下笔，当丁大露卖掉房产仍无法唤回亲情，最后寂落地躺在病床上时，我不忍下笔，甚至，当陈茜的不伦之恋曝光时，我仍不忍下笔……于是，有那么一段时间，我努力挣脱这种悲情的笼罩，想让写作变得快乐。

结果我发现，无论如何我都逃离不开对痛楚和窘境的刻画。或许为金钱，或许为身体，或许为理想，或许为爱情……有很多个或许，让人的一生在某一时刻处于深渊。我意识到，能去关注这一时刻，哪怕不能让我的人物们绝处逢生，我依旧给了他们温暖。

这就是我的小说。

后来，它们被陆续搬上银幕。先是《头顶一片天》，接着是《春天里》。《头顶一片天》改编的电影名字叫《捐赠者》，在2016年得了三个国际奖——韩国釜山电影节新浪潮奖，意大利都灵电影节最佳影片奖，及摩洛哥马拉喀什电影节金星奖。我想，影片所以能打动几个大洲不同国籍、不同肤色的评委，正是杨八的苦难和窘迫，让他们感同身受，即便他们衣食无忧，甚至养尊处优，但是他们的人生必定有过某种艰难时刻。我为此而感动，因为他们的善良和他们内心博大的爱，更因为文学的爱，艺术的爱。

我也感谢杨八们，让我的创作充满了和煦温暖的阳光。

我更感谢所有阅读我小说的人，你们有一颗仁慈、宽厚的心。

2017年2月11日

目 录

头顶一片天

　　杨八四十二，他媳妇马淑花四十，儿子杨乐宝十七，一家三口。

　　杨八住在西山运河里的东北角，越过火车道往山上走二百米，拐过一个垃圾点就到了。这里杂乱又肮脏，走入胡同，路的两侧是臭水沟，街道干部曾经多次组织清理，但成效甚微，除了冬天，其他三个季节都是臭气熏天令人窒息的。倒退一个世纪，这里曾经是法场，专门砍人头的地方，十几年前，人们盖房子的时候还挖出过白骨，白骨的头和身子是分家的，脖子上的那根骨头有明显的刀痕，人们都说，那肯定是个重犯。西山的优点只有一个，地势高，房子依山而筑，你站在胡同口向城里望过去，差不多可以看到大半个吉林城，高楼大厦中，白天车水马龙，夜晚灯火辉煌，繁华城景尽收眼底。住在西山的许多人都喜欢餐前饭后站在山顶向城里望，锻炼加休闲，杨八却没这么好的兴致，城市再繁华似乎也与他无关，不看还好，看了反倒闹心。杨八真的不喜欢西山，他不喜欢的原因其实不只是脏和乱，还有一条很重要的因素是，山脚下的那条火车线整夜整夜地跑火车，平均一小时过一列，车轮辗过的声音经常搅扰得他不能踏实地入眠。那声音好像是从枕头里发出的，睡得正香的时候，就钻进你的耳朵里，让你从梦乡回到现实，第二天早晨起来，头昏脑涨，整夜似睡非睡。他倒无所谓了，可儿子不行，他正在长身体，又面临高考，如果睡不好，不仅影响发育，还要影响学习，所以，除了脏和乱，杨八更加痛恨这条从城市腹地穿过的火车线。

在西山住的人，很少本地的居民，大多是外来的打工者，他们看中的是这里的房租便宜，至于环境好坏已经不是考虑的因素，他们都没钱，没钱还能挑三拣四吗？杨八之所以还住在西山，而不是住在空气清新的江南或者新开发的中东新区，也是因为没钱，他应该属于城里的穷人。穷人有穷人的活法，因此，杨八就只能住在西山不走，他必需习惯这里的垃圾与嘈杂以及那些轰鸣而过的火车。

杨八曾是市一建的工人，十八岁上班，二十八岁下岗，做建筑工人十年，虽然是七级瓦匠，但实际上，他的手艺远远不如他师傅，能评上七级瓦匠，很大程度是走了后门的，后来一建破产了，杨八就蹲人力市场找活干，再后来师傅带他到一个工地去干活，没想到的是，一失足杨八从脚手架上掉下来，右胳膊摔断了，接上之后，还是不听使唤，不能打弯。杨八无法继续瓦匠工作，便买来一台电子秤，跑到菜市场卖菜也卖水果，从那时候起，他就告诉儿子，一定要考上大学，一定要出人头地，要做个用头脑挣钱的人，血的教训让杨八痛恨体力劳动，他想让儿子当白领坐办公室。可儿子并不懂得做父亲的一片苦心，不知道珍惜大好时光，学习不用心，还会偷偷地进网吧打游戏，杨八曾暴打过杨乐宝，皮带抽折过两条，为此，儿子无数次地瞪着眼睛怒视他，有一次竟然高声大喊等我长大了，把你那条胳膊也打折。杨八听了伤心不已。好在儿子一天天在长大，开始明白事理了，学习渐渐知道努力，成绩也突飞猛进，当然没再扬言打折杨八的另一只胳膊，这多少让杨八感到些安慰，父子俩偶尔还能肩并肩地坐在一起说点啥，关系融洽得像朋友像兄弟更像父子了，杨八戒了烟也戒了酒，他把生活的希望与幸福全部寄托在儿子的身上。

杨八的媳妇原来也是一建的工人，后来跟杨八一起下了岗，可她连杨八那点手艺也没有，就只能在市场打零工。两口子都朝不保夕，一家的日子就过得紧紧巴巴。生活的拮据经常会让杨八想入非非，比方说买彩票中大奖，再比方说，走路的时候让有钱老板开车把他撞死，得一大笔赔偿金。可他一直活得挺好的，没有车来撞他。他只好隔三差五走进彩票站，买一注彩票拿回家，他希望自己是那个投入两元钱一下子就中五百万的人，杨八的运气一向不好，他买彩票中的最大一笔是十元钱，总体算下来，杨八买彩票是亏本的，后来，他不再买彩票了，就在金盆洗手之际，他常买的那组号码竟然中个五百万，杨八气得要疯了，恨不得一头扎进松花江，不要说五百万，就是中五万，杨八的生活都会有巨大的改观。他常常躺在床上看着天棚喊自己的名字：杨八呀杨八，就你这命，我拿什么拯救你。他记得，最后这句话是一部电视剧的名字，他顺手拿来感叹自己的命运并安抚一下苦痛的心灵。直到今天，他依然无法改变生活的现状，他把其中的原因都归罪于命运，命不好，只有天天去市场卖菜。杨八承认，他想钱，都快想疯了。但什么事都不是一成不变的。虽然杨八没中大彩，也没让有钱的老板开车撞死街头，却把脑袋撞到了电线杆上。

这事说起来有点巧。那天，杨八从市场回来，路过火车道口，在等候火车通过的时候，被人挤了一下，这一挤，便把他挤到一根电线杆旁，他一转身，正好撞到电线杆上，本来天天走的路，偶尔也会让人挤一下两下，可今天怎么会一头撞到这上边了。事后，他想，可能这就是命运的安排吧，当时他被撞得眼前一片昏花，抬起头的时候正好看到电线杆上贴的那则小广告，虽然很小也不是很醒目，可广告贴的高度，正好就在他鼻子的上方，那一瞬间他的眼前突然一亮，好像广告就是专为他贴的。

电线杆子上贴广告是挺普遍的现象，以前治性病的居多，现在都是卖房子的，一般情况下，他肯定不会看，杨八没念过几天书，一看字就头疼，而且他对卖房子的广告不感兴趣，他没钱买房子，看那种广告干什么呢？今天却不同了，那广告就呈在他眼前，不看都不行，它正正好好闯入杨八的眼里，广告说有一病人有偿用肾，有意者面谈。简洁明了，杨八瞬间就看懂了，他下意识地摸了下自己的腰部，然后在火车的轰鸣声中伸手把小广告撕了下来，他觉得发财的机会来了，这应该是他生活的转折点。

肾移植这类事，他听说过，医学上叫器官移植，这词一点都不陌生，肾是人体的重要器官，肾坏了，人就得死，这个道理他懂，一个人有两只肾，那就是说，这个想要肾的人，两只肾都不工作了。他还知道，如果一个人拿出一只肾对身体影响应该不会太大，人有一只肾完全可以维持日常的身体需要，活着不成问题，这是他从电视里听来的，他都这把岁数了，能活着就行了呗。一路上，他盘算着自己的肾到底能值多少钱，关于肾的价值，似乎也曾经听人议论过，有人就卖了七八万，传这事的时候，大约是一两年前了，他想，依照现行的物价，肾也应该涨价了，他的肾怎么还不值十万，真要是能卖出去，杨八的腰杆子肯定就会直一些，在西山运河里，十万块钱肯定就是个相当富有的人。他按照广告上提供的电话打了过去，果然是真的，对方很热情，并约了见面的地点和时间，跟电影里的特务接头般，弄得挺神秘。后来他才知道，器官买卖是违法的事情。

见面的地点安排在尚尚咖啡店，时间是第二天上午八点半。

对方是个小伙子，长得眉清目秀，说话干脆，他说，他叫李大国。通报名字的同时，他伸出手和杨八握了一下，很有力气，然后，一转身做了个请的动作，把杨八让到他对面坐下，礼貌而不失尊严。

李大国剃平头，行走坐立像个当兵的。他穿一身布衣服，鞋是白底黑面的布鞋，也就是老百姓叫的军板，这种鞋，杨八也穿过，干活的时候穿这种鞋特别舒服，但太便宜，在南京街的军人用品商店十元一双，穿在脚上没面子，他只是在干活的时候穿，平时他喜欢穿皮鞋。见面之初，杨八以为李大国是个穷光蛋，他有点失望，可接下来，杨八不得不改变对李大国的看法，他在关键的问题上一点也没计较，用杨八的话说，钱厚，办事儿敞亮。

李大国要了两杯咖啡，每杯咖啡三十元，这让杨八瞪大了眼睛，他不明白，一杯水怎么会卖得如此之贵，最起码可以买五瓶老白干。咖啡上来之前，李大国问他想要多少钱，话问得直接，一点也没迂回。杨八在见面之前已经打算好了，他想把肾卖到十万元，按照平时的生活经验，他觉得应该开价十五万，得给对方留个还价的余地，这样自己才能不吃亏。他说：十五万吧，你看行不？他说十五万的时候，是用商量的口气，最后还加了一句行不，也算是给对方一个暗示，可以商量。杨八不能确定李大国是不是会和他讲讲价，万一对方一口回绝了，他连回旋的余地都没有了，那不是买卖的原则，因此才加了一句行不，他不能把路堵死，他得有个台阶下。当然，他在心里也备了另外一套方案，如果对方真的回绝他，杨八会在站起身的瞬间把价格再拉回到十万，就是八万他也会认，那基本上是给对方打了半价，差一点就五折了，不就是拳头大的一块肉吗。没想到的是，他枉费了心机，杨八的话一出口，李大国竟一点也没犹豫，他点头说：行，这事就这么定了，只要你的肾能移植到我姐的身上，钱不成问题，化验结果一出来，确定没什么问题，我会先付你百分之五十。

杨八一听这话有点发懵，心里盘算着自己是不是价格要低了，如果要20万他说不定也能答应。不过，话已经出口，不好更改，不仗义，当然他也是不想再生出枝节，影响交易。

对杨八来说，十五万是一笔不小的收入，一块肉居然能值这么多钱，这让杨八的确做梦都没想到，他的肾又不是黄金做的，十五万可以了，在走出咖啡店的时候，他默默地安慰自己。

虽然依了现在的房价，杨八还是无法购买新房，但不要紧，杨八并没想马上搬离西山，他只想有一笔钱。有了钱，他就不用天天蹲市场卖菜，他可以做大一点的生意，有了钱还用愁房子的事吗？关键是，他的肾必须顺利地进行移植，当然，能不能移，他说了不算，李大国说了不算。这事，得听大夫的。

街上的阳光很好，照在地面上亮得晃眼，他看着可爱的大街，可爱的天空，美景和他的心情形成反差，杨八的心情七上八下，甚至是有点淡淡的忧伤，他无法确定身体是否能通过各项检查，肾是否能让需要的人用上。

李大国当天就安排他去医院检查身体。

在咖啡店的时候，他曾一边喝咖啡一边交代说：我们要检查的项目，有B超肝胆脾胰肾肝功能乙肝两对半血常规尿检……李大国一口气说了一大堆必需检查的项目，他又说：希望我们合作愉快，知道不，为了找到匹配的肾，这一年，我始终在不停地寻找，每次我都抱着很大的希望，但最后都令我失望，我找了无数的人，做过无数次的化验，就是没找到那个适合我姐姐用的肾。李大国说这些话的时候，百感交集，像是说给杨八听的，也像是说给他自己的，他叹了口气，无可奈何地接着说：那我也得找，其实，你的年龄有点偏大，不是理想的肾源，没办法，我不想放过任何一次机会，再不好的肾也要比没有强，时间对我来说就是姐姐的生命。

当时，听了这些话，杨八的心立时凉到了脚底。他想，这一次，李大国肯定又要失望了，杨八一向是个倒霉的人，他不会那么走运，人家找了一年，找了那么多人都没有合适的肾，为啥偏偏你杨八的就能匹配？走出咖啡店，他的心就开始忐忑不安。万一他的肾和病人不相匹配，那不是空欢喜一场吗？十五万哪，应该是两块砖吧。

李大国开的是大吉普，黄色的，看着像装甲车，威武雄壮，好像随时准备上战场打仗一样，杨八还从来没坐过这样的车，屁股放在上边，心里可踏实了，坐在车里，再看路上跑的小汽车都有点像玩具，如果不小心撞上来，那肯定是自找苦头，不说粉身碎骨，也得弄个遍体鳞伤。后来，杨八才知道，这车叫悍马，价值二百万。杨八想，假如自己有那么多钱，绝不买这么贵的车，败家。可惜，他杨八没有二百万，连二十万都没有。

杨八一共让李大国带到医院检查了七次，最后一次是在这个星期的周日，虽然医院在周日也开诊，但有许多项目不能检查，医院特意开了绿色通道，说为了挽救李大国姐姐的生命，特事特办，他们争分夺秒地检查杨八的身体，据说，李大国的姐姐是个极其聪明极其优秀的女性，在全省都是个能排得上的大企业家，不到四十岁，比杨八还小呢。杨八一直没见过她，李大国说：这些天，她始终被关在重症病房里，医生不让打扰，因为病情正在恶化。

这个周日对于杨八来说是个重要的日子，应该是他生命中的里程碑。杨八盼望着早日结束这样的检查，可又怕出现不想要的结果，他很希望自己的那颗肾能顺利地通过严格的体检，放进李大国姐姐的肚子里。在检查结果出来之前，他一直坐在医院走廊的塑料椅子上喝水，李大国陪在他身边，看上去，李大国比头一次见到时的情绪好了许多，杨八紧张的样子倒有点像躺在医院里的女人是他杨八的姐姐。

见他紧张，李大国就笑了，反过来安慰他：你放心，没事，手术不会有问题，我们找了北京最优秀的专家。

杨八就说：我没怕。

李大国想了想又笑了笑说：你放心，今天下午报告单出来，如果各项指标都正常，我立刻就把百分之五十先打到你账上。

杨八说：我当然放心，你不会骗我，没那个必要，你有的是钱。

李大国又想了想，从兜里掏出一盒口香糖，打开盖子，递向杨八，说：嚼一颗吧，能缓解压力。

杨八就伸出手掌接过一粒放到嘴里，嚼着，淡淡的薄荷香在口中漫溢。

李大国不解地问：那你紧张什么？说说吧，看看我能不能帮你缓解一下，我希望你心情好一些，你的肾对我姐很重要，你的情绪说不定也会影响到肾的质量和未来的移植。停顿一下之后，李大国又说：我希望姐姐能换一个高质量的肾。

杨八看着李大国，笑了笑，半天才说：我怕配不成功。

李大国说：从目前情况看，问题也许不会太大，已出来的那些化验结果表明，你的遗传基因和我们家有着某种相似之处。

杨八悬着的心放下了一些，他扭过头去看窗外，透过玻璃，他看到院子外面的柳树在微微摇曳，绿色的叶子把天空和灰墙隔成两个世界，阳光穿过树枝和片片绿叶探进屋内，杨八感觉幸福在一点点地走近。

李大国也随着杨八把头扭向窗外，有些感慨地说：说不定，五百年前我们是一家人。他转回头来看杨八，接着说：我们很早就没有了父母，一直是姐姐在养育我，她对我来说，就是天。天，你也有天吧？

天？天哪？有哇，我儿子，我老婆。杨八笑呵呵地看着李大国说。

杨八笑得很舒心，很惬意，似乎已经看到那十五万块钱在向他招手了。杨八想，如果这笔钱，全都码在他面前，应该是挺高的一大摞子，那么多钱码放在一起，看着多养眼哪，杨八需要卖多少菜才能挣到这么多钱？恐怕一辈子也不可能有这个结果。

果然，这一次，杨八是幸运的，看来，杨八真的时来运转了。下午的报告单一出来，李大国立刻哭了，一把抱住杨八，就差把嘴贴到他脸上亲了，李大国兴奋地说：大哥，从现在开始，你不能离开我，知道吗，无论去哪儿，都要告诉我，由我陪着。

杨八有点不太高兴地问：为什么？

李大国松开杨八无比喜悦地说：我得保证你的生命安全。咱们今天住院，后天北京的专家就能来。一会儿，咱们到银行去提款，把你的银行卡号给我吧。

杨八说：我没有银行卡。

李大国奇怪地看着他：你为什么没有卡呢？

为什么一定要有银行卡呢？杨八有些不解，更不知道怎么回答，便愣愣地看着他。

李大国想了一下说：那你身份证带了吗，办一张吧，那么多钱，你别拿在手上。

杨八也很激动，他想说，他就是想把钱都拿在手里捧回家，还想一张张地铺在床上，压在身子底下睡觉。最终，他还是冷静地说：好吧，办一张卡吧。

他们来到银行，杨八办了张银行卡，李大国立刻从自己的卡里给他划过七万五千块钱。杨八像做梦一样接过银行卡，从今天开始他杨八也是有银行卡的人了，走到门口，杨八站下了，他对手上的那张卡看了又看说：能送回家吗？我不想带着它去住院。

李大国说：能啊，不过，得我陪着你，我在门外等，送完卡咱们就去医院，我已给你包好了病房，一切都安排妥了，今晚，我陪你睡。

李大国再一次向他强调要陪同。

杨八笑了，他说：李总，你是不是怕我跑了？

李大国也笑了，说：别叫我李总，你叫我老弟吧，你救了我姐，你就是我哥，说实话，我相信你不会跑的。说到这儿，他似乎是用玩笑的口气对杨八说：再说，你就是跑了，我也能把你找回来，你信不，跑了和尚还能跑了庙吗？

他真的相信，他相信李大国会把他找出来，李大国有钱，他相信金钱的力量。杨八适应得非常快，他真的改口了，经李大国那么一点化，他的确有了救命恩人的感觉。

杨八说：信。当然信了老弟。

李大国就点点头，说：那咱们走吧，去你家。我陪着你，完全是为了保护你。杨八听了这话觉得挺好玩，有点像演电影，也有保镖了。

车很快拐上吉林大街，杨八心情很好地看着窗外，踌躇满志。他把那张卡拿了出来，掂在手中，杨八想掂出卡的分量，可最终还是觉得，它就是一张塑料卡，钱藏在这张小小的卡片里，他感受不到应有的重量。他想，等移植完成以后，他一定把十五万块钱都取回家中，把它们码起来，看看到底有多高，再放到电子秤上称一下，看看到底有多重。他想着想着，不由得哼起歌来。

李大国扭头瞧了他一眼，也笑了，心情也很好。

对于他们来说，这是一个阳光灿烂的日子，他们同时获得了自己最需要的东西。

李大国伸手从头顶拿了一张光盘插入 CD 里，车中立刻响起水一样的音乐声。

李大国在音乐声中问：大哥，家里几口人？

杨八说：三口呗，你嫂子，你大侄，还有我。

李大国哦了声。在等红灯的时候，李大国又问：那你们家兄弟几个呀？

杨八说：就一个，爹妈也没了，多亏他们都走了，要是还活着，肯定不会让我卖肾。

李大国说：你儿子多大了？

杨八说：高三，今年考大学。

李大国说：哦，别光学习，得锻炼身体，你看我姐，身体不好，再有能力又能怎么样？毛泽东说，身体是革命的本钱。还真对，现在，我体会最深了。

杨八说：那是因为你们有钱了，像我这样没钱的，就觉得钱最重要了。没钱，你要身体干吗呀？就像你这辆悍马，我没有，那我要汽油有用吗？

李大国笑了，说：你这比喻挺恰当。儿子学习怎么样？

杨八说：好，前几年不行，这一年知道努力了。

李大国说：有什么需要帮忙的你就说话，什么资料啊，书啊的，你别客气，大事办不了，小事我包了。

杨八感动地说：没事，真没事。

车很快就越过火车道进入西山，向上开几十米，就是运河里胡同，车在胡同口停下，再也开不进去了，胡同太窄，车太宽，李大国只好开门下车，邻居们都羡慕地看着杨八从悍马上走下来。两人并肩往杨八家走，那样子就像兄弟般亲密，一路上，李大国不时地躲避着脚下的垃圾。

杨八不好意思地说：要是没这事，老弟一辈子都不会到这种地方来吧？

李大国笑了笑说：小时候，我们家也住在这样的地方。东局子知道吧？

杨八说：知道，怎么能不知道那地方呢。

李大国说：以前，和这儿也差不了多少是吧。

杨八说：是，我去过，那儿有个火柴厂。

李大国说：对呀，我爸就是火柴厂的工人。

杨八说：你说，小的时候，怎么也想不到，火柴厂会没了，现在谁还用火柴？

李大国说：现在我们那儿全盖楼了，高层，望江。

两人说着闲话往前走，太阳很好，天很蓝，有几朵白云在空中飘，自由自在。

李大国说：这地方也要改造，后年，你们就能上楼了。

杨八说：我还真怕上楼，我房子的面积才四十平米，上了楼面积就都扩大了，交不起钱。

李大国说：没问题，这事，到时候我帮忙，让他们就地安置你，上楼一分钱不让你掏。

杨八就乐了：真的呀，那可太好了。

李大国说：放心吧。

杨八想，看来，真是转运了，好运来了，拦都拦不住。

很快就到家了，来到门前，李大国站下了。

杨八说：你也进屋吧，喝口水。

李大国没有进屋的意思，他说：不渴，车上有水。

杨八觉得自己的热情有点不知深浅了，有钱的人会喝他家的水吗？杨八就说：也是，那我把银行卡放好就出来。

这个时候，家里不会有人的，老婆一定是在外面找活干，儿子不到晚上十点不会放学。杨八开门，进屋扫视了一圈，先是把卡放在桌子的抽屉里，想了想，不放心，拿出来，又在屋里找了一圈，最终，把卡放在了床底下的鞋盒子里。

重新坐到车上时，他给媳妇打了个电话，电话打过去，半天没人接，终于通了，听到电话那头叮叮当当的声音，他知道媳妇找到活了，就对她说，这两天不回家了，在外县找了个活。做手术的事，他不敢告诉媳妇，怕她想不开，对这事进行阻挠，万一闹起来，再出点什么差头，那不是自毁前程吗？媳妇听了，什么也没问，既没问找的是什么活去哪个县，也没问给多少工钱。杨八倒是补了一句，儿子这两天学习累，给儿子买点好吃的补补，别心疼钱。他说得气壮山河，这么多年来，他还是头一次说话这么底气十足。媳妇答应着说，我干活呢，没事放下吧。本来他还想说：太累的活你就别干了，找点轻巧的事做，实在不行，就在市场蹲着，啥时候有轻巧的活啥时候干。可还没等他说出口，媳妇已经挂断了电话。

收起电话他就想，这女人真好糊弄，傻，也不问问我走几天，都上哪儿。

杨八沉浸在有钱的喜悦之中，胃口忽然大开，晚上他想喝点酒，想吃点肉，可李大国说：不行啊大哥，大夫不让，这样吧，等手术完了，老弟请你喝，你想喝多少我都陪着，咱喝茅台。

杨八就乐了，说：行行，手术之前，你给我吃啥我就吃啥。

李大国说：都安排好了，会有人送来，我陪你吃一样的东西。

杨八说：不用，老弟，那不是委屈你了吗？

李大国说：没事，有难同当，有福同享。你看，你的肾就要长到我姐姐的身体里了，你不就是我们家的人了吗？

杨八有些感动，觉得李大国是个有情有义的人，他想了想，还真有些道理在里边。一家人不说两家话，杨八就笑了说：好，你吃啥我就吃啥。

人家仗义，咱也不能不讲究。有难同当嘛，李家遇到这么大的麻烦，再说，人家还给你那么多钱。

晚饭很清淡。

杨八还是头一次在生活中看到这样的病房。

病房有点像在电视里见过的无数宾馆的房间，格局，样式，摆设，都很接近，进门的右侧是卫生间，地间有两张单人床，窗前是两个半圆形靠背椅，中间有一只小茶几，茶几上放着不锈钢暖瓶，两只玻璃杯，地桌上放了 32 英寸的液晶电视，看样子是新的，上边的贴膜还没有掀下去，遥控器仍然装在塑料口袋里，电视上方是空调，最让杨八不解的是，病房里居然还有冰箱和微波炉。这儿的生活比他家里还要好上许多倍。有钱真好，杨八在心里感叹着，有病都这么享受啊。他想，他一定也让儿子成为这样的人。他这辈子是没指望了，他可以用这十五万元作为起点，让他的儿子好好读书，去完成自己的夙愿。

杨八进了趟卫生间，蹲在坐便器上，一抬头看到镜子里的自己先是吓一跳，定睛一看不由得笑了。在家里，杨八早晨要跑到外面上厕所，夏天臭，冬天冷，一想到这些天可以享受一下在室内大小便的幸福，心里便很滋润，他在坐便器上足足蹲了十几分钟。走回房间的时候，李大国正拿着电视遥控器调台，画面出现的是一个同样格局的病房，不同的是，靠窗那张床上躺着一个病人，身上盖着被子，床左侧摆放了氧气瓶和心脏监测仪一类的东西，房间里虽然摆了不少医疗仪器，但并不显得零乱，杨八看不清那人的脸，模糊中可以看出是个女人。

李大国说：我姐。

杨八愣住了，他不明白这是怎么回事。

李大国解释着：她在隔壁。然后又说：你一定累了，躺下休息一会儿吧。

杨八在自己床上坐下了。

李大国看了眼手表，对杨八说：还有十三分钟饭就能送过来。

说着，他就先躺在床上，这些天来，李大国一直像个斗志昂扬的战士，杨八还是头一次见到他如此倦怠。

杨八下意识地拿出手机看了眼，现在是十七点十七分。他明白了，李大国是说，他们五点半开饭。

杨八也有点累了，没什么事可做，就两眼盯着电视看李大国的姐姐，杨八挺想看到这个即将拥有他那颗肾的女人到底长什么样，可她却一动不动，似乎是睡着了。杨八刚刚调整好坐姿，电视里又出现一个女人，手里端着两个小碗，看样子这个照顾病人的女人差不多有三十岁，她很小心地把碗放到床边的茶几上，然后转身走出画面。

李大国看着电视对杨八说：这是无线接收过来的，她们那边做什么，我都能看得一清二楚，这半年，我天天都住在这里，下了班我就直接回医院，我看的电视节目几乎就是这一个。

说到这儿，李大国笑了。

杨八由衷地说：你可真行。

李大国说：他们院长说，要给我办公室，让我把公司搬到医院里来，当然，他是和我开玩笑。

杨八感觉出来了，李大国和姐姐感情很深厚，他想，他要是有一个姐姐多好啊，那样，他就不会有孤独感了。

杨八说：你天天回这里住，也差不多是在医院办公了。

李大国就笑了。正说着，他的电话响了。李大国习惯性地看了来电显示，然后接起来。杨八听不清电话里的内容，他也不想知道人家在说什么。这些天，他已经习惯了这种来电，李大国接这类电话的时候一向是听，很少说话，只是临近结束的时候会说：好，我知道了。杨八猜测，这多半是公司里的事，是下属向老板汇报工作吧。他几乎很少听到李大国发脾气，接电话或者与人打交道的时候，温和得像只猫，平静得像在放假休闲。

刚刚收起电话，门外就响起了敲门声。李大国说了声进来，便坐起身对杨八说，吃饭吧。

杨八拿出电话看了一眼，正好是十七点三十分，一分不差，看来，李大国做事很有原则，连吃饭这样的小事都非常严谨。他站起来的同时，门已经开了，走进两个小伙子，二十多岁的样子，手里都拿着一些瓶瓶罐罐，两人毕恭毕敬地先是问李总好，然后把东西放到桌子上，再一一打开，粥，馒头，小饼，几样小菜，水果都是切好的，他们放下后，就转身退了出去，一声不响，就像两个机器人。

李大国已经坐到椅子上了，他对杨八说：吃吧大哥。

晚饭就是这样开始的，虽然不是大鱼大肉，但杨八吃得很香，他不明白，普普通通的菜，在李大国这里怎么变得这样香。吃饭中，李大国曾经站起来，去了一趟他姐姐的房间，从电视上看，李大国也没干什么，只是到姐姐的床前站了一下，弯下身子看了看她，说了句什么便回来了。回来后，接着吃。他也吃得很香。吃过饭，杨八去收拾碗筷，李大国说：不用，一会儿他们会过来取，你躺下看电视吧。这两天检查身体把你折腾得够呛。

杨八就坐躺在床上，电视里还是李大国他姐。李大国把电视调出节目之后将遥控器递给杨八说：你看吧，我睡一会儿，这几天，我一直没睡好，困死了。

说罢，他便躺在床上闭上眼睛。

杨八把电视调至最小的声音，一个台一个台地换着，乱按一气。平时，这个时间里，杨八一般都是在市场上卖菜，下班的高峰，买菜的人多，是他一天之中最忙碌的时光，媳妇如果没找到活，就会先一步回家去做饭，等他回到家中，他便可以少吃一点，先垫个底，儿子回来了，再真正地吃晚饭，说是晚饭，其实应该是快半夜才对，儿子十点多才放学，无论多饿，媳妇都不会先吃一口，她一定要等着儿子回来共进晚餐。

傻，他经常这么说媳妇。

媳妇便回敬他：我愿意，你不傻，你不傻为啥不吃饱。

杨八就会说：我也愿意。

已经六点半了，不知道她现在回家了没有，杨八想给媳妇打个电话，和她说两句，可电话拿在手里，又不知道打过去了说什么，想了想就放下了。没一会儿，他也睡着了。这一觉睡得挺香。当他睁开眼睛的时候，天已经大亮了，杨八扭过头去，见李大国的床是空的，便坐起身，电视却开着，杨八在电视里看到李大国的姐姐正在梳头，李大国坐在床边的椅子上，他们俩似乎在说话，电视里只能看到画面，听不到声音。他很想好好看看李大国姐姐的面容，但还是看不清，可能因为光线的原因吧，电视画面有些模模糊糊，只能看个轮廓。杨八从床上下来，进了卫生间，顺便洗了把脸。从卫生间走出来，当他再一次看电视画面，突然有点不自在起来，他想，李大国的姐姐是不是也通过电视看他的一举一动？愣了片刻，转身推开房门，他要到院外走一走，透透空气，虽然房间很讲究，但毕竟是病房，多少还是有些压抑，房间里散发着医院才有的来苏味，让他感觉自己是在生病。刚走出房间，走廊对面的椅子上就站起一个小伙子，很礼貌地冲他笑了笑问：杨哥，有什么需要帮忙的？

杨八愣了，想不起在哪见过他，当他确定不认识这人的时候，杨八立刻想到，可能是李大国安排的，便说，没事，透透气。

小伙子回身拉开走廊的窗户，一股冷风吹入，杨八不由得打了个寒战，小伙子觉得做错了，马上又把窗户关上，他说：可别感冒了，那我可就罪过大了，杨哥，一会儿，饭就送来了，要不，我陪您在走廊里逛会儿？

杨八笑了笑，说：不用不用，我还是回屋吧。

小伙子说：您要是躺累了就喊我，我就在门外候着。

杨八觉得自己的待遇就像电影里的首长，还有警卫员了。如果天天过这样的日子，杨八肯定不卖肾。当然，不卖肾，杨八也不会有这待遇呀。

他果然有了首长的感觉，他冲小伙子摆了下手：你休息吧，我回屋了。

说罢转身回房间，进了房间，还是觉得这样的生活有些不真实，他杨八怎么就一下子过上这样的生活了？

吃过早饭，李大国就出去了，是为明天的手术做些准备，他需要准备的事情很多，他要到血站备血浆。他对杨八说血很重要，不能因为做了手术再感染其他的病，他不放心现在的血站采来的血，他要亲自去弄些干净的血来。至于从哪里会弄到干净的血，他没多解释，当然，李大国也没有必要让杨八知道得那么详细。他只说，他要对杨八和姐姐负责。下午还要亲自到龙嘉机场接北京来的专家，上午他姐姐做透析。临出门的时候，李大国说：外面是公司里的小刘，有什么事你找他就行了，他负责你在医院里的一切事宜。

不难看出，李大国是个做事非常周到认真的人，办起事来细致入微，有条不紊。

李大国走了，杨八坐躺在床上看电视，一圈找下来，还是不知道看什么，杨八已经好久没有这样休闲的生活了，上次胳膊断的时候，他在医院里躺了半个月，算是好好休息了几天，这一次，据说至少得一个月才能出院。杨八想，看来他只能是住进医院才会清闲起来，这是啥命啊。

上午，杨八收到过两个电话，一个是菜市场的小六子打来的，他是卖鱼的，电话一通，那头就扯着嗓子问怎么好几天没见了。那声调就跟在市场上叫卖一样。在市场，他和小六子处得最好，因为有一次小六子和顾客吵起来了，杨八一旁帮了腔，那以后，他们就成了好朋友，偶尔小六子还送给杨八一条鱼，当然，杨八也曾回送过一些青菜，他们的友谊便日益加深。两个人在电话里瞎吹了一通，杨八说：等我忙完了，请你下馆子。小六子就问：你抢银行了？杨八说：没抢也差不多。小六子说：你那意思就是发大财了呗？杨八说：不发大财也要请。小六子就问：那是为啥，遇到啥喜事了？是不是摔个跟头捡钱了。杨八就说：差不多差不多。小六子说：你小子就吹吧，真要是那样，你就别回来了，我也去，我陪你天天摔跟头。杨八说：你呀，还是好好卖鱼吧，不是谁都有这命的。另外一个电话是媳妇打来的，她说：儿子这次三模考试排了第二名。杨八激动得差点从床上跳起来，他妈的小兔崽子，长志气，比老子出息，杨八越觉得这肾移得值。杨八对媳妇说：奖励他，好好奖励，他不是喜欢那个什么苹果手机香蕉手机的吗？买。媳妇说：有病啊，你别脑袋一热就瞎咧咧，钱呢？买了苹果你去喝西北风？杨八说：不就四千块钱吗？等我回去了就买。媳妇说：你出去一趟能挣多少钱啊？挺大个人说话不着边，四千块钱你得卖几百车的菜呀。不和你说了，忙呢。说罢，就挂了电话。依然没问他去了哪里，能挣多少钱回来。

中午的时候，李大国回来了，他一进门对杨八说：我姐想见见你。

杨八哦了一声，问：啥时候？

李大国说：现在吧，她说，明天就要手术了，还不知道用的是谁的肾。

杨八就站起身说：我去洗把脸。

李大国说：你早晨起来没洗脸吗？

杨八嘴一咧，严肃地说：洗了，再洗一次。

李大国笑了，他为杨八这样重视与姐姐的见面而感动。

杨八进了卫生间。

李大国站在门口看着他洗脸，脸上荡着幸福的笑，眼神满是欣赏。

病房里只有李大国姐姐一个人，杨八一进门，她就坐起身，她的健康状况远比杨八想象的好许多，她先是冲着杨八笑，笑得阳光灿烂，一点也没有因病魔缠身而显得烦躁不安，反倒给人的印象是很从容淡定，不难看出，在没有病的时候，她一定是个大美人，即使是现在，依旧可以看到她卓著的风韵，她给杨八第一个印象是高贵，有点像女神，而且还不乏亲和力。一见面，她首先对杨八以及杨八的肾表示非常的感谢，态度极其诚恳，表情相当庄重，说话慢条斯理，那声音绵软得就像春天里淅沥沥的小雨，像小鸟在唱歌，一点儿不像电视里介绍的那些女强人。杨八能判断出她的感谢真的是来自内心。说了一大堆的感谢后，她对杨八说：让您受苦了。在杨八听来，那声音真的如同天籁之音，让他心醉。杨八一直站在床前笑着，听着。他竟有些不知道怎么应答，受苦当然一定要受苦了，还会忍痛呢，为了挣钱，他心甘情愿，这一点，杨八心里明白，他总不能反过来对她说，让您破费了吧。杨八客气不起来。他相信，李家姐弟花这笔钱也是心甘情愿的。因此，杨八说：没事，脑袋掉了才碗大个疤，我不过是在肚子上划个口子呗。

李大国的姐姐听了这话很高兴，指着床边的椅子说：你坐啊，我要近一点地看看你。

杨八不好意思了，他还从来没这么近距离地和美女聊过天，他不由得有些紧张，全身的血都好像涌进了脑袋，他似乎听到血在体内奔跑的声音，耳朵里嗡嗡地鸣响。

李大国的姐姐说：我真得好好看看你，我要记住你的样子，你是我的救命恩人。

听了这话，救命恩人的那种感觉又被唤醒了，杨八迅速地调整了一下心态，很理直气壮地拉过椅子坐下，让美女近距离地看他，别扭是别扭了点，可心里还是挺受用的。

李大国的姐姐说：我叫李小会，会议的会。

杨八觉得这名字很奇怪，就问：为啥叫李小会？你们家老开会吗？

李小会说：我也不知道当初我爸妈是怎么想的，小会，这个也能拿来作人名。

杨八说：我有个同学叫李红旗，还有个朋友叫张国庆的，红旗和国庆不是也都成人名了，说不定啥时候有人还叫手机、电脑什么的呢。

三个人就都笑了，气氛暖融融的。

李大国对姐姐说：你们聊吧，我得走了，你们一起吃午饭吧，我安排好了。

李小会说：你不吃吗？

李大国顿了一下说：来不及了，下午两点的飞机，我要去接机，路上要走一个多小时呢，还是提前点好。

他拍拍杨八的肩，很亲昵地笑了笑，转身离开。

李小会看着合上的门，叹了口气，说：这两年，把我小弟折腾苦了。

杨八说：大国是个好人。

李小会马上说：你也是个好人，没有你，我肯定不能活过今年。大夫说，再找不到肾，我就没命了。

杨八说：我看你一点也不像有病的样子。

李小会说：透析完我才会有精神，就像抽大烟的人，只有抽了烟，精神头才能上来。知道什么是透析吗？

杨八摇了摇头。

李小会说：就是把你身上的血在体外过滤一遍，相当于体外有个肾在替你把血液中的毒素过滤掉。

杨八听懂了，哦了一声。

李小会说：生命很脆弱，不知道什么时候，人就会走到临界点，抬头一看，死亡就在你眼前了。李小会顿了一下，问：你怕死吗？

杨八说：怕，怎么会不怕死。

李小会说：我也是，我才三十八岁，就这么离开人世，心不甘。我，没活够。

杨八说：我身体好着哪，我的肾肯定也不会错，换了肾，你就会好了。

李小会说：我还想活三十八年。

杨八说：再活三十八年才七十六，现在的人，一使劲就能活过八十岁。电视里都说，咱们已经进入老年社会了。

李小会突然眼睛里汪起了泪：八十岁呀，还有四十二年呢，四十二年啊，多么漫长的时间啊，怕是活不了那么久。

杨八不知道再怎么安慰她，不说话了，只是看着她微笑，也算一种交流，他觉得，李小会真的很好看，就是哭起来也那么可爱。杨八的心里突然涌动起怜香惜玉的情怀，她这么有钱，这么漂亮，为什么要经受这样的折磨呢？红颜薄命啊。

李小会顺手从床头的纸抽里扯出两张纸，轻轻地擦了擦眼角的泪说：你看我，只顾自己的感受，不说这些，这一切即将结束了，我再也不需要透析，不需要住院了。

说这话的时候，她的眼睛里充满了无限希望，清澈透明，干净得像个孩子，不难看出，她对生命极度地渴望，极度地珍视。

李小会把擦泪的纸扔进垃圾筐里，回身从枕下拿出一个大红纸包，递向杨八说：这是我的一点心意，请不要嫌少。

杨八立刻明白了，很想接过来，他需要钱，他扫了一眼，那个红包不薄，足可以给儿子买一个苹果手机了，这念头只是瞬间在头脑里一闪，便被他否决了，他不想让李小会看轻自己，李大国已经给了他那么多，怎么好意思再接受这笔钱？他摆手说：不行不行，那什么，大国已经给我很多钱了。

李小会说：我知道，这是两回事，那钱是你应该得的，红包是我应该给的，钱不钱的并不重要，再说，也不算什么钱，只是我的一点心意，你收下吧，明天就要进手术室了，咱们图个吉利，六千六百六十六，钱碎了点，六六顺。都是新票，我特意让小红去兑的。

小红就是那个照顾李小会的女人。

杨八听了这话，不好回绝了，人不能太不识抬举太不近人情，于是他说：那我就不客气了，六六顺六六顺。

接过钱，又补了一句：谢谢。

李小会说：谢什么呀，你不要这么客气，今后，我们应该像一家人才对。

杨八真的非常感动。他很想和李大国、李小会做成一家人，他们不仅有钱，还很善良，杨八喜欢他们。

快吃午饭的时候，那个叫小红的进来了，杨八时常在电视画面里见到过的这个人。李小会对杨八说：她叫小红，是我们公司的后勤部长。

小红很客气地和杨八握手，并说，有什么事，只管和她说，李总有过交代。

这话说得杨八心里暖暖的。她的身后是那两个送饭的小伙子，他们每次都那样，提着瓶瓶罐罐走进来，放下东西，在床前拉开一张折叠桌，把花样繁多的饭菜摆在桌上，然后悄声退去。

午饭是那个后勤部长陪着杨八和李小会一起吃的。这顿饭杨八吃得并不香，主要是因为有李小会，他不习惯和这么漂亮的女人一起吃饭，总是感觉有些忐忑不安。杨八生怕有什么地方做得不好让她笑话，便草草地吃了一些，放下碗筷，站起身说：你累了，休息吧。

李小会说：好的，如果闷了，就过来，随时欢迎你。

杨八刚退出李小会的病房，就见到那个守在门口的小刘，他正拿着手机在玩游戏，听到门响，小刘抬起头，杨八冲他笑了笑，小刘问：杨哥，有事吗？

杨八说：没事，你玩你的吧，我回病房。

小刘便低头继续他的手机游戏。

回到病房，杨八不知道该做什么，就看看窗外。闲着无聊，杨八按亮电视，画面上出现李小会的房间。李小会已经躺下了，刚才还束在一起的头发，现在已经散开了。这时，一个男人走进画面，他的身边还有一个女孩，十四五岁的样子，女孩先一步来到床前，非常亲热地抱住李小会的脖子亲着。杨八猜想，可能是李小会的丈夫和女儿。杨八觉得这样看人家的私生活不太好，也不应该，便转调到电视节目，转了一圈，把电视定位在一个相亲节目上。一个并不怎么漂亮的女孩，在那里尖着嗓子说她想找个有钱的，有志向的，还要长得帅的男人。他不明白这女孩是怎么想的。你要真是长得貌如天仙，有这样的想法还在情理之中，可长成那样，竟然也在电视里高声大喊地要嫁这样那样的男人，实在不可思议。杨八想，这女孩一定是哪里出了问题，如果自己的儿子真的有了很多钱，他也决不会同意儿子把这样的女孩娶回家。

看了会电视，杨八无意间把电视调回李小会的病房，画面里那个可能是她丈夫的男人好像不高兴了，两只手不停地冲着李小会摆着，并走来走去，显得特别烦躁，最后，他伸手去拉那个小女孩，女孩哭了，她用手背擦眼泪，男人把女孩强行拉着走出画面。李小会一直看着他们走去的方向，然后，躺下，把头埋在被子里。杨八听不到声音，却能感觉到李小会一定是在放声大哭。杨八不明白，那个男人为什么会对她这样，她在生病啊。杨八起身，想冲出去质问那个男人，但又躺下了，他想，这事与他有什么关系呢？他的肾还没有长到她的身体里，她与杨八还没有任何的关系，就是有一天，那颗肾真的长到了她的身体里，那也不过是一块肉，这样的事情，杨八也没什么权力去管。他的任务就是配合医生把肾安全地移进李小会的身体，然后拿到应得的报酬，从此也许再也不会与李家的姐弟有什么来往。

一切都安排得非常顺利，第二天一大早，大夫护士一个个走马灯似的到病房里来，先是量体温、测血压等，气氛突然变得有些紧张，护士给他换了衣服，备皮，直到这个时候，杨八的心才开始剧烈地跳起来，也说不上是怕什么，反正就是心慌。李大国从早晨睁开眼睛就没影了，直到把杨八推向手术室，李大国才匆匆地赶到手术室门前，他握了一下杨八的手，轻声说：大哥，你放心，千万别紧张，没事的，麻醉师和大夫还有手术室里的护士都是最好的，该做的我都做了，万无一失。

杨八冲他举了举拳头，表示手术一定会顺利，一定会成功。可他发现自己伸出的胳膊竟然有些发抖。

李大国从兜里掏出一张小纸条给杨八看：刚才我让财会把钱打到你卡里了，这是银行的凭据，我先给你收着吧。

杨八说：嗨，忙啥，不用看。

李大国就拍拍他的肩膀，有种意会不能言传的亲近。

就在杨八被推进手术室的瞬间，他对李大国说：你还欠我一顿茅台。

李大国说：你出院了我就请你。

不久，李小会也被推了进来，两张手术床紧挨着，麻醉药刚注射的时候，他还能看到李小会向他笑呢。杨八想，万一手术失败了，家里床底下的那张银行卡肯定就废了，媳妇怎么也不会想到那张卡里会有十五万元巨款；还有就是他和李大国再补充一条协议就好了，万一他死在手术台上李大国应加倍赔偿才对，这一条多重要啊，可现在来不及了，麻药已经注射了。他想给媳妇打个电话，告诉她，床底下的鞋盒子里有张银行卡，密码是儿子的生日；这么多天，他都干什么了，这样重大的事情竟没和媳妇交代一下，是不是太糊涂了，他想让护士拿笔来，他要给媳妇留下几行字，真出了意外就算是他的遗嘱，可他的嘴已经不听使唤了，意识在慢慢地丧失，他感觉自己是在走进一个冰冷的隧道，没有光也没有声音。一切似乎都不存在了。当杨八醒转的时候，已经回到病房了，他看到自己的头顶放了氧气瓶和吊瓶还有一大袋血浆，起初，他还以为是在梦中，他只是觉得口渴，想喊媳妇，让她端杯水来，可嘴张了张，没有喊出声。他听到有人说：他好像醒了。接着，他在朦胧中看到有个人走到床前看了眼，杨八想用力把眼睛睁开，最终还是把睁到一半的眼睛无力地合上了。他听到那人又说：没醒，只是睁了下眼睛。杨八努力睁开眼睛，他想弄明白到底发生了什么事，还没想清楚便再一次昏昏沉沉地睡了过去。

真正清醒过来，已经是第二天的早晨，腹部的剧烈疼痛让他想起自己的一个肾已经没有了，感觉疼痛的地方有些空落落的，他记起来了，他做了肾的摘除，他把自己的肾卖给了李大国的姐姐。一想到自己有那么多的钱，杨八感觉身心轻松下来，从现在开始，他已经拥有十五万元的巨款，在西山，在运河里胡同，他杨八是个有钱的人了，他以后再也不用去市场卖菜，再也不怕到月底没钱花。那些西山的老邻居们如果知道他有这么多钱，一定非常羡慕，当然，杨八不会告诉他们钱的来历。出院之后，他要寻找一个好的项目，开个店，做老板，为今后铺就一条平坦的大路，挣大钱，好好地供儿子读书。

杨八活动了一下手，想感受一下自己的存在，他恨不得立刻能行走，跑回家，把卡里的钱全部取出来。

这时他听小刘说：手动了，李总，他好像醒了。

杨八试着扭了下头，把脑袋偏向声音，他看到，李大国正向他走过来。

杨八的眼睛真地睁开了，李大国笑了，对他说：大哥，一切顺利。

此时杨八什么都想起来了，他冲李大国微微一笑，算是应答。

李大国问：要不要通知嫂子？

杨八说：不，不用。老娘们儿事多，我不想让她知道。

李大国从兜里掏出杨八的电话说：昨天晚上，有个叫花儿的一直不停地给你打电话，我没接。后来，我就把电话关了。

杨八哦了声说：是我媳妇。

李大国玩笑的口气说：我还以为是你情人呢，没敢接，那我这不是给你惹祸了吗？快给她回个电话解释一下吧。

杨八说：没事，我现在就是想喝水。

李大国说：护士不让。要是排气了，告诉小刘一声，别说喝水，吃东西都行。

杨八问：啥叫排气？

李大国说：就是放屁。

杨八一下子笑出了声。放屁就叫放屁呗，干吗叫排气。平时，这样的事情，他肯定不会笑，可今天却偏偏忍不住笑起来，这一笑不要紧，他的腹部剧烈地痛起来。头上立刻沁出许多汗。

李大国把杨八的电话放到他的枕边说：那你休息吧，我去姐姐那儿看一眼。

李大国走了，屋子里只剩下他和小刘。小刘还在玩他的手机游戏，音乐声此起彼伏。杨八就是在这种音乐声中时醒时睡，快中午的时候，排气了，杨八对小刘说：我可以喝水了。

小刘就拿过杯子，杯子里插了根红色的吸管，杨八痛快地喝起来。

小刘说：你别一下子喝太多，早晨查房的时候，护士说一开始先少喝一点，你要是出点什么事，李总还不扒我皮呀。

杨八就不敢再喝了，疼痛再一次袭来，又是一身汗，真他妈的遭罪啊，如果爹妈都活着，指不定怎么心疼呢。

中午杨八喝了点粥，似乎也精神了一些，他想起媳妇曾经来过电话的事，就摸出手机，刚刚打开，铃声就响了。

杨八接起来刚喂了一声，那边就传来媳妇的哭声，她抽抽搭搭地说：你是怎么回事啊，为啥不接还把电话关了。

杨八就把早就想好的谎话拿出骗媳妇：喝酒了，多了，啥事呀？

媳妇说：我从架子上掉下来了。

杨八心里一惊，忙问：笨，要紧不？

媳妇说：没死。拍了片子，说是脚踝骨折了，打了石膏，大夫说，我得三个月不能干活，三个月哪。

说到三个月的时候，媳妇又抽泣起来。杨八知道，媳妇不是因为三个月才好而难受，她是因为三个月不能干活而着急，她想挣钱。也许是有钱了吧，杨八的脾气格外地好，他有点哄媳妇了，许多年了，杨八不曾有过这种柔情了，他说：你看你，哭啥呀，没事，啊，没事，不就三个月吗？

媳妇又说：没事？喝西北风啊？

杨八说：你那点钱，算了，别上火，我回去就好了。

媳妇说：你是得回来了，没人给儿子做饭，他要学习还得侍候我。

杨八一听媳妇这么说，不由得有些心烦了：儿子做饭，这可是大事，不能耽误儿子学习，这可怎么办？

媳妇说：有什么怎么办的，你回来呗。

杨八说：可，眼下我回不去。

媳妇不解地问：为啥呀？

杨八在想理由让媳妇相信自己，想了半天，终于想出了一个挺充分的理由，他说：为啥？你说为啥，我这儿的活是大包，老板不让回，有合同签着呢，我走不开。

这时候，媳妇才想起问他出去干什么活：啥活呀？你那胳膊又不能吃劲。

杨八说：不用我亲自干活，我给老板当指导呢，没我不行。你在市场上找个小时工吧，就是做做饭呗。

媳妇说：那得多少钱啊。算了。对付吧。你还得多久能回来？

杨八说：怎么也得一个月，你还是找一个吧，钱是小事，不能耽误儿子的正事。

媳妇就哦了声把电话挂了。

放下电话，杨八有些闷闷不乐，怎么事都往一块挤呢，平时在家，她也不从架子上往下掉，他手术住院了，她还非得掉下来；杨八胳膊摔断的那次，媳妇也有病了，发烧，天天带着病给杨八做饭。这次不用她伺候了，她自己又不能伺候自己了。想到这儿，杨八又摸出电话，再一次打给媳妇。

电话通了，媳妇问啥：事呀？

杨八说：家里有钱吗？

媳妇说：有哇，还有两千多呢。

杨八一想，不行啊，我得在医院住一个月，她不能出去不干活哪来的钱，手里那点钱，一张手就没影了，再说，她骨折了，肯定得去医院看病吧，他们都没有医疗保险，现在这医疗费多贵呀。既然杨八死不了，床底下的银行卡就不能让媳妇知道，她要是追问起来，杨八没法解释，他给老板做指导也不能一下子挣那么多的钱哪。

放下媳妇的电话，杨八便找小六子。电话通了，小六子那边就喊着说：还活着呀？你媳妇到处找你，电话都打到我这里来了。

杨八说：这傻老娘们儿，我都告诉他在外县干活了，她给你打什么电话？

小六子逗着：想你了呗，是不是怕你让小姐拐跑了？

杨八说：操，你以为我是你呀，动不动就吓唬媳妇。你嫂子骨折了，我怕家里钱不够，你给她送点钱去吧。

小六子问：咋整的？

杨八说：从架子掉下来了，这老娘们儿笨死了。

小六子说：我现在离不开，这就让你弟妹过去看看。

杨八说：不急，啥时候有时间送过去都行。

小六子问：放心吧，嫂子喜欢吃啥鱼？

杨八说：别拿鱼了，没人做。你就送点钱过去吧，一千两千都行。

小六子说：哦。

晚上的时候，媳妇打来电话，说小六子给她送了两千块钱，还做了鱼汤。

杨八问：你找小时工了没有？

媳妇说：找了。

杨八说：那我就放心了。

媳妇说：有小时工你就不管我了？心咋那么狠呢？我要让你早点回来。

杨八安慰着媳妇：我知道，能回去，你让我在这儿待我都不待，这是什么好地方啊。

不等媳妇说什么，杨八就断了电话，腹部的剧烈疼痛，让杨八不能再说话了，他把眼睛紧紧地闭上。杨八对小刘说：你快去找护士，我的肚子痛死了，是不是开线了。

没一会儿，值班的大夫和护士都来了。他们一顺水地站在杨八的床前询问情况。杨八说肚子疼。大夫掀了被子，打开肚子上的包扎，看了看说没事，麻药劲过去了，这是术后反应，实在疼得厉害就打一针止痛吧。

杨八说：打吧，痛死我了。

针打过之后，疼痛渐渐地减轻了，小刘坐在床对面的椅子上接着玩手机，手机的音乐声在房间里回旋着，让杨八有些烦，他想告诉小刘，可他不好意思，人家是来照顾他的，呆着没意思，你还不让人家找点事去消磨一下时间吗？

后来，杨八的伤口又痛过两次，杨八一再申请打止痛针，可大夫说什么也不同意了，他说：再打就要上瘾了，出了院麻烦可就大了，你还是挺一挺吧。

没办法，杨八只好忍着。他要忍着疼痛，还要忍着吱啦吱啦的手机音乐声。术后这一个月的恢复期，杨八几乎是在小刘手机的游戏音乐中度过的，只要小刘在，小刘就会不停地按手机玩游戏。事过好久，每当听到这种音乐声，杨八都会立刻想起在医院里的那些痛苦生活，就会感觉到腹部依然隐隐作痛。

杨八开始能大吃大喝了，能大声说话了，能下地走了，还能提着暖水瓶自己去打开水了。

李大国说：大夫同意你出院了。

整整一个月，杨八在病房和走廊间往复，他觉得日子过得很慢，除了吃饭睡觉就是看电视。其间，杨八差不多每天都和媳妇通一次电话，了解一下家里的情况，天天打电话，就没有什么话可聊的，问问脚怎么样了，再问问儿子考试没，每天重复这几句，自己都觉得没啥新鲜感了，如果不是媳妇的脚骨折了，他肯定不会天天打电话；他也和儿子通过几次电话，可总是说不上几句，儿子不喜欢和他说话，明显感觉到儿子心不在焉。

听李大国这么一说，杨八特别高兴，终于熬出了头，可以回家了，他就要见到他那张存有十五万元的银行卡了。临走的时候，杨八向李小会辞行。李小会也可以行走了，两人慢慢地步出病房，走到医院的院子里，阳光投在身上，暖融融的。

杨八说：我明天就出院。

李小会问：你恢复得怎么样？

杨八说：身上有力气了。

李小会的声音依然如绵绵细雨：想家了吧？

杨八说：出来这么久，能不想吗？

李小会说：我还得住些天，大夫不让我走。

杨八说：哦，那你就好好住着吧。

李小会说：等我出院了，请你喝酒。

杨八不好意思地笑了：嗨，那是和大国说着玩的，别当真。

李小会说：大国找人弄了两瓶国宴的茅台。

杨八这辈子也没敢想过喝那么名贵的酒，他心里是愿意和李小会李大国去喝酒的，可嘴上还是说：不用真的不用。

李小会说：把你儿子和夫人一起请上。

杨八说：那可不行，我不想让他们知道这件事。

李小会说：没关系啊，我可以不让他们知道，就说你救过我的命，我要感谢你，随便编个故事让他们信就是了。

杨八就笑了。

杨八还是坐着李大国的悍马回家的。这一次和上次不同了，杨八觉得他真的是个有钱人了，好像这辆悍马是他的一样，他看车外所有的街景和行人都是那么顺眼。快到百货大楼的时候，杨八说：大国，你把车开到朝阳街，我在那儿下。

李大国问：出了院不急着回家，你上朝阳街干什么呀？

杨八说：办点事。

李大国说：行，你办吧，我等着你。

杨八说：不用，完事我打个车就行了。

李大国说：反正我也没啥事，我等你吧，这叫有始有终。

杨八说：你知道哪家店卖苹果？

李大国说：想吃苹果？早说啊，北京路的那几家水果超市我常去。

杨八说：不是吃的苹果，是手机的苹果。

李大国问：要山寨的还是要正版的？

杨八说：当然是正版的了。

李大国哦了声就把车调了头，开向朝阳街。

杨八说：我儿子考试考了个第二名，我得奖励他。

李大国说：那是得好好奖励，得，大哥，这手机我给他买了。

杨八说：不行，那成啥事了。

李大国说：不就一个手机吗，你在车上等着吧。

杨八说：不行，真的不行。

李大国说：大哥，见外了，你是不想和我李大国处下去了？

杨八一听这话，反倒不好意思了，他说：你看，又让你破费，这成啥事了。在医院的时候，你姐给了我红包，那钱足够买苹果了。

李大国说：算了，那钱你留着吧，手机也没几个钱，等日后他考上北大清华的，出息了，你告诉他，这苹果是我李大国送他的。

杨八说：那我先代他谢谢你了。

李大国在一个苹果店前停下了，他对杨八说：你在车上等着吧。他跳下车关了门又回身拉开了，问杨八：啥色的？

杨八说：白的，我儿子喜欢白色。

不一会儿，李大国抱着苹果回来了，他把手机礼品袋递给杨八说：我就喜欢学习好的人。有出息，哪天我单独请他。

杨八说：一个毛孩子，不值得你这大老板请。

李大国说：小瞧了不是，说不定以后能当国家总理呢。

杨八就笑了：那我也坐悍马，再找个肾安肚子里。

李大国说：行啊，到时候，我给你贴广告。

悍马在大街上快乐地飞驰着，两人说着话便来到西山运河里的胡同口。

杨八怀揣着无限的感激和李大国告别。他说：老弟，以后有什么事，你说话，跟你说，我是七级瓦匠，虽然这只胳膊不听使唤了，可我活好着呢，我还认识一大帮好朋友，你要是装修房子，只管说话。从砸墙开始，每道活都有我朋友。还有，你要是想吃松花湖的鱼，你也来找我，我有个朋友叫小六子，他在市场卖鱼，他保证不能骗你，说要湖里的鱼，他肯定不会拿塘里的鱼糊弄你。

李大国说：行，到时候我来找你。

杨八下了车，李大国把车窗打开了，伸着脑袋问：你想啥时候喝茅台？

杨八说：你那茅台留着给重要的人喝吧，你看我这嘴，像喝茅台的嘴吗？

李大国说：你就是最重要的，没有你就没有我姐，没有我姐，我李大国活着有啥意思啊。

杨八的心里都乐开花了，说：哪天哪天吧。

两个人就这样分手了。如果到此结束，这是个很圆满的事件，生活是多么美好啊。杨八有了钱，他可以做个小买卖了，李小会有了肾，可以不用透析了，李大国保住了姐姐性命，以后也可以有滋有味地生活了。可是，生活偏偏不尽如人意，总是要出现一些意外，这就让人很闹心了，甚至是很痛心。

杨八提着苹果手机回到家，一进门，媳妇正在扶着墙练习走路呢，走一步，叫一声，哎呀哎呀的。杨八赶紧放下苹果去扶她，媳妇一见杨八回来了，就一把鼻涕一把泪地又哭开了，说：完了，我的腿一走路就痛，一走路就痛，以后干不了活了。

杨八说：不能，这才几天哪，伤筋动骨一百天，你现在当然得痛了，要是不痛，就麻烦大了，以后好了肯定就不会痛。

杨八想把媳妇抱到床上，他伸出手去，手刚刚搂住她的腰，突然想起自己是个做了手术的人，现在还不能太吃力，就松开手去拉着她往床边移。

媳妇走得急了点，痛得直叫，一屁股坐到床上，差点坐到苹果手机，杨八手疾眼快，一把将苹果袋子抓到手上。

媳妇问：那是什么呀？

杨八说：给儿子买的苹果手机。

媳妇的眼睛睁大了，她急了：败家老爷们儿，我这一病，家里的钱都用光了，三个月不能找活干，就指着你拿回钱呢。

杨八说：这苹果是老板送的。

媳妇接过手机袋子，往里看了看说：你老板疯了？

杨八想起李小会说的话，就顺口说：我救了他一命呢，一个苹果算什么？

媳妇问：真的呀？怎么救的？

杨八还没想好怎么编个故事骗她，便一摆手，说：以后再说，我刚进屋，说点正经的事。

媳妇眼巴巴地看着他。

杨八从兜里掏出李小会送的红包说：你看，这是老板给的工钱，我们老板说了，哪天还要请咱们全家吃饭呢。要感谢我。也要感谢你。

媳妇接过红包，打开一看就乐了：我有啥感谢的，你出去才一个月就挣了这么多？

杨八自豪地说：那是。

媳妇一边点着钱一边高兴地说：你快给小六子送过去两千。

杨八说：那急啥呀。

媳妇把钱塞到他手里说：不行，欠人家钱不舒服。

杨八只好接过钱。接了钱，杨八并不急着走，而是坐在椅子上往床下看。

媳妇问：你看什么呢？

杨八急着想把那张卡拿出来，去趟银行，看看自己的钱，媳妇这么一问，他急中生智地说：我想换双鞋，这鞋穿时间长了，有点臭味。

媳妇便躺下了。

杨八钻到床底拿卡，又顺便拿出一双军板，他想：李大国都能穿军板，我有什么不能穿的。十五万，他可以开个小店了。他穿军板也不怕人家笑话了。

走出家门，杨八打算先是去银行，然后再去市场找小六子。在前往银行的路上，杨八编好了一个见义勇为的故事，这故事主要是拿来骗媳妇的，因为肚子上的伤口媳妇不可能永远不知道；再说，那十五万块钱不能永远放在卡里闲着，得让钱生钱，得去做生意。

到了银行，他把卡递给营业员，说：取钱。

营业员问：取多少？

杨八并不是真想把钱取回家，他只想看看自己所有的钱。看完了，再存起来，于是就说，都取。

营业员把卡往机器上一划，机器立刻对杨八说：请输入密码。

杨八拿过输密码的键盘，按了儿子的生日，营业员马上抬起头来对他说，对不起先生，一共是十五万，我们行有规定，五万元以上需要本人拿身份证领取。

杨八说：有啊，我带了。

自从认识了李大国，他的身份证几乎天天都放在兜里。他边说边从兜里掏出身份证。

营业员又说：先生，今天不能一次取这么多，我们这是小营业所，取这么多钱，你得提前一天预约，这样吧，如果您急需，就到支行，如果不急呢，今天预约了，明天来取行吗。

杨八一想，自己又不用钱，那不是给人家添麻烦吗？提前约了，又不取走，找骂。便说，算了吧。

杨八走出储蓄所，沿着马路慢慢往市场走去，他要请小六子喝酒。

一个多月没来了，一走进市场，不少熟悉的同行都和他打招呼，问他上哪发财去了，怎么不卖菜了，杨八就说发什么财呀，累了，不想再卖菜了。就有人说，杨八卖乖，看那腰板挺的，准是发了大财。杨八也不接话茬，就是乐，一路上，杨八走走停停，说说笑笑，踌躇满志地来到小六子的鱼摊前，小六子正忙着给人称鱼，一见杨八，就说，发财了？

杨八就呵呵地笑。

小六子说：胖了。

杨八说：胖了吗？

小六子说：胖了，真的胖了，还白了。

杨八说：在屋里捂的，快一个月没见太阳了，走吧，我请你喝酒。

小六子便把秤往媳妇怀里一扔，脱衣服洗手。

小六子的媳妇问：嫂子的脚怎么样了？

杨八说：没啥大事，快好了。

说着杨八掏出钱递向小六子的媳妇：你嫂子让我还的。

小六子媳妇不接，忙说：忙啥呀，先花着吧。

杨八说：有了。

小六子扭着头看杨八，说：发了，肯定发了。

杨八又呵呵地笑着，算是默认。

小六子就对媳妇说：那就收着吧。

小六子的媳妇这才伸出手来去接钱。

换好了衣服，小六子和杨八往外走，他们穿过人声鼎沸的菜市场去了一家肉串店。以前，卖完了菜，两人偶尔也会跑这里来吃肉串喝啤酒。一进店，两人先是要了两大杯扎啤。

小六子问：你干啥去了，一走就是一个多月。

杨八喝了口酒，说：别提了，我受伤了。

小六子：又怎么了？你不是又从脚手架上掉下来了吧？

杨八把衣服往上一掀，露出肚子上的刀口。

小六子一惊：手术了？

杨八说：让人扎了一刀。

小六子：操，谁干的，你怎么不早说，这事咱不算完，王八蛋，有时间找他去。

杨八放下衣服，一笑：一个傻蛋。这事过去了，结了。上个月，有人介绍了个活，给人当指导，算是监工吧，我不就去了么，这事你知道。可那老板欠人工钱了，人家找上门，二话不说，拿着把刀，就冲我老板来了，正好我在，就替我老板挡了这一刀。

小六子：我看你才傻呢，你替他挡什么呀。

杨八说：嗨，虎呗。

小六子信了，说：原来见义勇为去了？得，今天这酒我请了，

043

给你压惊。

杨八说：说好了，我请。

小六子：你，真发财了？

杨八自豪地看着小六子：啊，发了。

说着，杨八伸出手掌冲他晃着。

小六子问，五千？

杨八摇头，用力把手又翻了两番。

小六子：才一万五啊，真他娘的抠门。

杨八小声地说：一万五乘十。

小六子一下子把眼睛睁大了：十五万哪？我操，真发了呀。

杨八端起酒杯说：喝酒喝酒。

小六子跟着端起杯，可另一只手却指着杨八的肚子关切地问：这里边哪扎坏了没？脾肝肾，还有什么膀胱前列腺啥的，都没事吧？

杨八笑了笑：没事，就是破了点皮，遭点罪而已。

小六子把杯子往他杯子上一撞，然后一扬脖子，豪情万丈地干了个底朝天：身上的零件是不是都在？

杨八忙说：在在。

小六子放心地说：行，值，这要是弄坏了点啥，别说十五万，就是一百五十万都不值，行，这刀没白挨。

两人一口气喝了八大杯，结账时，小六子执意要付款，说是为杨八压惊。杨八很感动，回来的路上，他想，等李大国请他喝茅台的时候，他一定也把小六子带上，要不，怕是到死，小六子也不会舍得买茅台喝。

杨八到了家，已经是傍晚时分。走在西山的山坡上时，他感觉有点吃力，中途歇了会。那条平时走起来只有十几分钟的路，今天竟让杨八走了半个多小时。

还没进门就听到媳妇哎哟哎哟的呻吟声，杨八推门一看，媳妇又在扶着墙练习走路呢，杨八忙走过去扶住媳妇：你这是干什么呀，不好好在床上待着，老在地上晃什么呀。

媳妇咬着牙说：我得锻炼，别像你似的，落下后遗症，那咱这家可就没法过了。

杨八一听这话，便说：就是你真瘸了也没啥，大不了，咱不干那些活了。

媳妇眼睛一瞪说：不干活，喝西北风啊？

杨八借着酒劲，把编好的故事又给媳妇说了，媳妇拉开杨八的衣服看，见那么长的刀疤，心痛地说：你看你，出这么大的事怎么也不告诉我呀？

杨八说：人家是大老板，供吃供喝地招待着，我告诉你干什么呀。瞎操心。

他说着，把手里的卡交给媳妇。

媳妇接了卡有些迷惑地看着，不太敢相信这是真的。

杨八说：这些钱够咱们开个小吃部了，还用不完，等你好了，咱就到市场兑个铺面，老金家的肉串店可挣钱了。

媳妇说：行，那咱也开个肉串店。

杨八笑呵呵地躺下了，搂着媳妇说：等儿子考上大学一走，就咱俩了，我听我老板说，咱们这儿马上要动迁，到时候，他帮忙说句话，咱就能白上楼。

媳妇说：看把你美的。肚子痛不啊？

杨八说：不痛。

媳妇又说：那我再看看。

杨八说：什么好事啊，老看什么呀。

说着，杨八便想和媳妇亲热亲热，身子刚刚蹭过去，媳妇一把推开他说：你老实点吧，刚从医院出来，我去做饭了。

媳妇一瘸一拐地做饭，杨八看她干活挺费劲，就也起身要帮她做。

媳妇却说什么也不让，非让他在床上躺着。杨八只好躺在床上，他拿过苹果手机，对着说明书研究起来。

晚上儿子放学一回来，杨八就把苹果递给儿子，杨乐宝别提多兴奋了，吃饭的时候都拿着电话没完没了地摆弄着，他说：爸，我是班里第一个有苹果手机的。

杨八说：好好学习。争取考上清华。

儿子说：估计差不多，最差也能进北京的其他大学。

杨八：行，那你就努力进吧，你要是能进联合国的大学我才高兴呢。

儿子说：联合国没有大学，要是有，我就考，不过，去英国啊，美国呀什么的，早晚的事，你就等着瞧吧。

杨八嘴都合不拢了，说：别吹，咱家房子不结实。

儿子说：吹什么呀，等着瞧好了。

吃了饭，儿子把苹果手机又放回了包装盒里，进屋学习去了。

杨八奇怪地推开儿子的卧室门问：臭小子，你不喜欢这个手机？

儿子说：老喜欢了，梦寐以求啊。

杨八不明白了：那你怎么又装到盒子里了。

儿子淡淡地说：等我上大学的时候再用，现在用都用旧了，白瞎了，再说，我哪有时间玩手机啊，我得学习。

杨八听了儿子的话特别感动，他真想跑过去抱着儿子亲两口，可他还是冷静地笑了笑说，学吧，学吧。便退出儿子的卧室。

躺在床上，他无比欣慰地对媳妇说：唉，多好的儿子啊，懂事了，长大了，怎么一眨眼的工夫就长大了呢。

李大国果然没有失信，一个月后，他给杨八打来电话，问他身体怎么样了。

当时，杨八正在市场上瞎转呢，他想兑个铺面开肉串店。

杨八站在市场头对着电话说：没事了，肚子不痛了，急了我都能跑了，就是下雨阴天的刀口有点痒。

说着，肚皮还真有点痒，杨八抬起头看天，远处有大片大片的云在浮动。

李大国说：我要请你们全家喝酒。

杨八说：算了吧，你那么忙。

李大国说：再忙也得见一面啊，咱们不是一家人吗，你就别客气了。

杨八觉得再推辞就有点装假了，于是就说：行。

李大国问：那你儿子啥时候有时间？

杨八就说：算了吧，毛孩子。

李大国说：不行，一个都不能少。我姐，我姐夫，还有我外甥女，咱们热闹热闹。

杨八突然想起小六子，便说：我儿子学习紧张，现在对他来说，每分钟都特别珍贵，这样吧，我有个朋友，特别想见见你，只带朋友吧，我和他喝酒还有意思，就不带儿子了。

李大国爽快地答应了：行，朋友来，儿子也一定要来，学习再紧张不也得吃饭吗？今天是周日，他不上课吧？

杨八说：上，六点才能回家。

李大国说：那就定六点十五分，吃完饭，我叫司机先把你儿子送回家。

话都说到这份儿上了，杨八实在不好拒绝了，就说：一个孩子送什么呀，行，去就去吧，就当放松了。

杨八突然想起自己编的那个骗媳妇的故事，于是，就把故事和他讲了一遍。

李大国开玩笑说：大哥，你真不够意思，你看你把自己弄成了见义勇为的大英雄，却把我说成了不讲信誉的老板。

杨八说：没有啊。

李大国：哪能欠工人钱不给呢，那成啥人了。

杨八一想，可不是，忙说：我这也是从广播里听来的，那怎么办？

李大国笑了：没事，酒桌上我接着编，到时候你边上溜溜缝。咱不能让他们小瞧了不是。

杨八说：那是那是。

放下电话，杨八就小跑着去找小六子，来到鱼摊前，把他拉到一边说：六子，快，换衣服，洗澡去。

小六子问：啥事呀？

杨八说：老板要请我喝茅台。

小六子说：你老板请你喝茅台，我洗澡干啥呀。

杨八说：这辈子你舍得钱喝茅台吗？

小六子摇头说：那是有钱烧的。

杨八说：你看，这不就得了，我跟老板说好了，请我去，我得带上你，人家老板一口就答应了。

说罢，杨八拉着兴奋的小六子去了大众浴池，他们在大池子里足足泡了一个小时，在走进浴池之前，杨八没忘记给媳妇打电话，他把这件事告诉了媳妇，并让她换件漂亮的衣服，又嘱咐她把苹果手机拿出来，得让儿子带上。

媳妇说：一家三口都去，他还带电话干什么？

杨八说：苹果是老板给买的，儿子带上了，才说明他喜欢，老板看了一定高兴，这也是给人家面子。

不到五点，杨八和小六子就站在杨八家门前等上了，两人一边聊天一边等，一个小时很快就过去，六点，儿子回来了，李大国也准时来到，一辆悍马把一堆人都装进去，威武地开出西山运河里。路上，李大国一再表达感谢救命之恩，弄得杨八都觉得自己真是为他挡了一刀，真的就是见义勇为的英雄了，他们一路欢歌地开向世纪大饭店。

果然，李小会也在，还有杨八在电视里见到过的那个男人和那个小女孩。自从出院，杨八还是头一次见到李小会，她显得有些疲倦，也比在医院的时候瘦了一些。一见面，李小会就和杨八握手，并也同样感谢杨八救了她弟弟。看来，他们已经通过气了。

大家落座，一一做了介绍，宾主在热烈的气氛中开席了。

席间，李大国以及李小会一家一再敬酒。李大国还在聊天时，有意无意地说，其实，那个工人误会了，他并没欠工钱，他已经把钱给了工头，是那个包工头把钱捂在手里不肯发工资。杨八在边上溜起了缝，说李总后来把那个包工头开了。

于是所有的人都说开了好开了好。

他们一共喝了三瓶茅台。李家人的热情让杨八和小六子喝了足够多的酒。杨八还从来没喝过这么多的酒，说话都有些费劲了，但，这真是好酒啊，喝了这么多，竟然头一点都不痛，李大国还要再打开一瓶，最后，是杨八媳妇说话了，李大国才收了杯。虽然酒席的气氛很热烈，可杨八明显感觉李小会的情绪并不高，酒一口没动，只是象征性地粘了下嘴唇，说起话来也有气无力，杨八看在眼里，心里不怎么是滋味儿。倒是两个孩子坐在一起聊得挺开心。

吃了饭，李大国让司机开着悍马送客，自己坐在副驾驶上一路陪同，李大国执意先送小六子。他说，六子是杨大哥的好朋友，那就是我李大国的好朋友。回头送的是杨八一家，下了车，李大国拉着杨八的手不放，亲亲密密地想说点啥。杨八也会意了，就和李大国勾肩搭背地站到一旁去说话。

李大国见杨八媳妇和儿子都进了屋，就说：大哥，有件事，我得和你说。

杨八说：说说，没关系。

李大国难过地说：我姐，这次手术应该算是失败了。

杨八一惊，忙问：为什么呀，不是挺好的吗？

李大国说：嗨，大夫也没说为啥，奇怪了，这各项指标都没问题，怎么就不行呢？

杨八也叹了口气，说：唉，真是的，我要是多长一个肾就好了，就再拿出一个送给你姐。

李大国感动地用力拍了拍杨八的肩：大哥，你真是好哥们儿。我李大国这辈子交定你了。

杨八也感动了，他拉着李大国的手使劲摇了摇。

李大国说：不过，大哥就是有八个肾，我也不敢再用了，我估计，可能是你年龄大了，那肾的质量不高。在你肚子里挺好的，可这么一折腾，就出问题了，大夫说了，我姐肯定还得再做一次移植。

杨八听了这话不知道怎么接话了，他愣愣地看着李大国。

李大国说：大哥，你别多心，到啥时候，我都得感谢你。

杨八说：那怎么办啊？你又得到处贴广告找肾了。难为你了。

李大国说：大哥，其实也用不着到处贴广告，眼前不就有一个吗？

杨八说：你不是说我就是有八个肾你也不敢用了吗？

李大国说：大哥，我是说吧，咱们两家没准五百年前真是一家人，要不怎么检查都没查出什么差别来，是吧，大夫都说了，这真是缘分。

杨八说：是是。

李大国接着说：我知道你需要钱，可我呢，就是不差钱。咱们真是互补了，这叫天作之合，大哥，干脆跟你说吧，我想，你儿子能不能为我姐捐一个，这钱呢，你说个数。

杨八听了这话酒彻底醒了，他没想到，李大国会把目光落在自己儿子身上，他愣住了。他突然记起李大国曾跟他打听过他儿子的情况，而且好像还问得挺细。当时他还寻思这李大国咋是这么细心的一个爷们儿，现在看，人家是早有准备啊。他扭头看着李大国，李大国热情洋溢地也看着他，杨八把头低下了，他有些不好意思地说：老弟，这事，这事吧，真的不行，要不，你把我那个肾也拿去算了。说不定，大夫没弄好，这回弄好了，就能成功，我可以不要钱。

李大国说：不行，你的，不行了。不是钱不钱的事。你太老了，那肾也老化了。再说，你就一个肾，摘出来，你不活了？

杨八说：可我儿子，真的不行。

李大国从怀里掏出一张票子往杨八手里一拍：大哥，这是支票，这上边数字，你随意填就是了，只要我李大国能拿得出，我眼睛都不眨，你就填吧。

杨八说：不行，这事咱没商量。多少钱，我都不同意。

说到这份上了，两个人突然就都僵住了，远处有火车跑过。

过了好久，杨八才又说：老弟，要是没别的事，我进屋了，你也喝了不少，早点回家休息吧。

李大国却不放手，他一把扳过杨八的肩膀，一字一顿地说：大哥，我姐姐的命就在你手里握着了，只要你点一下头，她可就能活下来，否则，她也许只能再活两年。

杨八叹了口气说：没办法啊，老弟，我有心帮忙，可我，真不行啊。

李大国有些急了，语速也明显快了许多，虽然急，可脸上还是堆满了笑，他说：其实，大哥，你想想，你说，就你家这样的，三百万，五百万的，怕是几辈子都挣不来啊，这支票，你就大胆地往上填，只要你有个数就成。你想啊，你儿子拼死拼活地学习啊，考大学啊，不就是为了过上好日子吗？可就算考上清华、北大，就能挣这么多钱吗？就能过上好日子吗？

杨八说：对不起了，我不想谈这件事，咱们，到此为止吧，我真的帮不上你的忙。

李大国把支票往杨八兜里一揣说：得，那我回去了，你早点休息。这支票放你这，你可以随时填上，找我。

杨八不说话了，摆脱李大国的搂抱，往家走。走到院门口，他听到悍马轰鸣着离开了。杨八看着车拐下山脚，越过火车钱，不见了。杨八从兜里掏出支票，看也没看便撕得粉碎，然后脚步沉重地走进家门。

第二天，李大国给杨八打了个电话，问他考虑得怎么样。

杨八冷淡地说没什么可考虑的，便把电话挂断了。

杨八越想越觉得不舒服，他不想再接李大国的电话，便去市场的小卖店买了块新卡换到手机上。可他没想到，电话卡换上不到半个小时，李大国的电话就打进来了。

杨八看着手机头皮都发麻。他端着手机，听着铃声，他怎么也想不明白，李大国是怎么知道他换了新号，他感觉这是他这辈子听到的最恐怖的声音。他四下看了看人来人往的大街。电话铃声再次响起的时候，杨八不得不颤抖着手指按了接听键。

没等电话放到耳朵边，李大国的声音便传了过来：大哥你真不讲究啊，干吗换电话号？

杨八咽了口唾沫，从他干涩的嗓子眼里挤出几个字：没啥，那个电话没费了。

李大国的口气里并没有太多的责怪，而是很耐心地开导着：大哥，其实，你这样做真的没必要，你想想，我李大国如果想找你，能找不着吗？

杨八马上说：是是，我真是电话欠费了……

李大国说：没事大哥，你慢慢溜达吧，想好给我打电话。

说罢，李大国断了电话。

杨八站在大街上有些不知所措，李大国竟然说他在"溜达"。杨八知道，自己这是被盯梢了。老天爷，怎么会这样？他四下张望，却找不到一张熟悉的面孔。杨八的腿有些软，他收回目光，不敢再去寻找，好像那些男男女女都是李大国派来的，余光都落在自己的身上。

杨八不想回家，媳妇这几天唯一的话题就是跟他探讨那十五万究竟开个什么样的买卖，杨八不想探讨他们的未来。杨八得想现在，现在怎么办。就是想不出办法，他也不能想未来，他只能想现在。于是，他就在街上逛，一直逛到了满天的星星。他不知道逛到了哪条街上，突然耳边出现了李大国的声音：大哥。杨八不由得打了个激灵。李大国幽灵一样从那辆已经看不清轮廓的悍马上跳了下来。

杨八说：大国，你咋也在这儿？

李大国笑了笑说：溜达了一天，你不累啊？

杨八的身上起了一层鸡皮疙瘩，他不知道如何接对方的话，就结结巴巴地直奔主题：大国，我求你了，我儿子真不行，他太小了，他还有一辈子呢。他咋能没一个肾呢？

李大国却不接杨八的话，笑了笑说：今天我们不讨论这个。

李大国仰头看着天上的星星或者是月亮，沉默了半晌突然叹口气说：大哥，今天你换了手机号，我的一些哥们儿跟我说，不用再和你商量了，他们想在学校的门口直接去找你儿子。

杨八一听这话，吓了一跳，忙说：李总，你可千万别找他。

李大国说：那是，我不能让，我得让你答应了才行啊，你是他父亲啊，可他们说，干脆把你儿子绑架算了，找个大夫把肾一刀切下去不就得了。这事，我不能干。法制社会啊，那不是胡来吗？

杨八忙说：是啊，是啊。

李大国的目光从天上回到杨八的脸上：大哥，这种事我肯定不干，可我不知道我的那些哥们儿会不会做傻事，我跟我姐的感情，他们都清楚。真的，大哥，我是真不想把事情搞到那个地步。真不想。

听了这话，杨八的后背直冒凉风，他看着李大国，脑袋里一片空白。他还是第一次看到李大国的这副架式，那股子文明劲儿一咋说没就没了呢？他明白了，李大国是在暗示他，如果他杨八敬酒不吃，那就一定得吃罚酒。李大国已经把他逼到了墙角，杨八彻底懵了。他想到了一个词：黑社会。

天大亮时，杨八才回到家。媳妇儿子正在吃早饭。媳妇责怪他：死人，你去哪了？打你电话还关机。有钱了是不？晚上不回家都不说一声。

杨八铁青着脸坐在饭桌边：我换了个号。

媳妇：换号干啥？

杨八看了眼媳妇：咱得搬家，离开这个城市。

媳妇白了他一眼：咱又不是中了五百万，还隐姓埋名啊？虚张声势。

杨八用了一晚上的时间想出了这么个结果，可他怎么也想不出怎么解释这个结果，索性不耐烦地说：我是一家之主不？是就听我的。我说这么办就这么办。

一直没吭声的儿子突然说话了：有没有搞错？我马上高考了。怎么想的您。儿子的声音一声高过一声。

杨八说：你转学。我已经考虑到了。

儿子说：您还真的呀？您是我亲爸吗？这时候让我转学。

媳妇骂他：神经病啊。十五万就把你烧成这样了？

杨八却不管媳妇儿子的态度，他按着自己的想法，上午直接去了儿子的学校，找到儿子的班主任。班主任姓王。王老师被杨八的想法吓了一跳，瞪大了眼睛问：杨乐宝的前途你不要了？还有几个月就高考了。

杨八不明白：这咋能影响前途？到哪还不都是学习、报考？

王老师几乎是厉声地说：糊涂！

王老师接着跟杨八罗列了一堆此时转学会给杨乐宝带来的坏处。然后，王老师说：你没文化，我的分析你可能听不懂。但有一句话，你能听懂，本来你儿子可以稳稳地考上清华北大，可你这么一折腾，就可能考不上了。听懂没？

杨八绝望地点了点头：懂了。

王老师说：再说了，他转到哪，怎么可能不告诉我们呢？转学籍是一件非常严肃的事情。转学手续上是一定要写接收学校的。

杨八已经没有心思听王老师后来的这些话了，耽误儿子考清华北大就已经是拿刀子捅他的心了。

王老师看了看杨八，突然说：我冒昧问一句，您犯法了？

杨八忙摇头：没，没，没。我怎么会犯法？

杨八感觉到了来自王老师鄙夷的目光。他在这种目光下走出教研室，还未走到学校的大门口，离开的想法就被他彻底地否定。一念之间，他差点毁了儿子的前程啊。他想，他是多么愚蠢的父亲。可不逃，李大国怎么办？

杨八刚回到西山脚下，他的手机又响了。

李大国在那头说：怎么，大哥，大侄想转学啊？

杨八差点一屁股坐到地上，结巴着：没，没有啊。

李大国说：别动这念头了。转到哪，这边的学校能不知道？

杨八倒吸了一口气：是，是。不转了。

想了想，他又说：大国，你，你别派人跟着我了，行不？

可李大国却挂断了电话。杨八明白，李大国这个电话只有一个目的，就是告诉自己，他杨八活在李大国的手心里。杨八把这两个多月的遭遇从头到尾想了几遍，最后落在一个点上，就是那十五万。正是因为这十五万让杨八和李大国有了千丝万缕的联系。杨八想，既然跑不成，我退你钱还不成吗？杨八认栽。不就是一块肉吗，权当爹妈生时没给这块肉，权当过去这两个多月做了个白日梦。钱算个啥？这么多年穷得抽口烟都舍不得，不也照样活着，照样养出这么好的儿子？肉串店不开能咋地？接着倒腾菜又能咋地？我卖了你腰子，又还了你钱，你李大国总该放过我了吧。

杨八几乎是小跑着回家，进了屋，拿了那张银行卡，然后给李大国打了个电话，说要见面，有东西给他。李大国的态度明显和蔼了许多，他让杨八别动，说马上会有人去他家里取他手上的东西。

果然，不到半支烟的工夫，响起了敲门声。

杨八交出那张银行卡后的几小时，手里一直握着手机，而手机却一直未响。杨八感觉到一丝饿意，才想起已经两天没吃没喝。媳妇没在家，他就想去馅饼铺吃两张馅饼。可一出门，便看到李大国的悍马停在胡同口，杨八走了过去。他一上车，李大国就笑了。

李大国拿出那张银行卡：大哥，你看你，这是干啥呀，哪有这么办事的？这是你的钱了，快收起来，我还以为你要给我支票呢。

杨八说：这钱不要了，真不要了。我那肾也没给你姐用得上，我哪好意思要钱。

李大国说：用没用那是我姐的命，那肾都拿出来了，我还能再给你安回去呀？

杨八说：算大哥送你了，行不？

李大国说：我明白你的意思，可，你想啊，我都想几百万换你儿子的肾了，还会差这十五万吗？你还了我，咱也清不了。谁叫咱认识了？咱肯定清不了。大哥，收起来吧。啊。

杨八转过身跪在车座上，几乎是带着哭腔说：大国，老弟，李总，我杨八就这一个儿子，你放过他吧。

李大国看着杨八说：大哥，看你，咱们是兄弟啊，别这样，这要是让我姐知道了，还不得骂我呀，我只是想和你做笔生意，你开个价，只要你说话，我李大国真的不还价，你应该了解我的脾气。

杨八不语了。

李大国把那张银行卡放到杨八手里：这卡你收起来吧。你遭了那么多的罪，我能要你这钱吗？那我李大国还是人吗？

杨八脑袋都木了，下意识地接过卡。

李大国又从怀里掏出一张支票，说：我知道，上次那张支票你撕了，我再给你补一张，填吧，只要过得去，我真不会计较，我要让姐姐活在世界上，我要天天看到她。

杨八同样麻木地接过支票。

李大国见杨八还跪在车座上，就拍了拍他的大腿说：哥，我李大国就这一个亲人了，她是我的天哪，你说，天塌了我还能活吗？她没有肾，就得死，可你儿子，你儿子有两个肾哪，拿掉一个肾还能接着活下去，我不要多，我只要一个肾。我李大国冲天对地发誓，我只取一个。就一个。我要是食言天打雷劈。

李大国说着，眼睛里已经充满了泪水。

杨八把头扭向车窗外，这时，他看到儿子背着书包高高兴兴地从车前走过去。

李大国说：你想想，你儿子要是有了几百万，那是什么日子啊？咱不说你，就说你儿子，几百万哪，够他花一辈子了。再说，他有这几百万垫底，创业，没准将来就是中国的比尔盖茨、乔布斯，真就说不定能进福布斯啊。

杨八没有答话，一直注视着渐渐远去的儿子。车里静得仿佛掉根针都能听到。李大国也看着杨八的儿子，但余光始终在杨八的脸上。李大国想这孩子来的真是时候，也许就是这么一走一过帮助杨八下定了决心。他等待着杨八的回答。

杨八没头没脑地问：你姐姐还用透析吗？

李大国说：不用了。

杨八说：那还打针不？

李大国说：也不打。

杨八说：哦，那就是说，她已经不用天天住在医院里了？

李大国：住，回家我不放心，本来已经出院，我又把她送进医院里了。

杨八说：是啊，还是医院条件好。

李大国看着杨八。

杨八淡淡地笑了笑说：那我走了。我得回去跟媳妇儿子商量商量。

李大国乐了：这就对了。他们肯定听你的，你是一家之主。

杨八叹了口气说：你姐真可怜，有时间，我去看她。

李大国说：去吧去吧，我姐肯定非常高兴见到你。

杨八哦了声，推开车门下了车。他走了两步回过来冲着李大国笑了笑，还摆了摆手，李大国也向他挥手致意，两人在友好的气氛中分手了。

杨八却没有回家，他好像顺路一样拐进一家包子铺，从后窗观察李大国的动静。他见那辆悍马开走了，就闪出包子铺的后门径直下山，像电影里一样，试图摆脱可能存在的盯梢。

天快黑的时候，杨八折回西山，来到小六子的鱼摊，一边跟小六子闲扯，一边趁他不备将摊上那把电工刀藏在怀里。杨八记得小六子说过，这把不起眼的刀飞快，跟了他十几年，小六子卖肉的时候用它剔骨头，现在卖鱼了，就用它豁鱼膛。

整整一晚，杨八都枕着这把电工刀，他需要熟悉一下这个陌生的家伙，电工刀散发着淡淡的鱼腥味儿。第二天早晨直到他离开家门，他媳妇都在不停地叨咕着，咱家怎么一股小六子家的味儿。

杨八到北京路的高级果品店走了一圈，买了一堆水果，都是拣高档的拿，杨八从来没舍得花钱去买这些东西，他提着水果打了一辆车，直接到了医院。

病房里，只有李小会一人，她坐躺在床上看电视。一进门，杨八把水果放在桌子上，李小会非常感动，说：杨大哥，你来就来吧，还带什么水果。

杨八说：一点心意。

杨八感觉他的嘴唇有点不听使唤。

李小会说：我还要谢谢你呢，听大国说，你答应让儿子把肾移植给我了，这真的让我很感动。咱这是哪辈子欠下的债呢，要这么还？

李小会的声音又回到春雨般的绵软中。

杨八的心剧烈地跳着，他似乎听到了心跳的声音就像他家山脚下跑过的火车。那把电工刀也在他裤兜里疯狂地跳动着。杨八捋了下裤兜，他感觉那东西随时都要跑出来。

李小会说：我这个弟弟，一开始还想瞒着我，不想告诉我移植失败的事，他怕我受不了。其实，我早就感觉到了，我的身体已经告诉了我。

杨八还想试探着做最后一次努力，他说：你家有那么多钱，要想找到匹配的肾，并不难。

可李小会轻轻叹了口气，说：难哪，外人是没法知道的。

话音没落，杨八的手已经伸进了裤兜。电工刀是折叠的，此时刀身正卧在木质刀柄里。杨八感觉那刀柄也出了汗。

李小会关心地看着杨八的脸颊说：你出了好多汗呢，身体还是虚吧。说着，她回身拿过一条白毛巾递向杨八。杨八那只好使的左手正揣在兜里捂着刀柄，见李小会的毛巾伸到眼前，他本能地抽出手去接，结果咣啷一声，电工刀掉在地上，翻了几个身滚到了椅子底下。杨八瞪大了眼睛看着李小会，李小会被他的表情吓了一跳。

李小会不知所措地提醒着：你的东西掉了，杨大哥。

杨八却死死地盯着李小会，好像无论怎样都无法将目光从李小会的脸上拽走。

李小会笑了笑说：大哥，你帮我把那个包拿来。我给你儿子买了一个电子书，没多少钱，不过我看适合孩子。

杨八麻木地站起身，他想顺便去捡那把电工刀，身体却不听使唤，最终他只是将包递给了她。李小会打开包拿出一个不大的盒子，说：你儿子学习好，爱看书，这是我的一点心意。

杨八盯着那盒子，不知怎么一下想起了苹果手机，想起了国宴茅台，特别是李大国的脸浮现在眼前，让他的血直往头上涌，他伸出手，却没伸向李小会，而是伸向李小会身旁的被子。他用他那只好使的左手拼尽全力掀起被子，把李小会捂在被子里。杨八的嘴里不停地说：对不起了，对不起了，我儿子不能没肾，他不能没肾。李小会先是本能地挣扎了两下，然后就无力地放直了身子。

中午时分，杨八回到西山，来到小六子的鱼摊子，趁小六子不注意，他把那把电工刀塞在一堆破抹布底下。

小六子说：刚才我媳妇领着嫂子又去看了一个要出兑的店，比前天看那个好，能多放两张桌。

杨八哦了一声。

小六子说：两张桌那可多挣不少钱呢。

杨八又哦了一声，掐灭了烟头，起身便往外走。小六子一低头发现了那把刀，跟他媳妇叨咕：我找了一天，咋就放这抹布底下没看着呢？这刀你擦了？他冲杨八的背影说：你怎么走了呢？见杨八没有任何回应，就又说：有钱了，咋倒发呆了，哎，用不用我媳妇再领你去看看啊？哎，你听见没啊？你去不去啊？小六子一声高过一声地喊。

杨八却头也不回地径直朝前走。此时的杨八已经泪流满面。

西山脚下，又一列火车呼啸而过。

乐园东区 16 栋 303 室

陆大壮向管教标准地鞠了一个躬，转身迈出灰色的铁门，咣啷一声，铁门在他身后发出一声闷响，陆大壮六年的刑期就算结束了。

陆大壮是坐公共汽车回的家。本来，他也想打车，可在这么个荒郊野岭，在监狱附近，他又穿着一身牢服，哪有出租车肯为他停下来。陆大壮是被减刑提前释放的，他的家人并不知情，又因为被关进来的那一年是冬天，现在是盛夏，所以陆大壮没有衣服可换，他只能背着冬天的棉衣，穿着灰色的牢服。他不怕路人的眼光，他想好了，到了市里，找一家商店把这身行头换下来，他就是要突然出现在家人面前，给他们一个惊喜。

陆大壮一路打听，倒了三次车才到了传说中的新家，乐园东区。这个名字是他入狱一个月后家人探视时告诉他的。当时，爸，妈，还有弟弟都含着热泪，陆大壮问，钥匙到手了？三人都点头。陆大壮又问，哪个小区？爸妈已泣不成声，弟弟挤出一句话，乐园东区 16 栋，2 单元 303。虽然弟弟只说了一遍，可陆大壮牢牢地记在心里，并且在这六年里，几乎天天背诵一遍。就是为了这一连串数字指向的那扇门，陆大壮坐了六年的牢啊，而且是从二十七岁到三十三岁人生最美好的时光，但是，陆大壮无怨无悔。

陆大壮是替人顶罪进的监狱，对此，这世界上只有五个人知晓，陆大壮一家四口还有另外一个当事人，也就是那次交通事故的真正肇事者。肇事者是他的顶头上司，一家国企的办公室主任，陆大壮是这家企业临时招聘的司机，虽然工作了快两年，却没有正式编制，也就是那种可以随时被解聘的编外人员。出事时，陆大壮和主任都在车上，车是主任开的，本来平时都是陆大壮开，那天主任说要练练手，陆大壮就把方向盘交给主任，结果在去郊区的路上，车子撞倒了一个老太太，主任慌了神，车都没下，加速便跑，陆大壮吓得大气不敢出。猛开了一个多小时，就听广播里插报了一条新闻，大意是刚才他们经过的那个路段有一老妇被撞，当场身亡，肇事司机逃逸。主任一脚急刹车，转身盯着陆大壮，道：大壮，大哥求你一件事。于是，两人就在车里用了不到五分钟，干脆利索地谈妥了条件——陆大壮去自首替主任顶罪，主任给陆大壮家解决一套三室一厅的楼房。

那时陆大壮的家还住在西山，就是吉林市最穷的人住的地方。西山绵延几公里，横亘市中心，一条火车线从山下穿过，西山之下车水马龙，西山之上则一片狼藉，黑压压地簇拥着破旧的平房。陆大壮家是西山的老人儿，从他爷爷起就居住在此，后来他爷爷死了，就把房子传给了他爸爸。房子总共两间，陆大壮爸妈一间，陆大壮和他弟弟陆小壮一间，小的时候尚可，兄弟俩同居一室不觉怎样，可长成了半大小子，还挤在一起便觉出了诸多不便，陆大壮的爸就用木板条将十几平米的房间分成了两半，睡觉是舒服了不少，两个男人有了各自独立的空间，可陆家的最大问题却仍然无法解决，仍然石头一样堵着四个人的心，那就是，已经到了谈婚论嫁的年龄，陆大壮和他的弟弟却根本找不到对象，没有钱，没有地位，没有房子，甚至陆大壮的妈连社保都没有，只有一个月几百块的最低社会保障金，哪个女孩儿肯嫁你呢，陆家老两口虽然不到六十，却愁出了一头的白发。陆大壮在二十出头的时候曾经交过一个女朋友，但人家一听他住在西山，便再也没露面，连手机都换了号码，陆大壮从此对搞对象没了兴趣，发展到后来，竟对女人的兴趣也仅停留在看看黄片上了。陆小壮比他的哥哥活泛，能哄得女孩儿开心，可女孩儿在笑过之后，又有谁能将终身托付西山呢？虽然在陆家，他是唯一一个用脑子挣钱吃饭的人，但他那点伎俩放在社会上充其量是个蓝领，而且是个没有固定工作，没有稳定收入的蓝领。陆小壮的技术是电脑维修，他每日奔波在吉林市的各电脑商城间，打零工，装电脑，倒腾散件，仅此而已。陆大壮出事时，陆小壮正谈一个女朋友，女孩儿也是西山老户，就住在陆家身后的胡同，陆小壮之前，女孩儿跟一个中学同学已经处了好几年，亲家都会完了，男方却突然变了心，陆小壮便乘虚而入，原本，陆大壮也动过乘虚而入的念头，可还没等行动，就发现了陆小壮的心思，当哥的哪能跟弟争这事？很快，陆大壮就看到弟弟挽着女孩儿的胳膊在西山上招摇了。女孩儿的大名，陆大壮不记得了，西山上的人都知道她的小名，铃铛。陆大壮在十几岁的时候曾在夜晚无数次地梦见过这个名字。铃铛的出现让陆家老两口的脸上终于见了点笑模样，但旋即又阴云密布，他们没有房子，拿什么迎娶儿媳妇？陆小壮也是白天欢喜，晚上叹气。就在这个时候，陆大壮和他的主任开的车肇事了。在那短短不到五分钟的时间，陆大壮悲壮地做出了拯救这个家庭的决定。主任说：你就开条件吧，只要我能办到的。陆大壮脱口而出：我要一套三室一厅。说得铿锵有力义无反顾。

陆大壮回家的路上办了很多事儿，他买了新衣，剃了头发，刮了脸，又泡了个澡，他在大池子里足足泡了两个小时，他要把监狱的晦气全部泡掉，绝不能带进他和他家人的新家。一切妥当，陆大壮弹了弹不慎掉在新 T 恤上的烟灰，挺直了腰杆，走出浴池。外面已经是日落时分，远处高楼间正有一轮圆饼样的太阳缓缓落下，气势恢宏的余晖照耀着陆大壮意气风发地迈进乐园东区。

陆大壮站在 303 室的门前，心仿佛要跳出胸膛。他伸手抚摸着这扇紫红色的防盗门，感觉它像玉一般的温润，像缎一般的柔滑，感觉这是他这辈子摸过手感最好的东西了。

他按响了门铃。

谁呀？这是一个小男孩的声音，陆大壮知道，这就是他那个未曾谋面的侄子。他入狱两个月后，弟弟探视时说，他已经结了婚；半年后，再次探视时又说，他已经当了爹。陆大壮嬉笑着，行啊，动作挺麻利啊。弟弟两只手指做出胜利的姿势，得意地说，那是当然。

谁呀？陆大壮还没想好用什么称呼回小男孩的话，又一个声音响起。这声音让陆大壮顿时鼻子发酸，热泪盈眶。

妈，是我。

陆大壮听见里面的人明显停顿了一下，旋即迅速打开门。母子相视，竟一时无语。陆老太太矮了，为了更好地凝视她的儿子，她几乎将头全部地仰起。她绽开笑脸的同时，两行热泪也滚落了下来。片刻，陆老太太俯下身，默默地为陆大壮脱鞋，陆大壮不忍地想收回脚，陆老太太却执意地按住儿子，轻轻地为他脱下皮鞋，换上了拖鞋。这时，藏在冰箱后的侄子跳了出来，大喝一声：你是谁？陆老太太直起腰终于说了一句话：叫大爷。

　　接着，陆老太太拉着儿子的手参观起他们的新家。这是一套不大的单元，不过七八十平米，但绝对是三室一厅，有三个独立的卧室，陆老太太指着一间南卧室说：这间是你的，现在你侄子住呢，以为你半年后才回来，还没腾呢。陆大壮一寸寸地打量着这七八十平米，装修得虽不奢华也不讲究，但却整洁明亮，陆大壮能想象得出母亲每天对这套房子的爱护和擦拭。陆大壮问：新房住着好么？陆老太太说：咋说呢，也好也不好。陆大壮明白妈的意思，就伸手揽过她的肩膀，搂在怀里，说：有啥呀，不就六年么，不耽误吃，不耽误喝。

　　晚饭的时候，一家人都齐了。陆大壮的爸老陆将归来的儿子让到靠窗的位子。陆家的餐桌是长方形，因为没有单独的餐厅，餐桌摆在了客厅的落地窗前，临窗的位置最明亮，最宽敞，平时都是老陆坐，今天老陆强行把陆大壮按在了那里。老陆举起酒杯，说：一人敬大壮一杯酒，说一句话，从我这起，我第一个。陆大壮试图制止这种礼遇，老陆手一挥，不让他插话，老陆是一家之主，老陆一挥手，谁也不能再说什么，从陆大壮记事起就是这样。

　　老陆说：我不多说了，就一句话，大壮是咱陆家的功臣。他碰了下儿子的酒杯，一饮而尽。

说句实在话，功臣两个字这六年里一直藏在陆大壮心底的某一个角落，刚才迈进小区的瞬间，这两个字也着实蹦了出来，所以，此时他虽然客气地推脱着父亲的肯定，可心里还是很受用和得意的。当然，以陆大壮的禀性，他绝对不会以功臣跟家人自居的，他有的只是自豪和骄傲。

老陆看向老伴：你说。

陆老太太端起酒杯，眼泪再次流出来，本来做饭的时候，她已经喜笑颜开，这会儿又忍不住了，她说：妈也一句话，爸妈对不住你。她一仰脖，和着眼泪干了杯中酒。

接着是陆小壮。陆小壮双手端着杯，道：哥，我想说的话能装一筐，爸就让说一句，那我就一句，谢谢你。说着，他不但喝了自己的杯中酒，一伸手连陆大壮的酒也干了。

老陆的目光落在铃铛的脸上，铃铛显得有些窘，尽管在前三个人敬酒的时候，她有所准备，可轮到头上，她还是有点不知所措，毕竟陆大壮的归来对她来说太突然了，更主要是陆大壮那个事件本身对她来说也是突然的，她举起杯说：大壮哥，我挺佩服你。她似乎找不到其他的表达，就想喝酒，身边的陆小壮用胳膊肘捅了她一下：这就完了？见铃铛支吾着，陆小壮嘀咕了一句：说谢谢啊。铃铛明显犹豫了瞬间，然后露出笑容冲着陆大壮道：谢谢。陆大壮有点不太敢直视这份笑容，他喝光了杯中酒以掩饰自己。其实，自从知道弟弟跟铃铛好上以后，陆大壮就对这个女孩儿没什么想法了，只是一下子同在一个屋檐下，他还是觉得有那么点别扭。

最后一个轮到陆小壮的儿子，老陆说：大宝，你也敬一下大爷。大宝扭过脸说：我还没吃完呢。陆小壮哄着：好儿子，跟大爷说谢谢。大宝问：为啥？陆小壮被问愣了，不知该怎么跟孩子解释，就接着哄：快点，好儿子。陆大壮赶紧摆手：快让大宝吃饭吧，咱都吃吧，别敬了，一家人敬啥？老陆却不干，看着孙子道：不行，大宝，必须敬，跟大爷说谢谢。大宝正在啃排骨，很不高兴地问：为啥谢，他也没给我买好吃的。老陆放下筷子严肃地盯着孙子，这罕见的严肃显然是吓着了五岁的大宝，他哇地哭了：我为啥谢，我不谢，呜呜。铃铛和陆老太太赶紧去哄，老陆冲破嘈杂声道：没有大爷，就没有你。

晚饭后来就演变成三个男人喝酒了，陆老太太和铃铛领着大宝进了小两口的卧室玩游戏。酒过三巡，三个男人都有了些醉意，只听卧室里又传来大宝的嚎啕大哭声，他半拉身子冲出卧室，嘴里喊着：我要回自己屋睡。另半拉身子被铃铛死死地拉着，因为大人不敢过于用力，大宝很快挣脱母亲的拉扯，跑向那间南卧室，陆老太太和铃铛一起跟过去试图往回拖拉。大宝索性躺在地上耍泼，坚持要回自己的房间睡觉。陆小壮见状，上前一把夹住连蹬带踹的儿子，塞进了他们的卧室，连同跟过去的铃铛，一起反锁在里面，大宝哪肯罢休，便没完没了地砸门，铃铛没完没了地哄劝，真的就是那句话，孩子哭老婆叫。陆小壮返回酒桌要跟哥继续喝，可陆大壮让这场面一搅早醒了酒，哪还有继续的心思。陆老太太解释说：因为陆小壮的呼噜声太大，大宝从出生开始就跟着铃铛睡那间南卧室，可两口子分居毕竟不是长久之事，大宝长到三岁半的时候，铃铛就回陆小壮的房间了，大宝也很快适应一个人睡觉。见陆大壮有些尴尬，陆老太太又道：小孩子，不用管他，过两天适应一下就好了。

陆大壮听着侄子的哭闹有些手足无措，说：要不让大宝跟我睡吧。在里边扳的，我睡觉不打呼噜。

陆老太太说：那哪行，你休息不好，再说他也不干。他眼里，你还是个生人。

老陆和陆小壮都让陆大壮只管进屋睡觉，说不用管，明天就好了。

陆大壮只好进了卧室，可是侄子的吵闹让他无法入睡，侄子终于累了，没动静睡着了，他却睡不着了。借着月光，他盯着天棚上的吸顶灯，仔细地回味着这七八十平米的空间，方才意识到，自己的这间房是这个家唯一的一个南向卧室，那两间都是朝北的，不由得心疼起老爸老妈来。可转念一想，也行啊，毕竟比西山好很多呢。陆大壮这么想着，眼皮刚合上，却听外面啊的一声，传来大宝又一轮哭声。没一会儿，陆小壮出了卧室，又过了一会儿，才恢复了平静。陆大壮走出去，看见陆小壮光着膀子躺在沙发上，身上盖着条毛毯，就小声问：咋回事？

陆小壮说，自己的鼾声太大，吵醒了儿子，哭了两下，铃铛又给哄睡着了。

陆大壮问：今儿你就睡这儿了？

陆小壮说，是啊。并再次让哥哥不用管，回去睡觉便是，过几天就没事了。

可是，过了几天，睡觉一事还是难以解决。大宝天天吵着回自己房间，大人们就像第一天那样生拉硬扯，好不容易把他哄睡着，他半夜还是照旧让陆小壮大如雷的鼾声吵醒，陆小壮就再夹着毛毯到厅里沙发上睡，天天反复如此。因为老陆比陆小壮的鼾声还大，所以大宝也不能跟着爷爷奶奶睡。陆大壮就说：还是我在厅里睡吧，大宝回南卧室。大家都说不妥，哪能让刚归家的人睡沙发？陆大壮再坚持，陆老太太就说：大伯哥躺在厅里，弟媳妇半夜上个厕所都不方便。陆大壮就不好再说什么了。嘴上不说什么，可陆大壮心里却越来越不是滋味，因为，折腾了一个星期后，陆小壮实在折腾不起干脆就住厅里了，偶尔陆大壮听见他半夜溜进媳妇的房间个把小时。陆大壮突然闪过一个念头，自己的归来并没给这个家庭带来更多的快乐，反倒是搅乱了他们原本好端端的日子。

发展到后来，一到晚上，陆大壮就觉得自己是个多余的人。

就在陆大壮闹心的时候，陆家还有一个人的心情不比他好过多少，这人就是铃铛。铃铛知道陆大壮的事儿是在一个多月前。此前，她和西山的所有人一样，都以为她这个大伯哥是因为肇事逃逸被判的刑。那天早上，孩子上了幼儿园后，公公婆婆把她叫到跟前，郑重又神秘地说：我们有件事儿得跟你说。铃铛当时的震惊可想而知。她怎么也没想到陆家跟她撒了这么大一个谎，特别是丈夫陆小壮，俩人同床共枕了几年，竟都对她守口如瓶。回头她问陆小壮：你跟你们家还有多少事瞒着我啊？陆小壮竖起一根手指：就这一件，这事实在特殊，不好乱跟外人讲。铃铛不满地问：我是外人？陆小壮自知失言，马上改口：拿你当外人还能告诉你么？铃铛一想，说的也是，不管怎样，现在还是视自己为一家人了。

陆家的上下一直以为陆大壮还要半年才能刑满释放，所以这一个月来，铃铛对家里即将多出的这一个人并未想太多。对于公婆的和盘托出，她偶尔想起时也是觉得不过告诉她这个家庭的一个秘密而已，现在看来，绝不仅如此啊。老头老太太是要让她明白一个事实，陆大壮是这个家的功臣。对此，陆大壮进到家门吃第一顿饭时，公公就给他定了性。而在那天之前，铃铛一直以为功臣的桂冠应该落在自己和陆小壮头上，她的想法也不是没道理，老大进了监狱，老二一家陪着老人过了这几年，尽享天伦，老人一旦有个头疼脑热，都是他们端水送药，搁在一般家，这老二是要好过老大的。可半路，陆大壮咋又以功臣的身份杀了回来。铃铛那天说的是真心话，她的确挺佩服陆大壮这个举动的，那可是六年啊，换作是她，别说三室一厅，就是给套别墅，她都不干。铃铛回忆小时候的陆大壮，少言寡语，甚至有点窝里窝囊，咋也看不出能做出这种惊天之举。可是，佩服归佩服，要让铃铛从里往外地心怀感激，她是绝做不到的。

我为啥要感激你哥？陆大壮回来的第二天，铃铛就这么问陆小壮，这之前的一句话是陆小壮埋怨铃铛头天晚上敬酒时不够真诚。夜已深，俩人说话都压着嗓子。

陆小壮听铃铛这么一问，更不高兴了：你说为啥感激？没有我哥，能有咱俩么？咱俩能结上婚么？

铃铛撇了下嘴道：我知道，昨天你爸说大宝那句话就是给我听的，什么没有大爷，就没有你——告诉你，这话我不爱听。

你也太没良心了吧，陆小壮极其不满了。

我问你，铃铛盯着丈夫，你听好了，要是你当时不是跟我搞对象，是跟老张家的谁，老李家的谁，你们家要娶的儿媳妇是她们，你哥能去干这事不？

陆小壮瞪着眼睛递不上话。

铃铛追问：说话呀，你哥能干不？

陆小壮仿佛被逼到了墙角。

铃铛白了他一眼：你哥是专为了我铃铛么？那你还得让我咋真诚地感激他？他是为了你们陆家，不是为我。现在倒好，弄得他是个功臣，我，还有咱儿子倒像罪民了。

陆小壮见这件事情上说不过媳妇，就直奔主题：那我问你，你别不承认啊，咱都说实话，我哥回来，你烦，是不是？

铃铛反驳：我哪烦了？我跟你爸你妈烦了，还是跟你哥烦了？

跟我，我又不是傻子，看不出来呀？铃铛听了想反驳，陆小壮跟了一句：说实话，撒谎没意思。

铃铛不吭声了。

陆小壮说：不就是耽误了咱睡觉么，那咋办，你让他睡大街去呀？别说这房子是他坐牢换来的，就算他不为房子，他就是杀人放火进了监狱，出来了，还能不让他回家？陆小壮越说越激动。

铃铛咬着牙：你小点声，吵醒孩子。

大宝果然翻了个身，铃铛踹了陆小壮一脚：出去，滚。

接下来的几天里，铃铛总能有事没事地想起丈夫的那最后一句话。铃铛也没有正式工作，在商场里打游击替人卖货，没有顾客的时候，她就站那琢磨事儿，她卖了十来年的货，都是这么过来的，只是没结婚的时候，她琢磨嫁谁，嫁了，她就琢磨婆家那点事儿，因为商场里有规定，售货员不准在岗时坐着，不准看报纸发短信玩手机，也不准互相之间交头接耳，她不琢磨事儿，她干啥？特别是这些天，陆大壮搅得她天天晚上睡不安生，白天便昏昏沉沉，没心思主动拉拢一走一过的顾客。于是，她就有更大把的时间想眼前的日子。陆小壮的那句话反复在耳边响起，铃铛有个想法只能对自己却不能对丈夫说，那就是，如果大伯哥陆大壮真是因为杀人放火进的监狱，现在回来了，她还真就没啥不高兴不得劲的，而偏偏陆大壮的入狱跟房子有关，这房子是陆家的，有陆家老两口的份儿，有陆家两个儿子的份，自然也有她铃铛的份儿，而在陆大壮回来之前，铃铛以为她和陆小壮既然是陆家的功臣，这房子理应也只能是她和陆小壮的。

　　铃铛结婚近六年了。铃铛的前男友是西山为数不多的大学生，虽说是二本，大学没毕业却考上了公务员，铃铛对未来走出西山的憧憬就像那穿城而过的松花江水，日夜流淌。所以当那小子弃她而去时，铃铛悲痛欲绝，她晚上咬着泪水浸湿的毛巾嘤嘤地哭，白天照旧发出银铃一样的笑声，她不想让人看她的笑话，可是她的面容却不替她撒谎，日渐憔悴，到了两个月后前男友领着新对象来西山时，铃铛已经脱了相。男友的新对象不好看，却是坐着一辆黑色奥迪来的，因为她爸是一个局的常务副局长，铃铛第一次听说"常务"两字就是在那个黄昏，邻居一字不差地传诵着如此复杂啰嗦的官职，本来同情安慰铃铛的人们此时都转身去拍前男友的马屁，就连铃铛的妈都觉得似乎前男友抛弃铃铛天经地义。这时，陆小壮出现了。铃铛迅速地跟他好上，大有破罐子破摔之意。不过，即便往破了摔，铃铛也没想嫁陆小壮，她不能屎窝挪尿窝。从小在西山长大，如今在西山结婚生子，最后老死西山。她太了解西山了，它像一片沼泽牢牢地缠住居住在此的人们，一代又一代，想要逃离它太难了。铃铛想，她就是一辈子不跟男人睡觉，也绝不嫁在西山。让铃铛改变想法的就是那套三室一厅。陆家变戏法儿般弄出一套让西山人眼热的楼房，铃铛觉得不可思议，铃铛的爸妈也觉得不可思议，那可是他们攒几辈子也攒不出来的东西啊，可是，陆家就有了。而且铃铛的妈当时就把未来的形势分析透了，老大进了监狱有了短处，这是一；二呢，铃铛进门后占住房子跟着老头老太太过日子打下底儿，待有一天老头老太太不在了，这房子岂有不是铃铛的？铃铛的妈说：我看你就嫁了吧，要不你也不好找。铃铛妈说这句话的时候极其不耐烦，当初她就劝铃铛跟前男友留有分寸，可铃铛不听，全西山都知道铃铛为前男友打过胎。铃铛妈说：西山知道就等于全天下都知道，就算找了个外面的男人，上山一打听，屁大个工夫啥不知道？铃铛正犹豫着，陆小壮领着铃铛去了趟那套还是毛坯的三室一厅，铃铛站在窗前，趴在窗台上看着小区内的绿荫和行人，这是铃铛第一次长时间地站在居民楼的楼上往下看，往日，她看邻居只需抬抬眼皮。铃铛深吸了一口气，从上往下看的感觉真好啊。陆小壮从身后抱住她，说：结婚吧。铃铛侧过身，回了陆小壮一个拥抱，眼睛仍瞥着楼下的一个小石桌。铃铛说：结吧。

铃铛婚后回西山腰杆笔直自不必说，回自己娘家也硬气不少。铃铛想，这就是婚姻的回报啊。现在，她不能把可能竹篮打水的事告诉任何人，哪怕是最亲的亲人。她只对母亲说，陆大壮回来了，却只字未提顶罪一事。

你咋又晒被了？幸亏隔壁招呼我，要不全湿透了。铃铛一进家门，婆婆不无斥责地问。铃铛这才想起，早晨出门时把儿子的小被子晾在了楼下的石椅上。谁知响晴的天，晌午竟飘起了雨。

大前天不是刚晒过么？婆婆一边抖落一边接着唠叨着。

我怕伏天阴面潮，月子里大宝起过湿疹。铃铛放下背包，跟着一起拆被套。

婆婆的手突然停在半空，片刻，慢声道：阴面再潮，也没班房里潮啊。

铃铛一愣，手也停在半空中，停了很长时间，她放下被子，说：妈，我就是顺嘴一说。我没别的意思。她扭身进了厨房，厨房里，公公和陆大壮正在修理水龙头，他们故作自然的表情告诉她，刚才婆媳的对话全入了他们的耳朵。铃铛真的只是顺嘴说说而已，她从未认真想过阳面阴面的优劣，但她懒得解释。她拿起门后的豆角，一根一根地掐。

肉焖豆角进锅后，铃铛拎起垃圾下楼。垃圾扔进桶里，一回身，铃铛看见蹲在单元门旁的陆大壮，陆大壮正在心事重重地抽烟。铃铛想进单元门，就不能装作看不见他，就只好来到他的身边。

我真没别的意思。铃铛不知为啥，还是忍不住要跟陆大壮解释一下。

陆大壮说：我知道。

铃铛不知道该说啥了。

陆大壮又说：我回来，给你们添乱了。

你这是咋说的？铃铛没想到陆大壮会说这么一句，她环顾四下没有人，想说点什么，可她既不想承认又不想抹杀陆大壮对这个家的贡献，她就是不想谈论这件事，于是，她推开单元门，回身冲陆大壮说：饭要好了，上来吃饭吧。然后，她独自上了楼。

半天不见陆大壮回来，铃铛站在厨房的窗前探出头往下看，陆大壮还蹲在那儿抽烟。她突然想起了年轻时的陆大壮，多少年前，他就是这么个姿势抽烟。当年前男友离去后，陆小壮蹦进她的生活时，铃铛一直以为他是替他哥铺垫探路呢，比方，他借口家里的斧子坏了，跟铃铛她爸借斧子，借口新买的裤子太长，请铃铛的妈给缝裤脚，等等，铃铛可有可无地等着身后陆大壮的出现，铃铛不是傻子，十几岁时她就感觉到了来自陆大壮的暧昧目光，只是一直没心思迎接而已，而对陆小壮，她始终以为他比自己小很多，一直到陆小壮约她走进电影院，把手搭在她的手上，铃铛才明白，哦，原来是这么回事儿，她才确切地知道，原来陆小壮比她大一岁三个月呢。铃铛看着陆大壮一根接一根地抽了一地的烟头，心想，都说监狱不让抽烟，怎么陆大壮还没戒掉啊，而且还像几年前那样抽闷烟。她又想幸亏当初追自己的不是陆大壮，当初一看见陆大壮抽闷烟就让她想起一天的乌云，现在她想不起云彩那么浪漫的事物了，她觉得胸口堵得慌。铃铛最后总结为，这是一个多么乏味的男人。

第二天下班回家，铃铛在走廊里就听见叮叮当当的敲击声，刚一打开门，被厅里冲过来的陆小壮拽了出去。

干啥呀？铃铛吓了一跳，脱开陆小壮钳子一样的手。

陆小壮已经鼻子不是鼻子脸子不是脸子了：你昨天那是什么

意思？当着我妈我爸我哥仨人，你说北面潮，你啥意思？

铃铛不看陆小壮，说：没啥意思。

陆小壮说：那还没啥意思？我告诉你，别整天话里有话的，给谁听啊？

给你听，给你们全家听啊。见已招到全家误会，铃铛干脆不做申辩了。

两人都怒视对方还要理论，陆大壮从里面跑出来，满脸笑容地道：快进来看看，竣工啦。

铃铛走进厅里先是看见一地的板条锯末，再往南屋一看，不由瞪大了眼睛，一个不到十八平米的房间，让丁字形的木板隔成了两个空间，并且各有一个简易的窄门。

陆大壮欣喜地说：咱家现在是四室了。我住这边，大宝住那边。

铃铛打量着，两个空间里各有一张单人床，陆大壮那边是旧的，大宝那边是张新买的，大宝的床上还搬来了他的几样玩具。铃铛看了眼陆小壮，又回头对大壮说：大哥，我昨天就是顺口话赶话说的，真不是故意的。

陆大壮说：我知道，我知道。他搓了搓手，故作轻松状：怎么样？我觉得我这办法挺好。在里边，我是木工房的。

陆小壮白了眼媳妇，说：哥没跟我说什么。

铃铛想，那就是公公婆婆对丈夫说三道四了。三人正说着话，一早就出去串亲戚的陆家老两口回来了，看着宽敞的房间被隔成巴掌大的小屋，陆老太太的脸立时阴了下来；老陆看上去也好像不太是滋味儿，但很快缓过神儿来拍了拍陆大壮的肩膀，乐着说：

是我儿子，跟我当年一个招儿。

几人各怀心事地打扫着地板上的垃圾，转眼陆小壮从幼儿园把儿子接了回来。大宝看见这间小屋倒是挺新奇，孩子不懂好坏，仿佛觉得跟从前那个明亮的大卧室比，眼前这个小玩意更加好玩儿些。这让紧张的气氛多少缓解了许多。

但是，表面的平静下，铃铛跟陆小壮及公公婆婆的关系倒更加紧张了。回了卧室躺在媳妇身边的陆小壮几天不碰媳妇的边，甚至不愿多跟她说一句话，铃铛感觉到了来自陆小壮的反感，而陆小壮对哥哥陆大壮倒是更加体贴，对爸妈也极尽讨好，铃铛明白，这倒不是想气她，肯定是觉得媳妇得罪了家人，他在那弥补呢，可一次两次还行，天天如此，铃铛就感觉自己渐渐成为孤岛了。陆老太太趁陆大壮不在时，对陆小壮与铃铛下过指示，以后，家里的柴米油盐等一应开销就由他们小两口包了，老两口要攒钱给大壮娶媳妇，这也算弟弟对哥哥的回报和感恩吧，而且，尽量要买陆大壮爱吃的饭菜，因为他在里边这六年一定是太苦太苦了。陆小壮当即表示，应该，应该。铃铛不置可否。

一两周还应付得了，一两个月下来，一家五个大人一个孩子的吃喝，让铃铛和陆小壮很是吃不消。原本两口子的工资就不高，以前人情份子不多的月份还能稍有赢余，这下赢余没有，几乎入不敷出了。月末的时候，轮到铃铛做东请同服装组的几个姐妹吃饭，她都要去动用存折的老本儿，而且也不敢去像样的饭店，这让铃铛心里不舒服。一日，电费、水费的催缴单子贴到了门外，铃铛问陆小壮：这两三百块钱可以让爸妈掏不？陆小壮没吱声，但也没马上跟铃铛要钱交，两人就心照不宣地等，可是等了三四天，直到第二张催缴单又贴了上去，并称不缴即停电，老头老太太也仿佛没看见一般，陆小壮说：咱交吧。同时又说：一个要好的同学要结婚，得再拿出一千随礼。铃铛只好将存折交给丈夫，陆小壮问：取多少？铃铛说：你随便吧。陆小壮不乐意了：你什么态度啊？给我哥娶媳妇这有什么错么？铃铛没接陆小壮的话，盖上被子和衣而睡，她不知道该说什么，说什么陆小壮都不高兴，而且说什么也无济于事，她多年来存下的积蓄都会抽丝一样被抽走。她的很多在别人看来都很平常的人生理想都会一一地被瓦解，比方，她想买一个笔记本电脑上网聊天，或像很多姐妹那样买一个苹果手机，这些如果都实现不了，起码也要为自己添几件同学聚会时穿得出去的衣服，但是，她看不到这些理想成为现实的那一天了，即便眼前存折里有钱，她敢去花销么？四双眼睛在盯着她啊。同学们约她去大连玩几天，陆小壮说：别去了，那得多少钱？铃铛说：我闷得慌。陆小壮说：谁不闷得慌，这时候了，还讲什么享乐？

铃铛不满地说：一趟大连就是享乐？

铃铛对大连倒不是特别感兴趣，只是她怕她的捉襟见肘让伙伴们察觉。夜深人静时，陆小壮突然来了兴致，伸手去搂铃铛，铃铛一把推开，道：这时候了，讲什么享乐。陆小壮腾地坐起身，这是什么他妈老娘们儿。铃铛也不示弱，也坐起身：我还没说你什么老爷们儿呢，挣那么两吊钱，好意思回家。还有你哥，挺大个男人，一分钱不挣，吃弟媳妇的。陆小壮怒了，扬起手，铃铛闭上眼抻过头：你打，你打。陆小壮的手砸向自己的头：操他妈的，什么日子？

然而，尽管成了月光族，陆老太太对铃铛和陆小壮还是不甚满意。一日做晚饭时，陆老太太对铃铛说：这些天尽吃猪肉了，大壮爱吃牛肉，哪天买点牛肉吧，在里边他一年到头也吃不着牛肉啊。铃铛想说，我也爱吃牛肉，可是我忍着，因为牛肉比猪肉贵啊。话到嘴边铃铛又咽了回去，回头，她把婆婆的话说给陆小壮，本指望陆小壮会站在自己的立场，即使不与婆婆理论，也会背地里发发牢骚，可是第二天，陆小壮从同事那借钱弄回来了一头牛的两只腱子。铃铛无语，就在前天，铃铛走路口渴了，想买瓶水还要思量再三啊；答应儿子的新书包也没有兑现。

　　后来，同伴们再聊天时，铃铛都刻意地躲避着，她跟不上她们的消费，跟不上她们的生活内容，她怕跟她们在一起。就连晚上上 QQ，她都时时隐身，她怕熟悉的人找她，她怕她们找她进行任何的娱乐活动。很快，铃铛觉得远离的不仅仅是她的伙伴，而是这个社会了。

　　阳光透过窗帘的缝隙打在水蓝色的被子上，这是陆大壮将南卧室改造后迎来的第一缕曙光。木板那边的侄子还没有醒。小家伙不再哭闹，让他紧张的神经松弛了下来，可是轻松过后，陆大壮马上又想，这难道就是他蹲了六年监狱换来的日子么？这不是又回到从前了么？

　　陆小壮两口子去上班后，陆老太太一边给陆大壮叠被，一边叨唠出了同样的想法：费劲巴力地，又挤在这么个小地方，让你受委屈了。

　　陆大壮笑道：委屈啥呀，妈，这不比西山好多了，这木板跟木板可不一样，以前隔的是平房，现在隔的是楼房，楼房跟平房住着能一样么？再说，我弟不是娶了媳妇么，咱陆家有后了。后面这句话本来是用来安慰母亲的，可话一出口，落在这小小的空间，也瞬间把陆大壮自己敲醒。他为自己心生抱怨而羞愧。他替人顶罪不就是为的家人幸福吗？为爸妈，为弟弟，为陆家，尽管对有后无后，他从不在意，但老头老太太在意，他不想让爸妈看着同龄人抱上了孙子而感觉低人一等，他也不想爸妈到死也不知住楼房的滋味，现在他这两个愿望都实现了，自己住多大的房间有什么关系呢？陆大壮重重地拍了拍抹着眼泪的母亲：妈，我是打心里高兴，拜拜，我走了。陆老太太勉强为儿子露出一丝笑容。

　　陆大壮又出门找工作了。刚回到家的那些日子，他每天都是信心百倍地出去，然后无果，然后第二天满怀信心地再出去。这么大个城市，还找不着个吃饭的地方么？可是，他真的找不着。陆大壮没有文凭，再说，文凭现在又算什么，博士都用鞭子赶了，何况他一个高中毕业生，而除了开车，陆大壮再没有一技之长，他只能当司机。陆大壮找了几家出租车公司，想替人卖手腕子，可人家把车交给你，自然是要调查你的，调查出肇事逃逸的前科，谁还会雇佣你呢。哪怕你是个强奸犯都有可能再摸方向盘，可是，肇事了，还逃逸了，基本就与司机生涯告别了，这是半月后，陆大壮才明白的道理。明白了之后，陆大壮并没垂头丧气，他想他最起码还有力气吧，他可以用力气换钱。他找了很多从前的哥们，邻居，同事，托他们联系工作，六年后的城市对陆大壮来说太陌生了，他只能找熟人，可也正是因为找了熟人，陆大壮注定失败。不管什么工种，哪怕是小区的清洁工，知道了陆大壮的前科，同样都不愿意聘用，肇事让人想起不认真，逃逸则让人想起不负责任，满大街都是人，谁能聘用一个又不认真，又不负责的人呢？但陆大壮并没彻底心灰意冷，在呼吸了多日的城市污浊空气之后，陆大壮渐渐找到了在这个城市曾经生活过的感觉，在某一个清晨他迈出家门时，他决定不再找熟人了，独自闯世界。我是吉林人，我就是吉林人哪，陆大壮这样想。

可是，若干天过去了，陆大壮还是一无所获。他不得不垂头丧气了，他实在找不出再挺起胸膛的理由，而这时，弟媳铃铛和爸妈之间也因为房间的问题起了矛盾。其实，铃铛对他的归来有些反感，陆大壮早就感觉出来了，开始的时候他不能理解，甚至气愤，时间一长，倒慢慢想起了铃铛的好处，不管咋说跟爸妈一起生活了六年呢，再说毕竟不是自己家人，清静的日子让他这么个大活人给搅乱了，觉都睡不好，你还要求人家咋对你呢？陆大壮就尽可能地做些什么息事宁人，比如帮着铃铛接接孩子，干点家务，直到听到她跟老妈针尖对了麦芒地说起房间的阴阳面，陆大壮用木板隔起这间卧室。陆大壮以为问题解决了，可是他明显感觉家庭气氛不对劲，他说不出来哪不对，就是三室一厅里时时绷着一根弦儿。铃铛的脸上也终日见不到笑模样，陆大壮想，年轻时的铃铛也没这么酸性啊，婚姻或者说家庭就能让一个女人这么烦人么？偶尔有一次，铃铛收拾碗筷时一扭身，腰肢晃动了一下，让陆大壮瞬间仿佛看到了少女时的铃铛，他想，年轻多好啊。他记不起铃铛年轻时的面容，却对她的笑声记忆犹新，可是那笑声一去不复返了。

陆大壮不是没想过找当年那个办公室主任想想办法，但转瞬就打消了这个念头，人家已经用三室一厅补偿了你，两人谁也不再欠谁，此时再出现在对方面前，味道就不对了，这种小人行径陆大壮是万万干不出来的。

在小区外的超市门口，陆小壮拦住买烟出来的陆大壮，将一沓人民币塞给他，陆大壮一愣，问：这干啥？

陆小壮不太自然地说：那什么，哥，不多，就七百，前两天给人装了局域网。

陆大壮推脱着：我不要，我不要，我这有，我回来，爸妈给我点儿。

陆小壮又塞回去：你听我说，那什么，哥，这钱哪，铃铛不知道，咱爸妈那，你也不用说了，你就说你找着活儿了，赚的，你给咱家买点吃的喝的？弟弟歉疚讨好地看着哥哥。

陆大壮这才知道，原来这段时日，一直是弟弟两口子供着全家老小的吃喝拉撒。

陆小壮有些不好意思：其实，哥，我们咋地都是应该的，铃铛这老娘们儿，她，她心眼太小。

陆大壮看着灰头土脸的弟弟说：铃铛挺好，对我，对咱爸妈都挺好，这事，这事，她没啥错。这事弄的，让你们天天为我闹别扭。

哥你这话咋说的。陆小壮看了看左右说，你还老让我挂嘴上说我欠你的呀？现在的问题是，跟我闹，我不怕，大不了离婚，能咋地，怕她跟爸妈吊脸子，这他妈就是个小气的主儿。

陆大壮说：别这么说，铃铛不错了。都理解，理解。他想了想，又瞅了瞅手里的钱，道：那这钱我就收下了。

哎哎，不好意思了，哥。陆小壮说完，没和陆大壮一起回家，一溜烟儿地先跑了。

陆大壮终于找到了家里这些天气氛越来越紧张的根源，他想，爸妈也是，怎么可以为了给自己攒钱，让弟弟和铃铛养老养小又养他呢？他想去劝劝老妈，可又觉得自己很可笑，难道跟他们说不用弟弟养我了，你们养吧？

陆大壮走进家门时，拎了一塑料袋的鱼肉菜，两盒奥利奥，说奥利奥是给大侄买的。他看见爸妈，还有铃铛的脸上都洋溢着笑容。爸妈高兴的倒不是他买了多少东西，而是儿子终于找着了工作，他们终于可以长长地出一口气。老陆说：我就说么，这么大个男人，不缺胳膊不缺腿的，咋能找不着工作？你妈天天晚上抹眼泪星子。陆老太太抿着嘴乐：送水也行，管他啥活儿先干着。陆大壮陪着傻乐：是，是。他跟大伙说的是找了份送水的活儿，这是唯一一个他认为可以接受他的地方，虽然事实上人家也打发了他。铃铛的高兴也是发自肺腑的，好歹有人分担家庭开销了。可是，陆老太太吃饭的时候却嘱咐说：老大，往后你别往家里买啥了，不用你，你的钱要么自个花，在里边苦了好几年，要么你把钱给我，我给你攒着，娶媳妇。陆大壮试图制止老妈的这种想法，可老太太手一挥，说：你问问他们两口子是不是心甘情愿？老太太看向陆小壮和铃铛，陆大壮则谁也不敢看，低下头，恨不能把头插进胸膛，一个天经地义的功臣倒像是欠了所有家人的债。

陆小壮说：当然是心甘情愿。

铃铛动了动嘴角，显然想说点什么，可最终却只微微一笑，没吐一字。

陆小壮看了眼妈，不满地瞪着媳妇：你不会说句话，放个屁呀？

铃铛筷子一扔，也不示弱：跟谁说话呢，你才放屁呢。

陆小壮站起身：你一个老娘们儿说话不能文明点儿啊？

铃铛也站起身：啥叫文明，你教教我啥叫文明，凭啥老娘们儿就得文明，老爷们儿就可以不文明？

两人你一言我一语地吵了起来，内容空洞泛泛，除了转着圈儿地骂人，不涉及任何实质问题，似乎多日的郁结终于有了出口，声音越鼓越大，要把房盖儿掀起，任谁劝也不管用。最终，陆小壮吵不过伶牙俐齿的铃铛，有那么几秒钟愣住了，脸一红，脖子一粗，就在陆大壮意识到要出事时，陆小壮的手已经落在了铃铛的脸上，啪的一声，三室一厅鸦雀无声，就连一直在旁边哭啼的大宝都张大了嘴巴傻在那儿。铃铛捂着脸跑进房间，反锁上门，老陆捅了下老伴让她去看看，老太太不情愿地走上去敲门，陆大壮也跟过去敲门，一边喊着铃铛，一边回头训斥陆小壮。铃铛在里边哭喊着，陆大壮一把拉过弟弟，小声地责备道：打人不打脸，何况当着咱家所有人你打她，你太不给她面子了。陆小壮气急败坏地说：她也不给我面子啊。陆大壮看着弟弟圆瞪的双眼，叹了口气。

后来的几天，铃铛天天吵着要离婚，陆小壮要面子，当着家人也不示弱，虽不再对着吵，却一直冷战，周末的时候，铃铛索性搬出了家，并留一纸条说实在无脸回娘家决定住到格林豪泰。陆老太太说：这还要上了？老陆的血压则噌噌地往上蹿。陆大壮一想这种局面的根源还是自己，便只身去了趟格林豪泰，他对铃铛说：看在大哥的面子上，回家吧。铃铛头都没抬，道：你觉得你那么有面子？一句话给陆大壮撞到了墙根儿。临了，铃铛对走出房门的陆大壮说：我跟他结婚几年了？他一个指头没碰过我。陆大壮回头把此行说给陆小壮，当然省去了两人关于"面子"的讨论，而只把这最后一句说与弟弟听，陆大壮说：不管咋地，你打人肯定不对，去，把人接回来。陆老太太反对，说：这明摆着就是叫劲，不去接，我就不信她不回来了，她不要孩子了？老陆瞪了眼老伴儿，厉声道：胡扯，当着这么多人打人家，搁谁都没脸，你去把她给我接回来，他指着小儿子的鼻子。陆小壮一溜烟儿地走了，陆大壮能感觉到此时的弟弟已不再那么义愤填膺，老陆的态度恰好给了陆小壮一个台阶。

估计陆小壮一顿甜言蜜语，俩人又在格林豪泰住了一宿，第二天，铃铛回家了，从此，陆大壮却感觉家里越发阴沉沉了。铃铛和陆小壮倒缓解得快，没几日又同进同出；而铃铛和老妈之间就没那么简单了，两人间绷着的弦儿仿佛一碰就断。陆大壮明白，铃铛这是把那一巴掌记在了老妈身上，事实也确是如此，陆小壮事后也跟他说，若爸妈不在，特别是妈不在跟前，他也落不下那只手，他得证明给家人看。

一日傍晚，陆大壮刚走到小区的大门口，就停下了脚步，他突然萌生了一个想法，如果自己少回家，或者不回家，是不是更好？爸好妈好，弟弟好，铃铛好。这个想法一旦跳进脑海，几乎没再犹豫，陆大壮扭头便走，虽然去哪他还不知道。他给老妈打了电话，说晚上有活儿，然后他就开始在街上闲逛，顺便吃了一碗六块钱的拉面。半夜十一点多的时候，他又累又困，就钻进火车站的候车室，这是通常人们能想到的不花钱找宿的地方，但目光犀利的民警不等他入睡，就将他赶了出来。坐在马路牙子上的陆大壮想到了医院。

躺在医院的长椅上没人管，都以为是患者家属，陆大壮死死地睡了过去。接下来的几天，陆大壮的夜晚都是在医院度过的，每天有两顿饭在外面吃，这样，他不但可以少与铃铛照面，更主要的是，家里的矛盾会少很多。他通常是在中午回家看看老头老太太。可是如此这般，陆大壮兜里的钱很快就要没了，就在他不知何去何从时，陆大壮迎来了他的第一份工作。事情是这样的，一天晚上，陆大壮已经沉睡过去，忽然有人将他拉扯坐起，陆大壮定眼一看是个花白头发的老太太，老太太开门见山问：我看你躺这好几天了，不是陪患，是不？不等陆大壮回答，老太太把握十足地又道：我给你找个活儿干不？原来是这老太太的老伴病重在床，需人照料，儿女又都不在吉林，老太太一个人早晚轳辘就快要散架，老太太手一张：我一晚给你五十。陆大壮瞪大了眼，五十？陆大壮想都没想便应承了下来，虽然事后，他知道陪患的最低价是一晚八十，但他没跟老太太计较，这可是他出狱后挣的第一笔钱呢。他感激老太太。

不过，陪患的活儿可不是好干的，要端屎接尿，即便屎尿这一心理关过了，那老头好像满身都长了眼睛，只要陆大壮一闭眼，明明闭着眼的老头就喊：你来一下。后来发展到陆大壮一坐下，老头就会找出各种理由呼唤他。一个礼拜下来，陆大壮眼眶塌了下去。回到家，陆老太太看着心疼，就问究竟，陆大壮只好编瞎话，说早不送水了，现在一家工厂打更，晚上巡逻，白天可以在宿舍睡觉，管吃管住。陆大壮安慰母亲，万事开头难嘛。

陆大壮侍候的那个老头没多久便离世，因为陆大壮仁义，当天就又有人找到他，这回他学会了讲价。陆大壮在兜里有了千八百块钱后，决定请弟弟吃顿饭，哥俩喝顿酒，小的时候，陆大壮兜里有闲钱时经常请弟弟下馆子。陆小壮选了一家串店。

酒还未过三巡，陆小壮突然对哥哥说：哥，我知道我对不住你，我知道你也喜欢铃铛，我当时就知道。

陆大壮没想弟弟冒出这么一句，有些结巴地说：提这事干啥？我现在对铃铛可啥意思也没有啊。

陆小壮说：这我还看不出来，再说你是那种人么？我就是觉得对不起你，当时你也想追铃铛，可你让着我，从小你啥都让着我，我就想着我自己。他干了一杯。

陆大壮也干了一杯，说：谁叫我是你哥。你现在有家有业，老婆孩子围着，我看着高兴，是真高兴，比我自己好都高兴。

陆小壮叹了口气：啥老婆孩子，我宁可没有，烦哪，真烦哪，孩子生了，不能塞回他妈肚子里了，老婆娶了，不能离了，说句话，你别说我不知好歹，我有时想，我还真不如不结这个婚了。没结的时候把结婚想得跟朵花儿似的，结了才知道是他妈咋回事儿。不是因为你让了我，我故意这么说给你听，是真没啥意思，没意思。我没撒谎。

陆大壮说：我知道。

你说哥，当时要是你跟了铃铛，我为你们进了监狱，现在会咋样？陆小壮话没落地，马上又摇头，不可能，我不可能像你那么爷们儿。

陆大壮喝了口酒，道：这日子啥叫有意思，啥叫没意思，你是儿子，是爹，是铃铛她老头儿，这三出戏你就得唱；我是儿子，是你哥，这两出戏，我就得唱。

陆小壮说：你唱得比我好。我一看铃铛跟你那个吊脸子样，我就恨得牙根儿疼。她凭啥跟你那样啊，没你能有她，能有她儿子么？

陆大壮能感觉到来自弟弟的真诚的目光。

陆小壮说：我恨不得天天扇她归拢她，可我又凭啥呀？我给人家啥了？我啥也不是。

陆大壮看见弟弟的眼睛里泛上泪花。陆大壮拎起一瓶啤酒，对嘴吹起来，陆小壮拦他：你干啥，哥？陆大壮不理，陆小壮也跟着拎过一瓶，两人一气吹了几瓶，就上来喝酒的状态了。状态一来，哥俩就开始东拉西扯，闭口不再提家里的事。陆小壮慨叹道：古语说三十而立，咱俩都三十多了，至今还不立，咋办？咱还是最底层，咱还是万人踩的最底层，你说，哥，咋办？咱是不是得想想辙。

陆大壮也豪情万丈：想。

陆小壮说：咱俩绑一起，咱哥俩绑一起，咱得弄出个名堂，你说是不，哥。

陆大壮说：是，咱哥俩一起闯，闯出个样来，咱当真爷们儿。

两人酒杯相碰，立誓兄弟联手干出一番事业，说得激情澎湃，引得旁人不时侧目。分手时，两人也勾肩搭背相约未来。

陆大壮回到医院吐了几次，清醒过来躺在长椅上，突然问自己，未来在哪儿？他跟弟弟的未来在哪？他们有未来么？他想他跟陆小壮刚才一定是被人笑话了。陆小壮的那句话反复在他耳边响起：咱还是最底层，咱还是万人踩的最底层。当初，他陆大壮替人顶罪时以为有了三室一厅就可以翻身了，最起码也能往上迈一步，可是，现在的确还是最底层，弟弟的豪言有什么意义？他连班房都替人蹲了，他们兄弟俩还是没有翻身，陆家还是没有翻身，其他的他们还能做什么呢？

陆小壮的思想肯定也是经历了跟哥哥一样的过程，后来，再见陆大壮时，陆小壮也没再提"事业"一事。

陆小壮接着在他的电脑商城忙活，陆大壮则继续端屎端尿。

陆老太太无论如何也想不到会发生后来的事情。她若是能事先占卜，很多事儿她一定不会那么做，尤其是不会接受这套三室一厅。

陆老太太是二十六岁时嫁的人，第二年生了陆大壮，好几年后生了陆小壮。对两个儿子，尽管她总是尽力要做到一碗水端平，但是事实上还是更偏爱陆小壮多一些，偏爱的原因不仅仅因为他是老小，更缘于陆小壮讨人喜欢，从小就爱往妈的被窝里钻，一直钻到了十五六岁，学校里发生了什么事儿，自己有了什么心理活动也都爱跟妈说，不像陆大壮，整天像个闷葫芦，也基本没有跟爸妈亲昵的举动，母子之间同样是需要沟通的，日复一日当妈的自然更疼爱跟自己亲近的儿子了。直到陆大壮进了监狱，陆老太太内心的天平才向老大倾斜。

陆老太太永远不会忘记陆大壮进了监狱后第一次探视时的情景。那天，她是和老伴一起去的，因为判决前不允许探视，所以她已经有三个月没有见到儿子了。老太太痛心疾首，想不到一直让他们省心的老大竟惹了这么大的祸——肇事逃逸，隔着玻璃，她真想抽儿子一个耳光。老陆在一旁直叹气，陆家的脸算是丢尽了，往上数几代也不曾有坐牢的历史啊。可是，他们看见，陆大壮的脸上丝毫没有歉意和悔意，更没有憔悴，他从那扇小门里走出来时容光焕发，他端详着父母片刻，嘴角竟微微一挑，笑了，接着陆老太太听到了让她目瞪口呆的真实情况。老太太和老陆很长时间回不过来神儿，仿佛听不懂从儿子那低沉的嗓音里发出的话语。会见的时间很快结束，她看着陆大壮的背影消失在那扇蓝色的小门，她始终一言不发，老陆在狱警的提醒下搀起老伴走出会见室，老太太突然跪在地上抱住老陆的腿，嚎啕大哭：我的儿子啊。

后来很长一段时间的夜晚，陆老太太和老伴都难以入眠，他们首先想到的是让儿子坦白，翻供，然后被释放，可是咨询的律师说，顶罪同样是犯罪，同样要坐牢，法律岂是儿戏？陆大壮知道了爸妈的想法，拨浪鼓似地摇头，脸憋得通红地坚决反对。最后让陆老太太彻底放弃翻供想法的是被顶罪的办公室主任，主任那天把一串房门钥匙放在了陆家老两口面前，并详细告知地址，因为等不到半句言语，主任只好起身离去。陆老太太颤抖着手拿起钥匙，这时，陆小壮领着铃铛回家来取自行车，老太太目送陆小壮驮着女友一路飞奔下山，内心的天平再次变化，她转回身看着老伴，老陆的眼里含着泪花，他叹了口气说：咱当爹妈的对不起老大。于是，陆家搬进了三室一厅，并且迎娶了儿媳妇铃铛。

对于铃铛，陆老太太并不看好，全西山的人都知道她打过胎，可陆小壮说：那怕啥，跟我好好过日子就行呗。陆老太太想想也是，全乎人谁肯嫁陆小壮呢？婚后的生活虽然难免舌头碰到牙，但总还说得过去，可是老大回来之后，铃铛的态度以及在她唆使下老二的态度，就让陆老太太不那么满意，甚至有时很恼火了。陆老太太认为，哥哥为了家为了弟弟入狱，弟弟理当全力回报，可是，他们是什么态度呢？为着一个在哪儿睡觉的问题，铃铛还要给大哥脸色看，做的饭菜也没完全照顾大哥的胃口，那六年里陆大壮可是吃糠咽菜啊。陆小壮倒是尽了弟弟的本分，可还要盯着铃铛的脸子，兄弟如手足，媳妇如衣裳啊，这道理老二不会不懂吧，怎么就这么低声下气呢？她问老二：你咋就治不住你媳妇呢？陆小壮最不爱听的就是这句话，立刻申辩：治住了，咋没治住？陆老太太不满地说：整天没个笑模样。陆小壮说：谁能整天笑啊？我也笑不出来啊。陆老太太更不满：你笑不出来？你住上了三室一厅，娶上了媳妇，你笑不出来？得了便宜卖着乖。陆小壮说：这过日子事儿多了去了。陆老太太瞪着他：我告诉你，良心别让狗吃了。

　　最让陆老太太心生愧疚的还是陆大壮的媳妇问题。老太太早就看出来大儿子也喜欢铃铛，只不过当初让着弟弟才没往前冲。陆大壮在把房间隔成两个小屋后，有一天陆老太太对他说：老大，妈知道当初你也喜欢铃铛，就是让着你弟弟。

　　陆大壮说：你不提我都忘了。

　　陆老太太郑重道：妈给你再物色个好的，完了给你娶进门，你也得有个孩子了。

　　陆大壮微笑着：不急。

陆老太太说：你不急，妈急，你爸急。

为了让陆大壮成家立业，陆老太太制定了一套方案。她先是发动农村的亲戚帮忙找个说得过去的姑娘，她知道城里人能嫁陆大壮几乎没可能；然后就是钱，陆大壮入狱前，她和老伴有一点积蓄，陆大壮入狱后，她更是节衣缩食，有时连公共汽车都舍不得坐，她要把钱都攒下来娶媳妇，前阵子，她告诉老二两口子负责全部开销后，她和老伴就没再从卡里取过钱，她听说，农村的亲事更费啊，她必须尽可能地攒。一个礼拜前，有消息传来，说是物色到了一个姑娘，长相中等，但人品好。陆老太太只身去了一趟乡下，见果然人不错，拥有当今社会难见的朴实，就约定日期让她到城里与儿子见面。这时，陆大壮已经开始住在外面，而且因为忙近两天没回家了。陆老太太晚饭时把这事说给老伴和陆小壮两口子，并且拍出一沓钱给陆小壮，让他上街给来者买点礼物。陆小壮问：买啥？陆老太太思忖着说：我也不明白，反正这是三千，你看着买吧，首饰，手机啥的？吃完饭收拾碗筷的时候，铃铛起身便走，陆老太太知道二媳妇这是不高兴了，但她没心思去琢磨，她的兴奋点全在那个即将来相亲的姑娘身上。不承想，半夜，小儿子那屋突然传来吵闹声，接着，门咣的一声推开，又咣的一声关上，陆小壮一屁股坐在沙发上，冲那屋喊：我告诉你，我不但买，我还自个填钱，我给她买个好的，买苹果。陆老太太和老伴闻声披衣来到厅里，铃铛也推门冲出来指着陆小壮说：你有种，你真有种。

陆老太太问儿子：咋地了？

陆小壮说：您甭管，就是因为要给那个农村来的买个手机，跟我翻了。他不看妈，又抻着脖子冲铃铛喊：我肯定给她买苹果了。

铃铛被他气得转回屋趴在床上就哭，一边哭，一边叨咕：我一年前就想换手机，到现在还没换呢，呜呜，再说我第一次到你们家时给我什么了？我不是人么？

老陆捅了下老伴，示意她去哄哄，可陆老太太没动地方，铃铛的话这是说给她听的呀，有这么跟老婆婆说话的么？陆老太太坚决不理。老陆只好亲自走过去，可刚到地方，铃铛就起身把门摔上了。老陆还是头一次见到铃铛这个阵势，尴尬地站在那儿，半天才让老太太一把拉进自己的屋。陆小壮也不再吵了，整个家就能听见铃铛一个人的哭声。

第二天晚上，陆小壮果然拎了一个苹果手机回来。铃铛此时正躺在她的房间里不肯出来吃饭。陆小壮把手机搁在茶几上，老陆赶紧把它放到卧室里。陆老太太露出一丝笑意，对陆小壮说：行，你哥倒是没白疼你。

老陆压着嗓子：行个屁。那屋那个怎么交代？退回去，换个三千以内的。

陆小壮说：爸——

老陆说：我叫你退回去。

陆小壮不满地说：退不回去了。

陆老太太说：退啥？这也是弟弟的一点心意。

老陆指着那只苹果：这以后，这以后等着事儿多吧。

老陆说完摸了下头，陆老太太看见他的脸微微发红，她说：别的现在都不重要了，关键是得给老大娶个媳妇。

她的话音还未落，只见老陆又摸了下头，接着咣当一声倒在了地上。

在去往医院的 120 急救车上，陆老太太用眼睛不停地剜着铃铛，她想起一句老话，家有贤妻男人免遭祸事。若是老伴真有个三长两短，这辈子她都得跟这个媳妇系着这个疙瘩。

老陆很快被确诊为急性脑出血，被推进手术室抢救，三个小时下了手术台又被推进病房，其间，陆小壮一直不停地打陆大壮的手机，却始终关机。老陆被推进病房后，需要从平车挪到病床上，值班护士让家属配合她一起挪，可是陆小壮由于慌乱加上没有经验，根本完不成任务，这时护士就冲另一床的陪患喊道：去让那个大个子来帮忙。等房门被再次打开后，几双眼睛相视，一时都愣在那儿，来人竟是陆大壮，他手里还端着刚刚倒净的尿盆。护士喊他，快过来，帮忙抬一下。陆大壮放下尿盆跨上前，才看清平车上躺着的竟是父亲。

爸，爸，陆大壮呼唤着，又回身冲妈，我爸咋了？

脑出血，陆老太太目不转睛地盯着儿子，你怎么在这儿？

不等陆大壮回答，随后进来的陪患夸赞陆大壮人好，能干，活儿就没断过。

陆老太太感觉心被鞭子狠狠地抽了一下，待陆大壮熟练地和护士一起将老陆移至床上，陆老太太转身跑出病房，在走廊捂着脸哭，陆大壮也跟出来却不知如何开口，陆老太太捶打着儿子宽厚的肩膀，道：你为啥干这个呀，为啥呀？陆大壮解释着这工作有多挣钱，陆老太太不听，一边捶打一边哭，眼泪和鼻涕蹭了儿子一身。老太太再回病房时冲铃铛就更没好脸儿了，老伴让她气得住了院，生死未卜，大儿子让她挤兑得只能在外找宿干这种下三滥的活儿，这是什么女人？陆老太太甚至怕铃铛起歪心眼儿不好好照顾老陆，就命令她离开医院。铃铛在陆小壮和婆婆的对话中得知公公的倒下跟手机有关，便知闯祸，坚持要留下来陪床，陆小壮大喝一声滚，并往外拉她，两人在走廊里吵了起来。陆老太太推开房门，冷冷地说：你们回家去，让你爸清静会儿。

陆老太太守在老伴的床前，抹着眼泪喃喃自语：你是咱家顶梁柱，你可不能倒啊，再说你还没看着大孙子呢。

陆小壮脸色铁青地道：我爸真有个三长两短，我就跟她离婚。

谢天谢地，老陆昏迷了三天三夜，第四天晚上，终于自主睁开眼睛，大夫说因为出血量不大，应该没有生命危险，但愈后如何只能看造化了。陆家几口人长长地出了一口气。陆大壮辞了手头的活儿专门照看父亲。陆老太太则回家跟二儿子两口子谈医药费的问题。

陆老太太说：医院催款了，你爸住院这钱，你们就全拿了吧。当天我交的钱，你们得还我，往下，大夫说还得两三万吧。

陆小壮支吾着：啊，行。

铃铛看了眼婆婆，又看陆小壮，然后低下头。

陆老太太说：怎么着，你们还不乐意了？

陆小壮说：没有，没有，就是，手头可能没那么多。

陆老太太说：没有就借去。你们那么多哥们姐们的还借不来么？这钱你们拿是应该的。一、躺床上那是你爸你老公公吧？二、他怎么躺下的，我没告诉你们大哥，不等于事儿就没发生吧？

铃铛的眼泪唰地流了下来，陆老太太看见她的眼泪就更来气：

你哭啥？

铃铛不说话，只顾擦眼泪。

陆老太太又道：你们大哥这些天在外面又遭了不少罪。

铃铛不抬头，低声道：妈，您不会把这事也记我账上吧。

陆小壮狠狠地说：不因为你还能因为啥？

陆老太太瞥了眼陆小壮，他总算能分得出里外了。

接下来的很多天，陆老太太都与铃铛不说话了。铃铛也不理她。陆小壮如期如数交了医药费，陆老太太也不问他的钱是从哪来的，差多少，又借了多少，她就不明白，两个挣工资的人怎么攒不下钱呢？怎么就不知道省吃俭用呢？想想陆小壮跟年轻时的老陆真是没法比，铃铛跟自己当年就更没法比了。陆老太太安排铃铛在家做饭，然后由她送到医院，其实，老陆渐渐好起来也只能吃些米粥鸡蛋糕类，带到医院的荤素搭配的菜主要是给陆大壮补身子的。

一日，陆老太太给老伴喂完小米粥从兜里掏出一张照片。这时的老陆已经能半坐着吃些东西了，胳膊和腿都能自主活动，就是说话含混不清。

陆老太太指着照片上的姑娘对陆大壮道：咋样？就是她。

陆大壮看了一眼，好像也没太看，便皱了下眉头。

陆老太太说：人是长得一般了点儿，可看着朴实，踏实。然后他又递在老陆的眼前，你再看看。

老陆说了句什么，陆老太太没听清，老陆又重复了一遍，陆老太太这回听清了，他说的是，人家干不干哪。

陆老太太说：我想好了，咱先拿点钱出来给大壮兑个蔬菜床子，卖菜总比侍候人体面吧。那也叫生意。剩下的钱给他结婚，媳妇进门了，两口子一起做买卖呗。

陆老太太是冲着老伴说的，可也是给儿子听的，谁知陆大壮脱口而出：我不结。

陆老太太一愣：这姑娘，妈看了，人挺好，你别要求太高了。

陆大壮：好不好，我都不结。

陆大壮说得坚定，让陆老太太不解：为啥呀？

陆大壮起身出了病房，陆老太太的目光落在手中的照片上，不用说，眼前这姑娘的长相跟铃铛没法比，陆老太太叹了口气，但她不灰心，儿子这么大岁数了，早晚有想通的时候，说不定老陆一出院他就要求见面了呢。

让陆老太太没想到的是，姑娘在中间人的带领下有一日突然出现在了医院，弄得陆老太太措手不及，赶紧打电话让陆小壮把苹果手机送来。姑娘坐在病房里，陆大壮基本没正眼看过一次，只顾不停地给老陆端水喂饭擦洗，整整一个中午，两人说了不到十句话，也都是姑娘问陆大壮答，像考试一般，一点的钟声刚一响起，姑娘便起身告辞，陆老太太看在眼里急在心上，送走姑娘就埋怨儿子不懂事，不会讨好。陆大壮也不吭声。就在陆老太太心凉了半截，心疼起给出去的手机时，农村亲戚来了电话，说姑娘对陆大壮特别满意，她就想找一个言语不多的实诚男人，都老大不小了，该处就处，该结就结吧。陆老太太笑得合不拢嘴，马上说给老伴听，老陆也乐了。老陆一乐，嘴角不自主地淌出一串口水。

可是陆大壮听了妈的话，再次表示反对。

我不结。陆大壮说。

陆老太太耐心地劝着：咱家有钱，爸妈给你攒结婚的钱了。

陆大壮说：有钱也不结。

陆老太太试探地问：因为铃铛？

瞎说什么呀？陆大壮不再理妈。

陆老太太离开医院回到家，坐在厅里寻思半天终于明白大儿子为什么不想结婚了，她环顾这套三室一厅，是啊，这样的环境咋结婚呢？又是几夜没合眼，思前想后，陆老太太想不出别的辙，只能将目光落在小儿子身上。一天，趁铃铛还没下班，陆老太太把小儿子叫到跟前，道：妈求你个事儿。一个"求"字把陆小壮吓了一跳，问：出啥事了？陆老太太将哥哥的相亲情况及眼前的住房窘境摆在桌面上，然后问：你说咋办？

陆小壮看了妈一眼：您说，您都想好了吧，您就说吧。

陆老太太说：你们，你跟铃铛你们先搬到她娘家去住。

陆小壮说：回西山？

陆老太太说：啊，不行吗？

有点突然，陆小壮抹了下鼻子说：行，行，咋不行。

陆老太太说：是委屈了你，可你说还有啥别的办法？你哥不易啊，为了咱这个家，为了。碰上这么个姑娘也不易。

我知道，我知道。陆小壮措了半天的词儿，那，以后呢？

陆老太太说：其实啊，铃铛娘家就这么一个姑娘，将来你就是跟他们家过，也没什么不行。我听说了，她爸这几年跟人拆房子也挣了几个，你再凑点儿，看看能不能买个房？

陆小壮对这种安排实在觉得突然，接不上话。

陆老太太也觉得这么对小儿子不公平，想了想，又道：说实话，将来的事，妈也没想好，咱先走一步看一步吧，过一个坎是一个坎呗，她家解决不了，哪天你再搬回来。眼前总得让你哥把婚结了呀。见小儿子不说话，她又道：怕铃铛不干，是不？

不是，陆小壮咬着牙，她不干也得干。

小儿子嘴上这么说着，可陆老太太知道，他们两口子之间的战争是不可避免了。为了多少平息一下矛盾，老太太决定亲自上街给铃铛买点什么，她最初想再买个苹果手机，可终究还是舍不得。隔了一天，陆老太太拎着一条连衣裙回到家，发现铃铛的脸色很难看，看来陆小壮已经摊牌了。陆老太太询问地看了眼儿子，陆小壮点了点头。老太太走到铃铛跟前将裙子塞给她，脸上挂着笑：试试，我给你买的，人家说了，大小可以换。

铃铛接过裙子放在茶几上，没试也没看。

陆老太太又说：铃铛，回你妈家住一阵儿，等大壮结完婚，过了热乎劲儿，你们再回来，啊？

铃铛不说话。从这天起，铃铛进到家门就变成了一个沉默的人。陆老太太问陆小壮：你们到底搬还是不搬？陆小壮说：当然搬，下个月大宝幼儿园一毕业就搬。陆老太太松了口气，虽然老伴入院是件坏事，可也因此拿了铃铛的短处，要不铃铛怎会轻易搬出这套明亮的三室一厅？对于铃铛，陆老太太倒没有多余的情感，她不作不闹就万事大吉了，只一想起小儿子又回到西山，老太太嘴上不说，心里还是不得劲，手心手背都是肉啊。不过她管不了那么多了，大儿子的婚事迫在眉睫，她跟老伴商量，只待他一出院，就给农村打电话，会亲家。

老陆的身体也真是争气，不到一个月的工夫，说话虽然仍旧含糊不清，但居然能在人搀扶下行走了，大夫连称奇迹。陆老太太说：你这是替儿子着急呢。老陆又笑出了哈喇子。陆老太太在农贸市场给陆大壮兑了个菜床子，陆大壮去看了一次，虽不想让父母贴补，可又无计可施，总不能干一辈子陪患吧，他也只好接受了。眼见着一天的云彩就要散，陆老太太连会亲家那顿饭的菜谱都想好了。

就在这时，出事了。正是这件事让陆老太太追悔莫及。

这天老陆出院。陆小壮打杂的那家公司有大活，要给一家事业单位上局域网，他不能离开；陆大壮则要请工商的一个科员吃饭，想将菜床子的位置向前跨一米，也不能去医院。陆老太太说：你们谁也不用去，你爸不用人背不用人扛，我一个人儿扶着他就回来了。可是，陆老太太乐颠地扶着老伴推开家门，却看到了不堪入目的一幕。

铃铛衣衫凌乱地坐在厅里的沙发上抹着眼泪，见公公婆婆进来，忙乱地系着衣扣，陆老太太以为小两口又打架了，就喊道：别吵了，快出来接你爸。可是听不见陆小壮的动静，铃铛的哭声更响了。陆老太太脱了鞋把老伴扶在沙发上，然后跑到儿子的卧室，一股酒气扑鼻而来，老太太嚷道：听不见我召唤你呀。可是，她看见，从床上坐起来的，分明是赤身的陆大壮。陆老太太回身又看铃铛，眼一花，险些晕倒。陆大壮晃晃荡荡满身酒气地下了床，站起身，毛巾被从他的身上滑落。

陆老太太大喝一声道：赶紧把衣裳给我穿上！王八蛋！

陆大壮走进商场，一路打听，终于找到了铃铛所在的服装组。他上了滚梯，远远地，铃铛就看见了他，铃铛好像想躲，却被快步上前的陆大壮堵了去路。

铃铛不看陆大壮，说：你来干啥？

陆大壮说：你说呢？

铃铛说：你还有脸来？

陆大壮说：你都有脸做呢，我有啥没脸来？

铃铛一怔，你啥意思？

陆大壮说：我酒喝再多，我干啥，没干啥，我也知道。

铃铛说：你咋这么无赖？

陆大壮咬着牙，一字一顿地道：我就干不了那个事。

铃铛一怔。

陆大壮说：听不懂？在里边的时候，全骨盆骨折，下边也坏了。听懂没？

铃铛将手里的衣服挂在衣架上，说：那你为啥不跟他们说？

陆大壮说：说什么？告诉我爸我妈，你是个害人精，你卑鄙下流？告诉我弟弟，你是个阴险的老娘们儿？他费劲巴力追到手娶到家的媳妇是个蛇蝎心肠？行，牺牲我一个，你们好好过日子，这不挺好么，这不就是你想要的么？

铃铛舒了口气，说：你够爷们儿。

陆大壮说：铃铛，我就不明白，这房子对你来说就那么重要么？

铃铛说：重要。

陆大壮说：想让我走，你可以明说。

104

铃铛说：明说，你能走，他们能让你走么？

陆大壮说：你这么做就不怕遭报应？

铃铛说：报应是啥？报应就是不好呗，我现在好么？你，他们，你们全家压得我喘不上来气，逼得我的日子人不人鬼不鬼。

陆大壮说：别为不要脸找理由。我来就是告诉你，善待我爸妈善待我弟弟。要么，别说我不客气，惹急了，我要你的命。

铃铛不说话。

陆大壮说：你不信？

铃铛说：信。替人顶罪的事能干，被弟媳妇冤枉了又不澄清的事能干，杀个人算啥？

陆大壮盯着铃铛看了半天，说：你明白就好。

陆大壮说完扭头就走，他的余光发现有两行泪从铃铛的脸上滚落。他相信，那眼泪不是缘于恐惧。

陆大壮没有回家。从那天起，陆大壮就再也没有回家。按照陆老太太和老伴的想法，那一幕没有告诉陆小壮，老太太不希望兄弟反目。老太太事后问陆大壮，是不是一想蹲了六年的大牢，而弟弟却跟自己喜欢的女人结了婚，心里过不去？陆大壮不做肯定也不做否定的回答，低头不语。陆老太太把手里的存折交到陆大壮手上，说：糊涂啊，你自己好自为之吧。又说：妈真后悔要这三室一厅。陆大壮推脱着，陆老太太说：你非让妈死都不瞑目么？陆大壮只好接在手里。

后来，陆大壮打开存折，上面的数字吓了他一跳，十万零几千。这是陆家几十年的全部积蓄。陆大壮难以想象他们这样的家庭是怎样攒下的这么多钱。

陆大壮沿着吉林大街一路走下去。太阳落山的时候，陆大壮竟拐上西山。西山还是六年前的西山，臭水沟，一排排破旧的平房，还有不绝于耳的吆喝声，吵闹声。正是晚饭时分，炊烟袅袅，陆大壮闻到了那股熟悉的柴火味道。煤气管道铺到了城市的各个角落，却千方百计地绕过了西山。

陆大壮来到那块突兀的岩石上，岩石的下面是那条穿城而过的火车线，对面高楼林立，身后房影依稀，岩石已被夏日的阳光烤得温热，陆大壮躺在上面，晚风拂过，惬意无比。

地当床，天当被，陆大壮美美地睡了一觉，醒来时，月亮正当空照。他看见月光下的弟弟正弹着十八岁的生日礼物——一把二手市场买来的老旧吉他，他看见铃铛穿着花裙子围着吉他连蹦带跳，发出银铃般的笑声。

陆大壮又听见，妈扯着嗓门喊着：老大，老二，回家吃饺子了，韭菜馅的。

亲亲，我的宝贝

　　一个女人上了四十岁，一般来说有三个方面的事情：父母有没有病，丈夫省不省心，孩子听不听话。按百分制算的话，如果这三件事都能打六七十分，这女人基本是个幸福的女人。如果有两件事不及格，这女人就被叫作操心的女人。如果三件事都不及格，这女人就实在是走背字儿了。丁大露就是这样一个三件事都不及格的女人。她爸是老年痴呆，不认识她，管她叫大妹子。她的丈夫看着挺好，是个医院的副院长，收入不菲，可丁大露高度怀疑他有外遇。女儿任小米正读初三，不学习不听话，不服任何人的管理，人送外号"女阎王"。除了这三件事之外，丁大露自己的工作也不怎么样，四十出头了还是储蓄所的前台柜员，还得听二十几岁小主任的吆喝，活得没有一点尊严和滋味。

　　人的精力，甚至人的愁苦都是有限的。老爹痴呆，丈夫外遇，以及没有尊严，加在一起挤在丁大露内心一个不起眼的角落里，而占据她内心更多空间的是任小米。

　　唯有任小米。

就是说，一个任小米就闹腾得丁大露无暇顾及其他了。何至于此？任小米到底是个啥样的阎王？这从近半个月里丁大露两次被老师叫到学校的原因便可见一斑了。被老师叫到学校的事情，丁大露早就习以为常，只不过以前不是很频繁，一个学期两三次而已，后来任小米上了初中，就不是一个学期几次，而是一个月几次的问题了。被叫去的原因也五花八门，有时跟学习有关，大多时候跟学习无关。说无关吧，一个学生除了学习还应该有啥事？啥事不能有了，所以，还是跟学习有关。任小米就不是一个爱学习的孩子，或者干脆点说，就是个不学习的孩子。不学习的孩子有的是，但任小米跟他们不同，用老师的话说，任小米是"变着花样地作"。

本月第一次，丁大露被班主任召见的原因是，任小米上课戴墨镜，而且不穿校服，穿着不知哪朝哪代的袍子。班主任是个跟丁大露年龄相仿的女人，姓王，从任小米二年级起就开始接管她们班，所以两人并不陌生。王老师指着桌上的墨镜说：昨天第一堂课是语文，她就戴着它，老师管不了。第二堂是我的课，我强行拿了过来。可今天早晨，她又戴了副新的。丁大露看着桌上的那副墨镜，一下便认出是丈夫任治学的，黑色的左镜腿儿掉了块漆。王老师又说：你现在跟我到班级看一眼吧。

丁大露站在三年级二班的后窗也不陌生，这种行为她不知重复多少次了。任小米果然穿着古代衣服、戴着茶色的太阳镜，仰脖挺胸，醒目得扎眼。这衣服丁大露见过，任小米管它叫"汉服"，就是汉朝时的衣服，松领宽袖，腰上扎着一条黑色带子，丁大露不止一次看着她穿着这身衣服在家里唱着那些稀奇古怪的歌儿，还穿着它到楼下的超市买过东西。任小米说这是她用压岁钱找人定制的。太阳镜丁大露也认识，早晨临出门时她找了半天没找着。王老师低声道：这件事，你们家长自己解决吧，这哪像还有俩月就中考的样子，希望明天上学的时候，她不要再这身打扮。王老师早对丁大露说过，要不是看在任小米的爸爸也就是任院长给她妹妹看过病的分上，她早就想把任小米轰出课堂了。王老师有一次近乎歇斯底里地对丁大露说：你的孩子，不管不行，管多了不行，管多了她就要跳楼，崩溃，太崩溃了。丁大露就点头哈腰地赔笑脸，并转身安排任治学为王老师的妹妹做全面体检。王老师自然没让她妹妹去，却对着电话那头的丁大露再次发作：我不是那意思，我不是爱小的人，你们把任小米管好就是对我最大的帮助了。说到最后，她可能也觉得有失礼貌，就叹了口气，说：你们做家长的不易，我们做老师的也不易啊。

人活在世界上常有亏欠之感，有欠父母的，有欠儿女的，有欠亲戚朋友的，可丁大露一直认为，她亏欠的只有一种人，就是任小米的各个时期的各科老师，所有教过任小米的，包括课外辅导班的老师，她都欠他们的，因为对所有的老师，任小米都没让他们消停过。比方说弄一条假蛇放在她讨厌的女生桌膛，女生尖叫，全班往外冲时引起踩踏；比方说考试时冷丁伸出一只脚，绊倒正在巡考的老师，等等等等，绝对是五花八门。

晚上回到家，丁大露是和任治学一起跟任小米谈的。丁大露从任小米的书包中掏出太阳镜和汉服摊在桌上，质问道：你怎么能穿着这个戴着这个听课呢？丁大露觉得心口窝有点疼。

这有什么呀，我照样能看见黑板啊，哪个老师写的什么，我

109

都看得一清二楚。衣服更不碍事儿，不就是遮羞布么？任小米挂着下巴不看父母。

你是学生啊。

学生不就是学习么，这又不影响学习。

学生就得有个学生的样儿，你这种行为就是出洋相。

戴近视镜不是出洋相，戴这个就出洋相了？再说汉服是中国的传统文化。

你还有两个月就中考了。丁大露痛心疾首地拍着桌子。

中考跟穿什么衣服没关系，跟戴什么眼镜也没关系。

你这是什么混账逻辑。任治学实在听不下去母女间的对话了，大声呵斥。

我告诉你，任小米，明天坚决不许穿这个戴这个上学去了。丁大露不想陷在女儿的逻辑里，太阳镜一扔，道，绝对不许。

行啊，可以不穿不戴，那我要延长听音乐的时间，每天再多十分钟。任小米慢悠悠地提出条件。

这两件事风马牛不相及。任治学怒视着女儿。

在我这儿相及。任小米仍然慢条斯理。

任治学忽地站起身，像要发作，可丁大露狠狠地踩了他一脚。丁大露盯着任小米，咬着牙说：行，多十分钟。

回到俩人的卧室，任治学冲丁大露咆哮：这种条件，怎么能妥协呢？

丁大露压着嗓子说：小点儿声。不妥协怎么办？明天还戴着个墨镜穿着那衣服去丢人现眼么？就算你把这个眼镜没收了，她转身就能上街买一个。你不想妥协，你去谈，你想招。闹到最后，她又得坐在窗台上嚷着跳楼。

任治学说：这就是你教育出来的好孩子。

丁大露说：她是我一个人的孩子么？

任治学说：总是你管得多吧？

丁大露说：你还有脸说，我管她的时候你在哪？

几乎每一次教育任小米，都是以两口子的吵架告终；每一次，丁大露除了生任小米的气，还要被任治学气得发疯。丁大露想不明白，上辈子得罪谁了呢？这辈子生出这样的孽种。她经常反省，这么多年来教育孩子的方法跟别人并没大不同，她也从来不像有的家长那样娇惯孩子，可，女儿怎么就这么阎王呢？

本月第二次，丁大露被老师召至学校的事情发生在两天后。当时，丁大露对于汉服和墨镜的余气还未挥去。

王老师登录上一个QQ，说：你看看吧，这是任小米的头像。王老师假学生之名加入了他们的聊天群。

丁大露看到了女儿的一张脸，耳上夹着耳麦，头上戴着汉代的头饰，托着脸的右手夹着两样东西：她这手拿的什么？

王老师：没认出来吧？一个是卫生巾，一个是避孕套盒。

丁大露的脑袋嗡的一声，羞红了脸。王老师又训斥了什么，她基本听不进去了，她后来也无法回忆起自己是如何走出教研室和学校的。出事了，出大事了，丁大露想，这件事不能让任治学参与，她要单独地面对女儿。而且事不宜迟，就在今晚。丁大露把女儿带到了一家饭店的包厢。

你能告诉我，你跟谁那样了么？丁大露感觉到自己的声音随着身体在发抖。

任小米不屑地乐了：拿个避孕套照相就那样了？我要是拿把刀照相，就是杀人了？

我不跟你打嘴仗，你告诉我那个人是谁，我不骂你。

真没谁，任小米有些不耐烦，要不哪天我给你找一个？

避孕套在哪儿呢？

在你抽屉里呀。

什么？

你跟我爸的呀。你能不能别没完，我就照个相。

母女俩你一言我一语地掰扯了半天，任小米一口咬死只是拍了照片而已。丁大露不理解，反复问，非拿那个拍干啥？任小米说，就像有的人戴纱巾，有的人打伞一样。丁大露要求她把QQ头像换了，任小米坚决不肯。

丁大露问她：你不觉得羞耻么？你不怕别人戳你的脊梁骨么？

戳是他们的自由，我管不着，怕不怕是我的自由。我又没干犯法的事儿。

人是有脸面的，特别是女孩儿。

我不觉得丢脸。

这不是摇滚精神。

我已经不摇滚了，我现在做的是传统音乐，传统是什么你不懂。任小米十分不屑，既然不懂就别总拿音乐说事儿。

你拿不拿下来？

不拿。

丁大露知道女儿的脾气，眼见着道理说不通，就把心一横：

那好，你说吧，你有什么条件。这是丁大露第一次主动提出交换，她实在是不能容忍那张照片的公然展示。

任小米眼睛豁然一亮。

丁大露又补充道：除了组织那个乐队。

任小米马上泄了气：什么条件也没有，我现在挺好。

就在这时，丁大露的手机响了，是任治学打来的，恰好给了丁大露一个台阶下，要不她真是不知道怎么接任小米的话，怎么收场。

丁大露回到家便直奔卧室，翻出那盒避孕套，果然外包装跟任小米照片上的一模一样，她又拿出来查了一下，九个，丁大露记不清是上个月还是大上个月，任治学买回来的这盒东西。她迅速回忆了近时期的性生活，是用过一只，而且只一只。丁大露稍稍地松了口气，她现在的底线已经退到只要任小米没跟哪个男生怎么样就阿弥陀佛了。可转念一想，没用这个避孕套，就能保证没用其他的么，难道真的就只是照个相么简单么？即便只是照相，可任小米不同意换下头像，她还要继续被老师们指责被同学们取笑，而自己又怎么向王老师交代呢？一直折腾到天亮，丁大露几次想推醒任治学，却最终放弃了这个想法，她想象不出一个暴跳如雷的父亲要怎样跟女儿沟通这样的事情。

最让丁大露想不通的是，她的女儿，任小米，怎么发展到了如此没有是非，如此没有荣辱的地步了呢？第二天早晨，她开车把女儿送到学校门口，又问了一次能否换下头像，得到否定的回答后，丁大露关掉了手机，并且一天未开。她害怕王老师打过来电话。整整一天，丁大露在柜台里机械地收钱、查钱、开单，听小主任的号令，看客户的脸子，脑子里一片空白。晚上丁大露准备跟女儿再做一次长谈，可这时，在自己卧室学习的任小米突然冲进厨房，大声喊道：你凭啥让他们把我驱出群？

丁大露正在给女儿准备第二天的早餐，任小米喜欢吃面食，丁大露打算发面做包子。她没听明白任小米的话，任小米愤怒地跺了下脚：你以为驱出来，我就不能再进去么？

丁大露听懂了，她不看女儿，继续和面：我没让谁驱你，大概是你们同学也看不下去了吧。

头像放那一个礼拜没人看不下去，你一去，就有人看不下去了？

丁大露平静地说：我不知道。

任小米生气地扭头就走，回到卧室摔上门，丁大露喊着：这时候了，你还上什么QQ，俩月就中考了。

可任小米却把卧室的音响开得山响。任小米对音乐，几近痴迷，每天回家必听半小时的MP3；此外，还要上半小时的网。丁大露和任治学曾经将家里的音响和宽带撤掉过，可撤的当天，任小米一眼书都不看了，最后双方达成了两件事一小时的协议。每天她在上网和听音乐的时候，丁大露都如坐针毡，盯着墙上的钟一秒一秒地数，盼着它早早过去。任小米从前喜欢摇滚，最近好像是转了方向，听的东西虽然跟摇滚大不同，但丁大露同样地不喜欢也听不懂。

第二天，丁大露接到王老师的电话，老师说昨天上班打开电脑一看任小米的头像原样未动，丁大露又关机，就知劝说未果，于是找到做群主的学生，将任小米驱出该群。丁大露长长地出了口气，总算是不在众目睽睽下丢人了，那张照片让她觉得，自己的女儿仿佛在脱光了衣服示人。

这就是任小米，刀枪不入，甜言蜜语也没用，既桀骜不驯，又滚刀肉，有了这样的女儿，一个母亲还能有别的愁苦之心么？不能有了，啥也不能有了。况且，这样的女儿，除了严看死守外，同样要去照顾，照顾她的饮食起居，照顾她的生理卫生，每天绞尽脑汁地琢磨她爱吃的饭菜。

旁边的人都认为说不定哪天丁大露就趴下了，可丁大露说：不会的，我趴不下，我倒了，我家小米儿咋办？

周五的晚上，丁大露挤出时间回了趟娘家。老爹过生日，再忙也要回。老爹今年七十七，属鼠，每次一听丁大露说属牛，就掰着指头算半天说：你小我一岁呀。第一次听，丁大露心如刀绞，听常了，她就苦笑着拍拍老爹的脸：可不是么大哥。丁大露的妹妹丁二露也大包小裹地进了家门。丁老太就生了这姐俩。任治学因为有手术没一同前往，丁二露的丈夫因为在外出差也未回去，生日就成了绝对丁家人的生日。丁二露的儿子叫果果，跟任小米同校，同年级，就是不同班。任小米唤他"刺儿"，原因是丁大露总是拿他跟她比，他就成了任小米的眼中钉肉中刺。

晚饭端上来的时候，果果回来了，却不见任小米的影子。丁大露忙问，可果果支支吾吾地就说不知道。接着，丁大露见果果换了个房间跟丁二露小声嘀咕着什么，丁二露的表情跟着一惊一乍的。丁大露心里咯噔一下，心想又出事了。可她不想问，关于任小米的事情，她谁都能问，就是不想问丁二露娘俩。果果太出色了，学习好，懂事，有礼貌，这么多年，丁大露都暗中跟这娘俩叫劲。其实，早些年，没生孩子的时候，丁家姐妹俩也互相叫劲，谁长得漂亮，谁工作好，谁嫁得高，谁让父母夸得多。等孩子前后落地，两人比的基本就是孩子了。

不见任小米，丁大露的爹不干了，淌着口水问：那女阎王怎么还不回来？

丁大露一听这话就来气：爸，您什么都忘了，忘了我妈，忘了我妹和我，忘了这忘了那，怎么单就记着这么个词儿呢？

丁大露的爹就不利索地嘿嘿傻乐。

丁大露的妈借着戴围嘴的机会捅了下老伴：少说两句，啊。然后她抬头看了眼墙上的挂钟，叹了口气。这声叹息也让丁大露极其敏感，她经常觉得，母亲还不如说点什么或者骂点什么，只这么不轻不重地出口气儿，不仅包含了责备，包含了同情，丁大露甚至认为也包含了蔑视。

等了两个小时不见任小米回来，打手机又不开机，丁大露坐不住了，要去找，可任小米却风一样地刮进了屋。她一进门，丁老头乐了，任小米也上前搂着他亲，自从老丁痴呆，任小米只要见面就跟爷爷起腻。在丁家，任小米跟老丁最好，老丁也跟任小米最好。用丁老太的话说：这俩人为啥好？都不着调嘛。

丁大露一直观察着女儿的一举一动，可是丁大露知道，就算任小米刚放了火，你都未必能从她的脸上找到蛛丝马迹。倒是果果数次用眼睛瞟着任小米，任小米要么佯装不见，要么更加昂头挺胸。丁二露也数次将目光落在姐姐的脸上。丁大露可以确定，百分百出了什么事儿。丁大露志忑着给老爹过完生日，又陪妈洗了碗收拾了厨房，然后假作从容地领着任小米告辞。

路上，母女两人都沉默着，直到打开家门，丁大露憋不住了，说吧，又捅了什么事儿？

任小米一脸无辜：啥事没有啊。

丁大露没再追问，丢下任小米径直进了卧室，关上门，趴在床上用枕头捂着呜呜地哭开了。这叫什么日子啊。

任治学一夜未归，表面发来条短信，说患者是朋友的亲属，且术后反应大，他要亲自观察，丁大露看了眼短信就把手机扔到了一边，她已经懒得判断、核实这种短信的真伪了。她现在想的只有一件事：王老师的电话什么时候打进来？

铃声是在丁大露刚刚感觉到困意时，蹿进了耳朵里的。丁大露抓起手机，是王老师。她又瞬间看了眼墙上的挂钟，才六点，太阳才探进窗口啊，一定是很大很大的事，丁大露这样想着滑动了屏幕。果然，王老师让丁大露两口子带着任小米八点赶到学校，放下电话前，老师一再强调，一定夫妇两人全到。

丁大露领着任小米与任治学在校门口汇合，临进大门，任治学拉住女儿：你能不能告诉我们到底是什么事儿？让我们有个准备。

任小米不看父亲，却将目光散淡地放在空无一人的操场上，因为是周六，操场格外地宁静。

丁大露早知道会是这个结果，她没像任治学那样傻站着，等待着不可能有的回话，她率先迈进黑色的铁门。

教导处内，除了班主任王老师和教导主任外，还有一个中年男人，一个小男生，小男生怯怯地低着头。丁大露立马想到了避孕套，想到了那张头像，还没坐到椅子上，丁大露基本就知道是什么事情了，一阵眩晕。她被老师安排在了中年男人的对面，她避开中年男人，将目光狠狠地钉在了小男生的身上。小男生虽没抬头，却仿佛能感觉到丁大露的犀利，把头埋得更低。任小米不干了，冲着小男生道：你头灌铅了？抬不起来呀？小男生被她说得抬头不是，低头也不是，满脸涨得通红。

教导主任打开电视，一看便知是校内监控。画面上，任小米和小男生并肩走进一扇大门。主任在一旁解释道，这是热水房后的仓库，时间是上午十时两分，课间休息。画面停滞片刻，切换到下一画面，大门来回剧烈晃动。主任又解释道，因为门被反锁，两个校工几次试图打开，来回推拉了半个小时之久。画面继续切换，校工打开门，没一会儿，小男生和任小米一前一后走了出来，一边揉着眼睛一边穿衣服，任小米还将凌乱的头发重新系上发卡。主任再次解释道，校工进去时，见两人已经熟睡，而且只穿了线衣线裤，这时是下午四时十七分。

请你关掉吧。这是任治学的声音，像找不到调儿的琴弦在房间里拨动。

是不要放了，不要放了，不要放了。中年男人一只手捂着脸，一只手在空中挥舞。一进门时王老师介绍他姓张，是建筑工地的瓦工。此时他黑红的脸膛因为羞涩和愤怒成了紫茄色。

只有丁大露一言不发，直到屏幕上出现了雪花，继而黑屏，她的目光仍无法离开。教导主任说：我们昨天问了两个人，男生说两人只是聊天，没有过分行为，聊着聊着就睡着了，脱了外衣，是因为仓库内温度太高；但是，女生说，他们在里面该干的都干了，这是她的原话，问什么叫该干的，女生拒绝回答。而且昨天全校大扫除，监控室也有学生进去打扫，所以，当时有十几名同学目睹了他们走出来的这段视频，并且迅速地在校园传播开来，尽人皆知了。同时传播的还有任小米的那句话。教导主任咳嗽了一声又说：这个事件影响实在恶劣，必须严肃处理，记录进档案的处分是不可避免了，另外，两个学生必须分开，考虑到即将中考，学校不想赶尽杀绝，两学生可不离校，但一定要有一个离开现在的班级。主任的话音刚落，任小米的声音插了进来：我离开，我上别的班。

丁大露的目光终于离开电视，不可思议地投向女儿，任小米在她的注视下补充了一句：是我泡的他。丁大露感觉四肢无力要死过去。

在场的人都被这一句弄得猝不及防，丁大露想骂你疯啦，可她抬起的手指却指向了张氏父子：你们怎么不说话？你教育出这样的儿子倒也罢了，总不能这样的事情让一个女孩来承担吧？哑巴了？啊？丁大露恨不能绕过桌子去扒了那个小男生的皮。

任小米呼地站起身：妈，你能不能别像个泼妇？

丁大露没想女儿能如此对自己说话，愣了下神儿，冷冷地道：大人说话你别插嘴。

这是我自己的事儿。

你给我闭嘴。

离开这个班的肯定是我了。

丁大露不再搭理任小米，斩钉截铁地冲着张氏父子：你们给我听好了，我们肯定不离开。你们滚。丁大露攥起了拳头。

妈，你能不能有点修养？任小米上前拉了一把母亲喊道，别在这儿给我丢脸。

丁大露被拉扯的手臂悬在半空中，目瞪口呆地看着女儿。王老师忙上前劝解，却无济于事，母女俩的眼里都喷着火。回过神儿的任治学忽地起身一手拉起一人，强行而狼狈地往外拽，一边回头冲老师和主任赔不是，保证一定尽快再来。

进了家门，坐在沙发上，三人都一言不发。隔壁邻家传来剁肉馅的声音，丁大露感觉刀刀剁在了自己的心上，任治学面色铁青。

什么叫该干的都干了，都干什么了？丁大露打破沉默。仅仅几十分钟，她的嗓音骤然沙哑。

你们觉得能干什么？干什么都是正常需求，一个人身心发展的正常需求。

任治学像按了电门一样曋地站起身，举起手。任小米抬头迎了上去：你打吧。

任治学的巴掌终究没能落下，狠狠地道：我真想抽你。

丁大露厉声道：你们到底干啥了？是摸了，亲了，还是，还是……

睡了？丁大露说不出口的话，却在任小米口中轻易溜达出来，丁大露的心剧烈颤抖着。任小米看了看两人：我爸是医院的，妇产科有熟人吧。我说什么你们信么？咱还是去查查吧。说着就去拉母亲。

丁大露甩开任小米的手。啪的一声，空气凝结，任小米捂着脸难以置信地看着母亲。这是丁大露第一次对任小米使用暴力，丁大露的眼里瞬间积满了泪，缓缓地道：我得让你知道什么是羞耻。

我真不觉得羞耻。任小米说完扔下父母进了卧室，丁大露的眼泪唰地滚落，任治学说：打就打了，没什么后悔的，这种孩子不值得心疼。眼泪流到嘴边，她舔了一口，道：我是后悔怎么没早打这一巴掌。

两口子连夜商量出了对策和原则，不管他们之间到底怎样了，到底到什么程度了，必须让张姓男生从任小米的视野中彻底消失，否则事态会愈演愈烈。方向一定，第二天一早便付诸行动。任治学动用了关系网中所有可能说得上话的人找到学校的校长，请客送礼，好话说尽，终于由学校出面找到张氏父子，称此种事情，男孩儿的责任是首位的，并且，现在没有哪个班级肯接受这样的男生，劝其另择他校。小男生面对丁大露的逼问，坚持称自己没撒谎，任小米是在说气话，说两人的确有好感，就想找个地方聊天。小男生的父亲先是点头认错，接着就苦着脸说，自己一个农民工，在这座城市举目无亲，上哪去找接收的学校？任治学找到郊区一家快要合并的中学，以学校的名义为张姓男生办理了转学手续。同时又找到男生父亲干活工地的工头，要求老张为儿子更换手机号码。所有这一切在四天之内处理完毕，两口子好似扒了层皮。

虽然任治学在这个城市算是个有点头脸的人，可因为不直接认识校长，都是辗转求人，所以这几天的中饭和晚饭基本上都是在饭店里吃的，有时甚至一顿饭要见两伙人。如果只是喝酒花钱倒也能忍受，主要还是对任小米的事情难以启齿。每次跟人家说到女儿所犯错误，无论丁大露还是任治学都结结巴巴，吞吞吐吐，恨不能找个地缝钻进去。最后一顿感谢饭吃完已经半夜12点，任治学扶着一棵树吐了半天，一屁股坐在马路牙子上。

你说她跟那小子到底干啥了？这两人谁说的是真话？任治学抹了把嘴。

不知道，我不知道，丁大露一听这话就浑身哆嗦，晃晃荡荡地坐在了任治学的身边，抱着头哭，她怎么能堕落到这种地步呢？

堕落的不是亲，也不是摸，哪怕睡了都不是堕落，堕落的是，光天化日，让人看了视频，还无所谓。没救了。

丁大露哭着说：我听说，好多孩子大了就好了，她能好么？

任治学侧身看着丁大露，看了很长时间，丁大露后来经常能想起任治学当时的目光，任治学说：你说呢？

几天后的一个傍晚，丁大露去接任小米放学，等了很久不见人影，雨越下越大，按学校规定丁大露不能进去找，还由于怕见老师和任小米的同学，怕任何投向自己的目光，丁大露就只能在校园外的车里等。丁大露打了个盹，醒来时吓了一跳，暴雨中，任小米远远地走来，手里拎着伞，雨水打湿的衣衫紧紧地裹着身体，丁大露冲进雨里，拉过失魂落魄的任小米，塞进车内，丁大露看见她的脸上除了雨水还有泪水。丁大露知道发生了什么，按照丁大露的安排，王老师对任小米的答复是，那男生不堪忍受她的骚扰，已自行转学。丁大露能够想象，任小米听了这种污辱性的语言定要对质，可男生的手机已经停用。

任小米消沉了。她的消沉不仅仅表现在沉默寡言，本来平日她在家的话就不多，丁大露发现，从这天起，她回到家不听音乐不上网了，当然更不看书学习，她什么都不干就躺在床上睡觉，丁大露想管却又不敢管，心急如焚地等待着，同时观察的还有任小米的身体，看她有没有怀孕的迹象。事已至此，丁大露退了一万步，就算任小米真跟那男生咋地了，她的女儿就这么交代了，她认，但千万不能怀孕啊。丁大露天天战战兢兢，如履薄冰。一天，丁二露来家里送乡下买的鸡蛋，见了任小米的状态，就皱着眉头问姐姐：你不管啊，一个多月就中考了，我们家果果天天学到半夜。丁大露无言以对。丁二露再想说点什么，却被姐姐的目光吓了回去。晚些时候，丁老太又打过来电话，劈头盖脸地训斥说，丁大露不配当这个妈，怎么能把孩子教育成这样？从监控录像一直数落到任小米现在天天睡大觉。丁大露同样地无言以对，放下电话，她拨通丁二露的手机，咆哮道：录像的事儿你怎么能告诉妈？嫌我不够丢人是不是？你干脆把视频放到网上去得了。

丁二露说：我这是关心你。

放屁！丁大露说完这两个字就摔了电话。

丁大露内心暴躁表面平静地等了一个礼拜，不但没见任小米好转，却等来了她更加过分的要求。OLD组合来演出了，我要去看，给我二百块钱。任小米在一日早餐时说。丁大露不假思索地回答，不行。任小米瞥了眼母亲，没再争取。丁大露以为事情就此结束。可晚上去接任小米，左等右等不见人影，有同学说，她借钱去工人体育场看演出了。丁大露气得头发都要竖起来，一脚油门踩下去，直奔工体。任治学接到丁大露的电话，在工体的正门两人会合。面对眼前的人山人海，任治学没了勇气，丁大露却手一挥说：你顺这边走，我顺这边走，南门碰。任治学在人头中张望着寻觅着，一张张青春稚嫩的面孔从他的眼前飘过，他有几次误将对方拉过来以为是自己的女儿，她们的服饰、打扮，甚至目光都仿佛是一个模子刻出来的，让任治学应接不暇，他几乎没了信心，这时听见不远处传来一声任小米，是丁大露的声音。任治学循声望去，一群人迅速地在声音传过来的地方围了一个圈儿，任治学跑过去，扒开人群，丁大露和任小米拉扯着，激烈的争执让两人的脸都泛着红晕，任治学很快地站在媳妇这一侧去拉任小米的另一只手，却不想任小米使出蛮劲，同时甩开父母。爸，妈，她这样叫了一声，绵软而纤细，丁大露和任治学瞬间愣在那儿，这种声音他们已经多年没有听到过了，特别是任小米挨了那一巴掌后，几乎没正眼看过丁大露，丁大露一时眼眶有点潮湿。任小米继续以这种声音说道：你们让我进去吧，我从来没想过能亲眼看见她们的演唱。

不行，丁大露不想被任小米欺骗，马上回家，看了演出就更分心了。

求求你们了。任小米已经带了哭腔。

丁大露刚要伸手，却被任治学钳子一样的手狠狠地拽住，任治学说：走。丁大露瞪着丈夫：你干什么？任治学不由分说拽着丁大露破开人群，大步流星地走出工体大门。丁大露几次想脱开任治学，胳膊却被他死死地攥着。

你什么意思？要么不管，管就这么管？你到底什么意思你说你什么意思？讨好，是不是，啊？你欠她什么了你要讨好？上了车，丁大露的话像机关枪扫射一样。

任治学答不上话，由着丁大露一味地斥责，突然，他推开车门，丁大露问：你干吗去？

任治学头也不回地往工体大门走。

丁大露也下了车，冲任治学喊：晚了，你看看外面还有人么？全进去了，你上哪找她去？

丁大露摔摔打打地做完了晚饭，自知理亏的任治学始终不敢吭声。九点多，任小米回来了，红扑扑的脸蛋荡漾着一丝说不清道不明的笑容，像熟透的苹果。丁大露在餐桌前正襟危坐，她想，就算任小米跳楼，有些话她也不得不说了，谁知等了十几分钟不见任小米走出卧室，丁大露只好过去召唤。推开门，床上不见任小米。我吃了汉堡，不吃了，坐在写字台前的任小米说。丁大露走上前扫了眼桌上的书本，任小米竟然在做英语习题。这样的结局完全出乎丁大露的意料，一肚子的话当然也没派上用场。

从这个晚上起，任小米回家吃了饭就回到卧室学习。丁大露跟任治学嘀咕：你这是歪打正着。她打开电脑百度什么是 OLD 组合。她打开 OLD 的演出视频，三个女孩儿穿着明朝不明朝，清朝不清朝的衣服，清唱一些莫名其妙的歌曲，丁大露偶尔听懂两句，好像是宋词，有时又好像是楚辞，有的歌儿也会有伴奏，都是古筝和编钟那类玩意儿。丁大露实在不喜欢，想关掉视频之际，竟然发现，这三个"女孩"都有喉结。丁大露倒吸了一口气，要是放在往常，她定会教育任小米，说她审美有问题。可现在不会了，这三个有喉结的女孩让她的小米开始学习，她感谢还来不及。

中考前的三天是丁大露的四十岁生日，任治学在医院做手术，即便不做手术，他也已经 N 年记不起丁大露的生日了；任小米当

125

然也不会记得这一天，现在有几个孩子会留意父母的生日呢；只有丁老太打来一个电话，让她回家吃顿饭。丁大露说：不回了，生日对我来说不重要了，小米儿马上就中考了。丁大露说得既沉重又甜蜜。夜晚，她望着星空，感谢老天在她四十一岁时给了她一丝光亮。她想，她的小米儿就要好了，尽管一个月的突击不会让她变成一个好学生，但是她懂事了。她想起那个夜晚丈夫的目光，丈夫绝望地说：你说呢？

我说什么？我的小米儿就要好了。丁大露嘴角微微一翘，露出一丝甜蜜的傻笑。

然而，中考的时候还是出事了。丁大露所有关于未来的设计和梦想，在那一瞬间灰飞烟灭。

考前还是正常的。跟很多家庭一样，任治学早晨开车把任小米送到考场，之后在外面等，散了场再把任小米接回家午休。丁大露则负责在家做好四菜一汤。任治学进了家门就小声跟丁大露说：好像考得不怎么好，出了考场一直沉着脸，一句话不说。果然，任小米不但不说话，连饭都没吃，进了自己的卧室倒头就睡。丁大露和任治学耐心地等待了一个小时，想反正也要休息，先睡后吃也不耽误。一个小时后，他们一起走进任小米的房间。

丁大露上前轻声召唤：吃饭吧。不管考得啥样，得吃饭啊。尽心了就行了，啊，上了高中，咱从头开始。

任小米纹丝不动。

丁大露又劝了两句，任治学见还不奏效，就上前轻拍任小米的大腿：起来吧，米儿，再晚就来不及了。

这一拍不要紧，任小米噌地坐起身，怒视着他俩：我不考了。

怎么了？两人几乎异口同声。

我今天见着张海洋了。任小米说着下了床。

这个名字，两人当然不陌生。丁大露一怔，想不明白小米怎么会见到他，故作镇定地问：他不是转学了么？

是啊，没想到吧，你们那么能耐，怎么就没料到呢，我们学校和他学校都在这个考场。

他，他转到了哪个学校？

这还用问我么，不是你们给他找的地方么？任小米的目光冰冷地射向父母，你们还找到他爸的工头？太无耻了，这叫什么？压迫。一个城里人，一个自认为有点地位的城里人，对一个农民的压迫。

这是我的主意，你爸爸只是照办而已。丁大露不想让任小米跟这个家的两个大人作对。

你不说，我也知道。

可这跟你考不考试有什么关系呢？有话咱们考完试再说，好不好？任治学拉了一把女儿：先吃饭，吃了就得走了，要不来不及了。

任小米甩开父亲的手：我不考了，听不懂啊？

任治学看着女儿：你这是真的了？

当然。

为什么呀？任治学暴怒。

你们让我心寒，我也不会让你们暖和。任小米大声喊道。

咱别闹了，小米儿。骨子里，丁大露还没拿任小米的决定

127

当真。

听不懂啊？我不考了我不考了我不考了，听懂没？不是闹，是真、不、考、了。

不能为了一个男生就不要前程吧？不中考，就上不了高中，上不了高中，就上不了大学，你这辈子就毁了。丁大露尽量和风细雨。

我就为他不要前程了。他不是不堪我的骚扰吗？我不能去骚扰。丁大露，你真够狠的你。

妈那么做也是为你好。你这是跟妈赌气，是不是？行，妈跟你道歉了，你要是需要，妈还可以跟他道歉。

不需要。

任治学再劝，再劝，还是无果，眼见着时间一分一秒地过去了，而家距考场还有半小时的车程，即便立马走，也要踩着铃声进场了。火烧眉毛。丁大露问任小米：你是不还记妈打你那巴掌的仇？说罢，不等任小米回答，她抬手给了自己一个耳光。

任治学拉起愣神儿的任小米：快走吧。可任小米再次甩开父亲，冲着母亲喊道：你再打十个，一百个也没用，我不考就是不考了。

你这畜牲！任治学怒发冲冠，大吼着转身冲进厅里扯下墙上的一把藏刀，那是三人西藏旅游的纪念品，一直挂在厅里的东墙。任治学旋即举刀怒向任小米：我今天劈了你，你还有没有点人味儿。

丁大露还头一次见任治学这阵势，在刀起要落之即迎了上去挡在父女之间，藏刀刮到了丁大露的右肩。鲜血立刻殷红了衬衫。

任治学吓坏了，上前要看丁大露的伤情。任小米也显然没想到父亲动了真格的，如果不是母亲挡着，这一刀她是挨定了。

丁大露哪有心思管自己的肩膀，她推开丈夫冲着任小米双膝一软，扑通一声跪了下去：妈求求你了。考好考坏，你进去答一道题就出来，行不行？咱不能没成绩啊。

任小米低头看了眼母亲，挣脱她摇晃自己的双手，然后拨开父亲，两人以为她回心转意，不想任小米却缓步走进卫生间，反锁上门。任治学上前砸门：你给我出来。可是任他喊破了嗓子，里面的人也无动于衷。半天传来哗啦的冲马桶的声音，门开了，任小米瞥了眼正在处理伤口的两人，一声不响地转回了卧室。没人再提走或者不走，时间明摆着，就是现在飞到考场，也已经过了三十分钟，不许入场了。

任小米的中考就以这种方式结束了。备战了三年的考试啊，就这么结束了。有一天，丁大露站在蓝旗大桥上，看着东去的松花江水，真想一头扎下去。如果真的扎了下去，她的小米儿会替她收尸么？丁大露为自己的想法打了个冷战。真不好说啊，亲妈的下跪和肩膀的鲜血都没能打动她，这孩子是怎么了？有一次丁大露说：我上辈子干了什么错事，这辈子生了你这个孽障。任小米也说：我上辈子也一定干了什么错事，投胎你当妈。就是这次对话之后，丁大露彻底失眠了，不吃安定睡不着觉，睡不着觉，白天便恍恍惚惚，所以必须吃药，吃了又副作用尽显。如此往复，丁大露常觉得自己就要不行了。

冷战一直持续到中考成绩公布。这期间，丁大露一次娘家没敢回。丁老太打来两个电话也都是唉声叹气、捶胸顿足。成绩公布的时候，丁老太打来第三次电话，说丁二露的儿子果果以全市第三十的成绩进入附中统招档，也就是说一分钱不用花可以迈进全市最好的高中。丁大露没有对妹妹表示祝贺，却在晚饭的时候率先打破家里多天的沉默。她问任小米：你听说果果的成绩了么？

没有，没兴趣。

看着别人一个个出了成绩，你后悔不？

不。

你跟果果差在哪儿？我跟丁二露是一个妈生的，你爸比果果他爸强……

我就烦你拿他跟我比。他好，你让他当你儿子吧。

你让我在丁家，甚至在任家都丢大人了。

我活着不是给你长脸的。你想比，比房子比车比老公。任小米放下碗筷，盯着丁大露的脸，我认真地告诉你一遍，往后，少拿他跟我比。我烦透了。从小就烦，越来越烦。我是人，不是工具。

除了丁家的压力，丁大露的同事几天里也纷纷跟她打听任小米的成绩，她都敷衍了事。同事们知道女阎王的称号，见丁大露支吾，也就不好多问。丁大露不敢坐电梯，更不敢进食堂，怕见到更多的人，听到更多的询问。至于果果的成绩，丁大露一直没跟任治学说，任治学也不提。两人倒是在一个深夜讨论起下一步何去何从。那天晚上，任治学很晚才回家，嘴上说医院加班，可丁大露分明在他身上闻到了那股香水的味道。那味道，两年前就开始光顾家里，可丁大露无心理会。

可以找人了吧。丁大露瞪着她灯笼一般的眼睛。自从中考事件后，丁大露日渐消瘦，两腮塌下去的同时，两眼鼓了出来。

上哪个学校？

附中。

她这个成绩上附中？就算她照常参加了考试，也离附中太遥远了，何况现在是没成绩，找谁能进得了附中？上个二流的吧。

就进附中。花钱，花多少钱都行。

为什么？

附中学习环境好。

我知道你的想法，不就是攀比么。

攀比怎么了，自己的工作比不了，丈夫比不了，还不行比比孩子么？

丁大露的工作是任治学的短处，两人虽不在一个系统，但是如果任治学肯为丁大露出头，跟银行的行长递个话，丁大露提个主任起码安排在后台还是不成问题的。可是，任治学就是不肯出这个头。任治学不吭声，丁大露的领导自然不会给丁大露任何好处，还不如丁大露的丈夫是个小白人儿的好。前几年，丁大露还埋怨丈夫，后来，她看明白了，任治学的眼里只有自己。她丁大露不过就是他女儿的妈。看明白这一点，丁大露再也不会为工作的事儿求丈夫了。

丈夫怎么了，我怎么了？任治学回避丁大露的一部分问题。

你刚才是在加班么？

是啊。

是么？

无聊。

两人的谈话到此结束。丁大露点到为止，任治学也不想深说。但是，丁大露的目的达到了，任治学答应往附中努力。

对于任小米的假期安排，丁大露做了调整，或者说，不得不做出调整。中考之后，丁大露将任小米反锁在家，给她找了一堆高中课本让她预习，同时电脑加了密码，只有她下班回来，任小米才可以上网，电视也不让任小米看。关于电视，两人打了三个回合，第一次，丁大露进了家门先去摸电视机和机顶盒，热的。丁大露说：不让你看你还看。第二次，电视机倒是不热了，可是丁大露仍怒视任小米：你怎么又看了。任小米使横：我没看。丁大露说：我走时放的10频道，现在是6频道。第三次，丁大露打开电视机，频道倒是跟走时对上了茬，可她再次坚持任小米看了电视，她说：我走的时候音量放的17，现在是30。任小米大声嚷着：你还让不让人活了？告诉你……告诉我什么，丁大露迎上话头，想跳楼，是不是，行啊，你前脚下去，我后脚就跟着。任小米看出母亲动了真格的，翻了个白眼儿，嘟囔着回了自己房间。丁大露说的不是气话，这么活着有啥意思呢？还不如跳下去，真就一了百了了。电脑、电视都碰不了，邻居们说，白天经常听见丁大露的家传来震耳的音乐声，以及任小米鬼哭狼嚎的动静。

中考成绩一出来，社会上办了很多初高中的衔接班，丁大露跟任小米谈，让她也报名，丁大露以为任小米又会噘嘴，不想她竟爽快答应。转身，丁大露就明白了，她这是被关久了，实在想出门。丁大露想，管你什么初衷，进了课堂总不是坏事。任小米上了衔接班，丁大露只管按时接送，基本不过问学了什么，往常的教训是，即便过问，也问不出个一二三，丁大露倒是询问过老师任小米的状况，老师都敷衍着，还行，还行。可是，衔接班快上了半个月的时候，一个学生的家长突然跟她说：听说你家孩子天天上课睡觉，你还花这钱干啥呀？丁大露这才偷偷去趴窗，这一看，才知道，任小米走进课堂不到十分钟就趴在桌子上睡觉，一直睡到下课铃声响起。丁大露想去责备老师跟她撒了谎，可人家挣的就是这个钱，告诉你孩子天天睡觉，你还能去？丁大露又想斥责任小米，她看了眼刚上车坐好的任小米，话到嘴边又咽了回去，这样倔强的目光，你说什么她能听进去呢？算了，就这么稀里糊涂混吧，上课哪怕学了一点也比一点没学强啊。即使一点儿没学，也比干别的分心强啊。丁大露这么一想，索性装傻装到底。

任治学那边忙活得有了眉目。但是，去学校具体办事时任治学却不能出面。原因是当年在任治学还是科主任的时候，给一个老头做手术做出了医疗事故，老头下了手术台再不能行走，而老头的儿子就是刚上任没多久的附中校长。所以任治学的朋友汪局说，此事要想办成只能丁大露打着他的旗号出头，而绝口不提任治学仨字。

丁大露于是出马了，当然她怀揣着一沓人民币。

丁大露刚到校门口就让门卫拦了下来，被告知校长没在。丁大露拿不准是真没在还是有意躲避，给汪局打了电话确认了校长的坐骑是奥迪后，她围着操场转了几圈，果然不见奥迪的踪影。丁大露就站在学校门口等待，等待奥迪的出现。八月的太阳很毒，下午两三点的时候，地上的柏油已经泛出了油星，丁大露被天上地下烤得口干舌燥，头晕目眩。五点到了，还不见奥迪，丁大露再问汪局。汪局说，学生放假，但校长一定会上班，明天再去。

第二天，太阳倒是没有了，改成了下雨，而且是瓢泼大雨。丁大露打着伞背着任小米的分数条继续堵。下午五点，雨停了，天边出现了一道美丽的彩虹，可是奥迪还是没有出现。

第三天，没雨，太阳也不毒，丁大露刚到附中门口，就看见一辆奥迪缓缓驶进电动栅门。丁大露想，看来办什么事情都要有时空点啊，今天的事情一定顺利。丁大露尾随奥迪进了学校，如愿地敲开校长办公室的门，如愿见到了传说中最年轻有为的校长，校长说汪局的亲戚他会照顾的。丁大露见事已至此，遂将兜里的那沓人民币掏出磕磕巴巴地递上。谁知，校长却虎着脸不肯收。丁大露再递，并撒腿就跑，可身后的一把椅子仿佛横空出世，生生地将丁大露绊了个跟头。这是一把折叠椅，倒下后竟鬼使神差地别住了丁大露的一只脚，丁大露感觉校长走到她的跟前，但并没有要帮助的意思，她涨红了脸拔出腿，扶好椅子，还没等抬头，校长的手伸了过来，说：钱拿回去，否则事儿就不办了。丁大露本能地坚持再给，她的意识里，收了钱就会办，办不了就不会收钱。这钱要是给不出去，事儿还咋办……校长怒了：听不懂话么？我说的是中国话呀。

这样的羞辱，放在一般人早想找个地洞钻进去了，可是丁大露没工夫顾及那么多，嚼巴嚼巴，她转身就把校长的目光以及校长的话咽进了肚子里。丁大露更多的是忐忑，校长到底啥意思，办是不办呢？让任治学再给汪局打电话，汪局说，只能等。

丁大露在煎熬中度过了一个多礼拜，茶不思，饭不想，夜不能麻。最后，丁大露想，完了，肯定完了。可就在她琢磨着是否另辟蹊径考虑其他学校时，接到了汪局的电话，任小米已被附中提档正式录取。丁大露泣不成声。这年头还有这样的人么？办了这么大这么难的事儿一分钱不要？任治学分析说，校长是想把人情给汪局。俩人就商议何时去感谢汪局。还没商量出具体日子和方式，任治学一天晚上回家说，不用去了。为啥？丁大露看见任治学长叹一声倒在沙发上。为啥呀？丁大露又问了一遍。

汪局的弟弟今天找我了，他弟是做医疗器材的。任治学挠了挠头发。

丁大露明白了，心一下提到嗓子眼儿，忙问：好办么？

好不好办也得办哪。

他那器材没啥说道吧？

不知道。

新的担忧又笼罩了这个家庭，不过，担忧很快被更大的兴奋所取代。丁大露拿到了附中的入学通知书。周一的上午，她交了八万块钱的学费，从附中换回一张红色的入学通知。丁大露如获至宝。她激动地甚至面带红晕地将录取通知摆到女儿任小米的面前。

却听任小米说：我不去。

丁大露没有愤怒，她对此早有准备，她耐心地解释着：没错，你现在去是最后一名，可咱从头来呀，特别咱还学文科，好多好多都可以从头来。所以你不用有压力。

我说我要学文了么？

丁大露递不上话，迟疑片刻说：那听你的，你想学理咱就学理。学理咱也可以重新开始呀。

你什么时候能尊重我一点儿？我的事先征求我的意见？

丁大露仍沉浸在她的喜悦里，她不想跟女儿斗嘴，仍旧和颜悦色地说：现在就征求你的意见啊。学文学理你自己定。

任小米的目光从丁大露的脸上飘向窗外，她看着窗外的一朵白云，缓缓道：我不是说我不去附中了，我是不念高中了。

丁大露腾地站起身：你再说一遍。

我不念高中了。任小米字正腔圆。

丁大露急了：你不上高中，你干啥？

唱歌。我们那个YOUNG乐队，我是主唱，还有一个古筝，一个长笛……

闭嘴。丁大露拍着桌子，乐队？还乐队？组成了？什么时候的事儿？

初中时就有了，最近也在抓紧练习。

最近？

是，后来这几天，你把我送到楼下，我没进衔接班……

丁大露指着任小米的鼻子，气得直哆嗦：行，你真行。

任小米说：我们认真谈一次吧，我有我的人生理想，我希望你能尊重我的理想。任小米冷静得像一个要找学生谈话的老师。

不上高中，不上大学谈什么理想？

上了大学就可以谈理想么？你看看你周边的那些同事朋友，看看他们的孩子，他们都上了大学，他们可以谈理想么？他们什么都不是，一无是处，淹没在一群平庸的面孔之中。

丁大露惊讶地看着任小米，这是她第一次在女儿的嘴里听到这样成熟的话，她重新坐好，她想女儿也许是可以教好的。任小米，丁大露试图恢复耐心，妈妈我是过来人，文凭是起码的，你想唱歌，行，拿了文凭咱再唱，不行吗？

我不喜欢读那些无用的书，那是在浪费生命，起码是在浪费我的生命。

你以为唱歌想出人头地那么容易么？

就算不出人头地，也可以去酒吧唱歌。

卖唱？

有什么不可以么？有的人卖菜，有的人卖水果，有的人卖他们的头脑，我们卖我们的歌声。

任小米，丁大露实在是绷不住了，大喝一声，再次站起身，你知不知道为了你能上这个附中，花了多少钱？八万。

这个数字显然并没打动任小米，她不屑地嘟囔了什么，丁大露没听清，但是丁大露知道就算八十万也未必能打动她。任小米和她周围的同学似乎都觉得父母的钱是天上的雪片，轻轻松松地刮来，花了也没有什么可惜的。

八万块的学费可以不说，我顶着烈日挨着雨浇，受着冷言冷语的羞辱也可以放一边，你爸是在拎着他那个乌纱帽还人情啊。人可以没有是非，没有荣辱，可以不懂事不懂法不懂理，什么都可以不懂，但是人得有良心啊。丁大露拍着自己的胸脯，任小米，人得有良心啊。

任小米也终于绷不住，曜地起身：妈，你不要总上纲上线。我主意已定了，任你说什么也没用。我要为我自己的生命负责，为我自己的时间负责，为我自己的快乐负责。我……

丁大露等待着任小米的下半句。

是我自己的。

这是任小米留给丁大露的最后一句话，转身她走进卧室打开音响，立刻有任小米的歌声伴着长笛从门缝中挤出来。

她说她是她自己的。丁大露几乎是披头散发地来到任治学的办公室。

任治学听完了丁大露的哭诉，只说了三个字：女阎王。

咋办？

不知道。

你就不管了？丁大露瞪着她的灯笼般的眼睛。

你让我咋管？劝，劝过；打，打过；我刀都拔出来，你都见血了，她打定的主意改了么？

那她可真就能去酒吧卖唱啊。

任治学隔了很长时间，说：那就随她去吧。

你是说气话？

你看我像气话吗？

你是她父亲，你怎么能放弃呢？

没有等任治学的回答，丁大露丢下一句我不放弃，便幽灵般飘出了充斥着那股熟悉的香水味的办公室。她在一楼的候诊区坐了足足一个下午，直到傍晚才离开。

夕阳下的工地，竟然分外妖娆。丁大露找到张海洋的时候，他正骑在搅拌机上吹一只长长的笛子。笛声的旋律，丁大露觉得耳熟。

我们结束了。这是张海洋跳下搅拌机说的第一句话。

虽然恨不得劈了眼前这个人，丁大露还是尽可能宽容地笑，眼角攒起密密的皱纹，说：是么？

所以，我没必要骗您，那天，我们真的什么也没干。

我信。其实，丁大露早就信了，任小米一天天不屑的目光告诉丁大露，她就想让他们不舒服，她的老师，她的父母，她周围所有的人不舒服。

这曲子，我们家小米也经常哼，经常唱。丁大露继续笑着。

我写的。张海洋的眼里放着骄傲的光芒。

就是嘛……丁大露和蔼得几近谄媚地说，你们的事情，阿姨不管了。面对眼前这个罪魁祸首，这个让她和她的家庭付出了金钱和尊严的罪魁祸首，丁大露告诉自己千万忍住，千万不能发火。这是她的最后一根稻草了。

我们真结束了。我们现在只是合作伙伴。一个乐队的伙伴。

丁大露看着认真的少年：为什么？

小米说我不像爷们儿。张海洋挠着他的羊毛卷儿，腼腆地扑哧乐了，那天窝囊，后来也窝囊，她是这么说的。

为了一个已经结束了的人和感情，放弃中考？以丁大露的世界观没法理解这件事，直到后来的很长一段时间，丁大露已经冷静下来时，仍然没法理解。丁大露把手里的一个纸袋递了过去说，这是一部 iPhone。同时她表达了此行的真正目的，想让张海洋劝任小米上高中。

张海洋没有接纸袋：她不想上高中么？

是啊。

我跟古筝都改了主意，我们都上，她确定她不上么？

从张海洋的嘴里，丁大露才知道，原来乐队三人都不打算上高中的，但古筝和眼前的长笛在父母的劝说下早就改了主意，一定保证先拿了高中文凭，但是任小米的确多次表达对按部就班的上学没兴趣。最后，张海洋答应丁大露，一定劝说任小米回到校园。同时张海洋附加了一个条件，就是必须允许他们三人有更多的时间去练习他们的音乐，否则任小米是不会回头的。丁大露说：可以。只要她能迈进高中的大门，怎么都可以。

事情谈妥，张海洋却执意不要丁大露的 iPhone，丁大露再给，说只是想为上次的行为道个歉，不想张海洋竟黑了脸儿。丁大露只好作罢。

丁大露走出工地时，恢弘的夕阳正掉落在远处的高楼大厦间。熟悉的笛声漫过泥泞的小路，漫过堆砌得东倒西歪的木板钢筋，再次漫进丁大露的耳朵里。看男生的样子也许能说服任小米，可即便他真的起了作用，丁大露也仍然讨厌这笛声。十分讨厌。晚风有了凉意，丁大露想，这个夏天就要过去了。无论从哪个角度说，这都是一个没有人格的夏天。

秋天到来时，任小米上了高中。丁大露看出张海洋的分量，便背着男孩，给他的父亲送去两套棉服。有那么一瞬间，丁大露想，要是小米将来真能嫁给这样的男人，嫁进这样的家庭也未尝不可啊，虽然他们没有钱没有地位，可是他们通情达理，任小米需要的就是别人的胸怀。

按照约定，高中生任小米白天上课，晚上去一个区群艺馆的二楼教室练歌，为了这间教室，丁大露每月还要支出五百块钱。

让丁大露唯一觉得心理平衡的是，中秋节回娘家时，她可以跟丁二露平起平坐，虽然丁二露的儿子是一分钱没花的尖子生，但是没人会提这些，谁会那么不懂事呢？何况时过境迁，人们真的就忘记了细节，只看重结果。丁大露一家，丁二露一家，还有父母完全可以坐在一起热闹地谈论"我们附中"，丁老头也乐得直流口水，直夸他的两个"大妹子"教育孩子有方。

可能因为有了更多的时间唱歌，任小米的心情不错，在学校的表现就比较说得过去，入学很长时间，丁大露没有接到过老师的电话，除了每天按时接送任小米，她的生活总体来说没有什么必须马上解决的烦恼，当然前提是，她不能想未来。她甚至在某一个下午踩在小路上的落叶时，感觉到了一丝惬意。

不过，看似平静的日子却没有维持多久。转眼冬天到了，第一场雪后的几天，丁大露的人生发生了一件重大的事情。丁大露离婚了。本来貌合神离的婚姻已经不是一天两天，丁大露感受到第三者的存在更不是一天两天，咋就突然离了呢？导火索是一件貂皮大衣。东北的冬天，一落雪，好多女人都会穿上各色良莠不齐的貂儿。丁大露去年也去皮草行转过。其实平时她没有太多的时间关注自己的穿着打扮，但是所里的大姑娘小媳妇大多披上了貂儿，还常常在她面前炫耀，丁大露就不得不行动了。她走了几家皮草行，都没有看到心仪的那一件，总不能花着高价把自己往难看了拾掇吧？就在她要罢手时，突然眼前一亮，一件灰色收腰短貂闯进她的眼睛。那一天任治学也在，丁大露翻过价签，五万七千八，丁大露撇了下嘴，太贵了，买面子的事儿，丁大露只想花两万以内，她意犹未尽地脱下灰貂儿，挂回衣架。任治学

141

也说，太扯淡了，一件衣服五万多？不行不行，太离谱。那是多年来，任治学唯一一次陪媳妇逛店，丁大露没有抱怨任治学的态度，正经过日子的人怎能拿五六万往身上披呢？只是后来在所里的姐妹再彼此品评身上的皮草时，丁大露会想起那件泛着银光的灰貂，想起当时镜中光彩照人的自己。就是这件没有买到手的短貂儿在今年冬天改变了她的命运。

那天，丁大露忘记了带家门钥匙，就打算去任治学的医院取。她到了医院后门正要给任治学打电话，这时，一个年轻的姑娘也可能是少妇映入她的眼帘，对方穿的正是那件灰貂儿。丁大露本能地欣赏着美丽的女人和美丽的貂儿。女人从她身边飘忽而过。丁大露闻到了那股熟悉的香水味。就在丁大露迟疑时，远远的任治学的身影闪现，丁大露下意识地躲在一棵大树后，眼见着任治学上了年轻女人的车。

一场战争在夜晚降临时不可避免地爆发了。

丁大露只问一件事：貂儿是不是你给她买的？

任治学认为纠缠一件衣服毫无意义，反复强调不想离婚，还想过下去，并保证跟那个女人断了。

丁大露却说：你不离，我离。她跟着又问了一件事儿，当天她目送任治学和女人走远后，进到医院，挨个科室走了一圈儿，女人的照片出现在外一科的医护人员简介栏，女人是一名护士长。丁大露问任治学：护士长的身份是不是你给安排的？

任治学仍然认为此事跟他们的婚姻无关。

可是丁大露说：你也知道女人需要身份？离，必须离。

任治学劝她：小米高中还没毕业呢。

任治学话音刚落，卧室的门哐地推开了，任小米穿着她的汉服站在门口，大声道：你们离不离，别拿我说事儿。

任治学看了眼女儿，问：既然你知道了，你什么意见？

丁大露也看向女儿，都说姑娘是妈的贴身小棉袄，在这种大是大非面前，丁大露想都没想，理所当然地认为任小米会站在自己这边。可是小棉袄说：离就离，不离就不离，但是，让我睡觉。

让丁大露的失望才刚刚开始。

丁大露神速办理了离婚手续，任治学开着他的迈腾净身出户，房子和家里不多的存款留给丁大露。丁大露问他：我知道你还有钱，能再留点儿么？任治学坚持说手里一分钱都没有，丁大露没再争取，她觉得眼前的男人不过拿她当了近二十年的保姆，保姆被解雇时，能得到多少遣散费呢？到民政局大门前，任治学最后问丁大露：你想好了？丁大露没看他，也没说一句话，而是给他留下了一串高跟鞋敲击地面的当当的声音。很长时间后，丁大露多次回想起离婚细节时，才渐渐弄明白为什么当时会那么毅然决然。说到底，她就是想给自己的生活做一次主。娘家瞧不起她，工作不如意，孩子不如意，丈夫不如意，而前几样她又都没法反抗，只有拿婚姻开刀了。可是，走进民政局大楼的丁大露想不到这层，她有的只是气愤。

丁大露办完手续回到家，对任小米说：以后这个家就咱俩了。

任小米正在看电视，她噢了一声。

我希望大人的事情不要影响你的学习和生活。

不会影响。

那就好，丁大露说，你要是想你爸了，可以随时去看他。

我不会想他。

这么冷漠的一句话，丁大露听上去却很温暖，不管是不是气话，起码说明任小米还是有是非的。可是任小米接着说：别高兴，我跟他过，也不会想你的。

丁大露打了个寒战，同时她意识到了另外一个更严重的问题，便颤着音问：你想跟他过？

现在说这个有意义么？你们协议都签了。签之前征求我意见了么？

丁大露陌生地看着任小米的侧脸，半天道：你要是想跟你爸过，你就去吧。

我跟他上哪儿？他净身出户了。

丁大露已经面色惨白了，声若游丝：让你爸回来，我可以走。

算了，你一个女人……任小米的眼睛始终盯着电视。

丁大露再说不出话了。她还能说什么呢？她回到自己的卧室，直挺挺地躺在床上，空洞的眼睛看着窗外纷飞的雪花。人生还能有比这更糟糕的失败么？晚饭的时间，她没起床，她自己没胃口，她也不想给任小米做，平生第一次，她憎恨起她的女儿。辛辛苦苦十几年，这是养了一只狼啊？厅里传来任小米干嚼方便面的咔咔声，丁大露觉得那声音无比欢快。

任小米却仿佛什么也没发生一样，第二天早起，照旧穿着她的汉服，低回婉转地唱着那些不是正调的歌儿。然后吃完早饭，换上校服由丁大露开车给她送到学校。在车上，丁大露一言不发，幸好任小米插着耳机，给了丁大露沉默的借口。到达学校门口，任小米像往常一样砰地关上车门，扬长而去。看着女儿与同学勾

144

肩搭背的背影，憋了一天一宿的丁大露终于流下眼泪。眼泪噼里啪啦地掉在她的大腿上。丁大露踩了脚油门，换了挡，目光坚定地调头向单位驶去。不管女儿任小米啥样，她丁大露的陀螺还得继续转下去。

本来丁大露想，孩子么不懂事，当妈的哪能跟她一般见识呢，她劝自己想开，不再跟任小米计较，也不再平添烦恼。可是，任小米在她离婚问题上所表现出的种种言行，让丁大露不得不计较，没法不计较。有一天晚上，丁大露甚至想再次拿起那把藏刀，不冲任小米，也要捅向自己的胸膛。

那是一个礼拜六的晚上，丁大露躺在床上翻来覆去地睡不着觉，她先是后悔怎么就成全了那对狗男女，接着又想起了曾经的好时光，特别想起她的小米四五岁时的乖乖模样。她下了床，不由自主地走进女儿的卧室，月光透过窗帘照在小米白皙的脸上，丁大露坐在床前，看着小米清秀的五官，红润的嘴唇，听着她均匀的呼吸，丁大露仿佛又回到了从前。她的小米滚在床上耍着赖让她讲故事，讲到害怕处直往她的被窝里钻……丁大露的心底涌起一股蜜香，她幸福地想要探上前去亲吻女儿宁静的脸庞，突然，任小米原本紧闭的双眼唰地睁开，并瞪得溜圆。干吗？有完没完了？猝不及防的丁大露倒吸了一口气，她听见的是女儿的埋怨和不耐烦。

我以为你睡着了。丁大露回到了现实，她解释着。

任小米囔地坐起身，围上被：妈，你能不能别跟个怨妇似的。不就离个婚走个男人么，你自己不能活么？

你爸爸欺人太甚，他对不住我。

145

不就是有个小三儿么，鲍鱼吃多了，还想吃葱沾酱呢，何况你是鲍鱼么？我爸已经不想离了，是你想离，离了你又折腾自己，折腾我，有意思么？

大人的恩怨多了去了，你懂什么。

就你这副脸子，换成我是男人，我早就跟你离了。

丁大露的心咯噔一下说：我什么脸子？

你照照镜子，你就知道什么脸子了。

什么脸子？

天天没个笑模样，脸比驴的脸都长。

我愿意这样么？什么什么都不如意，我怎么笑得出来？

你什么不如意？你要房有房，要车有车，工作也算体面，还有什么不如意？

丁大露不想再说下去了，站起身要走。她预感到再说下去还会是一场战争。

任小米却恍然大悟：你是说我让你不如意，是吧？

丁大露不置可否。

是这意思么？是我让你整天没个笑模样？我怎么着你了？任小米说起这件事，有点激动，她松开被子，认真地看着母亲，这么多年，我长这么大，你让我有过笑模样么？你的不如意全是你自己逼自己，逼出来的。怨不得我。

丁大露不想离婚的话题已经演变成母女间的矛盾。任小米，丁大露重新坐下来，道，我养你养了这么多年，没功劳还有苦劳，你这么跟我说话？

你生了我，不养我行吗？是我让你生的我么？你，你们俩男欢女爱，怀了我，然后生下来，难不成把我扔大街上去？不能吧，你们必须养我啊，而且得好好养。这是天经地义。没有比这再天经地义的事情了。是你们制造了一个生命，你们就必须对这个生命负责。

你就没有一点感恩之心么？丁大露简直不敢相信自己的耳朵。

我的出生是被动的，我为什么要感恩，将来我有了女儿，我才不会觍着脸让她感激我。

后来任小米又说了什么，丁大露基本听不进去了。她看着女儿的嘴唇一张一合，只感到眩晕。不知道过了多久，她听见那一张一合的嘴唇说道：妈，我太困了，我要睡觉了，你也睡吧。丁大露默默地站起身离开女儿的房间，她听到女儿最后嘟囔的是，神经病。路过厅里时，丁大露看见了墙上的那把藏刀。

她想起任治学当时要扯下这把刀时说的话：你这畜牲。

从这个夜晚起，丁大露的脸上就不仅仅是没有笑模样了，抑郁仿佛让她的长相都起了变化，转瞬间苍老了许多。她跟任小米间的谈话也越来越少，她尽量避免着一切可能引起长谈的话题，她害怕再次听到那些刺耳的话。夜幕降临，她会在自己的卧室，关上门，翻出那些早年的照片，看着襁褓中的小米如何一步步长成活蹦乱跳的大姑娘。有时，她也会在小米不在家时，来到厅里，看从前的 DV，特别是小米四五岁前拍的，她会反来复去看。有时，还能把自己逗乐。她吃的安定也在一天一天地加量，后来，她觉得安定已经不足以让自己入睡，就让神经科大夫给升级用药。大夫郑重地劝她去精神病院认真全面地检查一次。丁大露当然不会去检查，她说：我女儿说我神经病，你们就说我精神病？

照片和 DV 带来的逃避没有持续几日，班主任的电话把丁大露从梦幻中拉了出来。班主任是个教历史的男老师，姓李。李老师问丁大露：任小米天天晚上去夜总会唱歌，你们家长知道不？丁大露接电话时正端着一杯开水，李老师的话让她手里的玻璃杯叭地摔向大理石地面。任小米明明走进的是区群艺馆啊，练完歌儿后，丁大露又明明是在群艺馆门口接的她啊，这是自己亲眼目睹的事实啊。但是，李老师十分肯定地说，他无意中亲自观看了任小米的表演，并且听夜总会服务生说，三人组合已经在那里演唱月余。

咋会这样？

晚饭后，丁大露照例把任小米送到区群艺馆，待任小米进了大门，丁大露便也尾随了进去。上了五楼，她轻手轻脚地接近那间每月花五百租的教室，却见门上赫然挂着一把锁头。丁大露拉住一个路过的中年女人，问：不是有三个孩子在这儿练歌么？对方说：早不练了。丁大露忙问：他们在哪儿？对方指指楼下说，二楼走廊尽头有个门儿，通旁边的那家夜总会。丁大露明白了。

丁大露下到二楼，顺利地找到那扇门，顺利地进入夜总会。夜总会二楼是一间间包厢。丁大露正东张西望着，笛声从一楼响起，仍是丁大露熟悉的那个旋律，她循着声音找去，跟着是古筝响起，丁大露下到最后一个台阶的时候，一个女声冲进耳鼓。啊，啊……是任小米。丁大露探头看向表演区，任小米正穿着汉服背对着观众，她没有唱词，只用"啊"来跟随着音乐的起伏抑扬，丁大露趁此机会找了个阴暗的角落落座。古筝突然急转变调，任小米也随之转身，头顶的灯光照在任小米的身上，好似月光泼撒，投出长长的影子，任小米舞动长袖，唱着：月夜里，我和你……影随身动，丁大露突然想起苏轼的词：起舞弄清影，何似在人间。平时听惯了任小米的哼唱不觉怎样，怎么现场经麦克风传输竟有这般效果？一时间仿佛把人带进遥远的过去。如梦如幻。若不是眼前的人是任小米，丁大露会被这歌声这舞影感动。但是，眼前的人就是任小米，丁大露岂会被她欺骗？愤怒很快掩盖了歌声琴声的悠扬。

一曲终了，一片沉寂，然后掌声四起。丁大露看见任小米跟走上台的一名服务生耳语了几句。丁大露正思考着如何解决问题时，音乐声再次响起。那名服务生走到丁大露的跟前，俯下身道：阿姨，任小米让我告诉您一句话……

见对方支吾着，丁大露道：你尽管说。

任小米说，请您让她把今晚的歌儿唱完，否则……

否则怎么样？

她说跟您断绝母女关系。

丁大露的手不由得攥了下拳头。她腾地起身，问服务生：你们老板在哪儿？给我找你们老板。

服务生引领丁大露见了一个中年男人。对方自称是夜总会的前台经理，负责处理夜总会里的一应事宜。丁大露爆竹一样数落了酒吧雇佣未成年人的罪行，最后放言：明天，你要是再让他们三个走进这扇大门，我就让你永远关门。

甩下这句狠话，丁大露三步并作两步出了夜总会。她不想再看任小米的表演。她将车移至夜总会这边的停车场，还未等停稳，任小米曜地拉开车门，坐了进来。

完了？丁大露没好气地。

任小米生气地咆哮着：我不是告诉你了么，让我唱完。

我没说不让你唱完。我管了么？

那你找经理干什么？

让他不许你明天再来。

你说明天，他就明天？你找了他，他还能让我唱么？他说你像头母狮子。

少唱一天也死不了，这是什么地方？夜总会，这种污七八糟的地方是一个学生该来的么？

任小米伸出右手要开车门的瞬间，丁大露按了自己这边的中控。一脚油门，车子冲出停车场。

我说了……

丁大露抢过任小米的话：断绝母子关系？我也告诉你，断不了了。你说的对，我既然生了你，就得对你负责，你是被动的，我是主动的，我主动对你负责，你想断？做梦。

疯子。这是任小米说的最后一句话。

车子在夜晚的马路上飞速行驶，丁大露是疯了，五颜六色的灯光风一样从车窗外闪过。母女俩谁也不再理谁，直到下车，直到回到家，直到很多很多天……

丁大露和任小米的家死一样地沉寂。两人各自忙各的事情，没有任何对话。丁大露做好了饭菜也不招呼任小米，任小米按时间从她的卧室走出来，吃完饭再回到卧室。有几次，丁大露想大人不能跟孩子认真，可每次欲开口说点不疼不痒的话，都能看见任小米仇恨的目光，以及不屑的表情，跟着就想起任小米那些伤人的话。哪里还有沟通的欲望？

事情是毫无征兆地发生了，一点一滴的征兆都没有。

早晨，丁大露像往常一样把任小米送到学校，然后自己去上班。中午休息时，丁大露接到班主任的电话，让她去一趟。班主任交给她一封信，信封上写着：请转给我妈妈。班主任说：任小米离家出走了。

任小米信上说，她拿了妈妈的一个三万块的存折，三人组合要去北京参加一个歌唱大赛，让所有人不要找她，一个月后，她自然会回来。她的手机开着，如果有人出面找她，她就关机，从此断绝与家人和学校的任何联系。丁大露马上给任小米打电话，果然开机。电话那头的任小米情绪少有的高涨：我已经在北京机场了。谁说北京没有蓝天，天是蓝的，瓦蓝瓦蓝的。丁大露没敢发火，只是叮嘱她千万不要关机。

丁大露又去找张海洋的爸，老瓦匠也正急得团团转，见了丁大露就埋怨，是任小米带坏了他的儿子。

果真是三个伙伴在一起，丁大露倒松了口气，不管任小米现在跟那个男孩是什么关系，好歹是跟熟人在一起呀，好歹没有更大的危险啊。丁大露又拿着信去找任治学。离婚后，这是丁大露第一次去找他。平时都是任治学往家打电话，丁大露即便接了也推给任小米。两人唯一的联系就是任小米的抚养费，说好的费用，任治学都按时打到卡里。

任治学放下任小米的信，问丁大露：你想咋办？

我知道咋办，会来找你么？丁大露发现任治学的面色红润了不少。

151

任治学沉吟片刻，道：我的想法是，先纵容她一个月，以她现在的情绪和势头，惹急了，不好办。可能真就找不到她了。就算，这次把她从北京抓回来了，她想比赛，就还会往北京跑。那时候，就可能，不，是肯定音信全无地跑。

其实，丁大露也是这种想法，只是思路没有他这么清晰。她也就是想找到某种支持，找到了，她一句多余的话都不想说，匆匆地离开任治学的办公室。

对于心急如焚的丁大露来说，现在能做的只能是等待了。好在，任小米的手机没关，丁大露每天可以听到任小米的声音。她上网查了下那个大赛的日程，掰着指头计算着时间。她想，在这种有点规模的比赛上，任小米绝对不会走得太远。

丁大露揣着她的安眠药直奔小青山。这座郊区的小山上有一座尼姑庵，里面供着观音菩萨，她要好好地拜拜，让她老人家保佑任小米平安，并把她拉回来，改邪归正。为表诚心，丁大露在庵里住了两宿，吃了两天的斋饭，烧了三炷高香，讨了一个符。晚上寒风袭来，伴着若即若离的诵经声，跪在蒲团上的丁大露突然泪流满面。她不知道，除此以外，她丁大露还能做些什么呢？

可是，这两个夜晚，即便安眠的药再次加量，丁大露也彻底不能入睡了。

北京的冬天一样的冷。特别是没有供热的地下室，阴冷到了骨头里。

任小米裹了裹羽绒服，对正吃方便面的长笛和古筝发表着最后的演说，她分析了眼前的形势，小组赛，一百进十。今晚，我们是不成问题的。要是最后再夺了前三，我们眨眼间就是乐坛的新星啊。

可是古筝并不乐观。古筝是个文静的女孩儿，话少，她说她弹琴的一个主要目的就是换个方式跟这个世界说话。她的喜怒哀乐也极少表现在脸上，而是通过手指弹拨在琴弦上。任小米在跟张海洋了断之后，曾笑着对两人说：我看你们俩倒是天造的一对，都是半天打不出个闷屁。俩人也不生气，都死心塌地地跟着任小米。任由任小米当红花，他们当绿叶。

任小米不许古筝在上阵前说泄气的话。她抖掉羽绒服，让长笛和古筝也脱了外衣，三人齐齐地露出汉服。任小米新做了一套纯丝绸的汉服，旧的让给了古筝，长笛的汉服则是他们在夜总会那些天挣来的。

古筝抱着膀儿说：小米，太冷了，会感冒的。

蹦一蹦就不冷了。任小米带头先蹦了起来，来，最后合一遍。

任小米说合，长笛和古筝就只有配合的份儿了，因为任小米的汉服最薄。

琴声响起，歌声曼妙，三人正入佳境时，咚咚咚有人砸门。不等长笛上前，门被一脚踹开，门口站着的是一彪形大汉，操着山东口音：你们让不让人睡觉了？俺上了一宿的班儿，睡得正香呢。

任小米欲上前理论，谁让你白天睡觉的，话出口一半，被古筝捂上了嘴，随即又被长笛一把拽回屋角。

大汉指着三人：小兔崽子，再唱……他挥起强壮的手臂。

重新关上门，三人又都披上外衣。好好的心情让人这么一搅，不免扫兴。可是旋即，三人又都相视扑哧笑出了声。不管咋说，离开家的日子就是好啊。长笛和古筝虽然与家里的关系不像她任小米这么僵，可是能离开父母就 OK。当然，三人中还是任小米最畅快。离开家的那天，飞机起飞的一瞬间，任小米仿佛一个铅块从胸口卸掉，她伸开双臂，闭眼做了个深呼吸。舒服，她由衷地慨叹着。终于离开那个让人窒息的家了。以前，父母没离婚时，爸爸的存在还能调节一下家庭气氛，如今只剩下那个女人和她，没有了润滑剂，两个对不上齿的轴承就越来越远了。任小米经常想，自己到底是不是她妈亲生的呢？因为作为母亲的丁大露几乎没给过任小米一天的快乐，在任小米有限的记忆里，搜罗不到母亲带给她的欢笑和温暖。那个女人只是拿她当工具，跟小姨丁二露比，跟行里的其他职员比，跟根本不认识的人比。同时，通过任小米，那个女人践行着自己的人生理想。她似乎从来没想过她的女儿想怎么活。那个女人经常说：我是过来人。任小米不止一次问她：你是过来人，你活得好么？她又说：我仅仅是个柜员，可是你也许能成为你爸爸那样的人。任小米想，我爸爸就活得好么？院长就是活得好么？当然也许他觉得好，因为他是官迷，可我不是呀，我任小米就是喜欢音乐，只喜欢音乐。在她和张海洋的问题上，那个女人的态度更是令人发指，十六七岁的男孩女孩，你不让想男女之事，那不是扯淡么？难道那个女人在十六岁时没有期盼过男生的爱抚么？任小米不相信。既然期待过，那么意淫和付之行动有什么不同呢？那个女人从来都没有认真地听过她说话，就像一头狂躁的野兽对待丈夫和女儿。任小米想，也许离婚对爸爸来说真的就是一种解脱。那个女人的那张脸，让人毫无沟通的愿望。走之前的几天，任小米也想主动跟那个女人说一句话，可话到嘴边，总能看到那张呆板的面孔，以及面孔下那颗鄙视她的心。那个女人一定视她为垃圾。任小米想，垃圾就垃圾吧，这次大赛过后，你们就知道什么叫垃圾变成宝了。

晚上的初赛，三人组合第五个出场，虽然第一次在几百人面前演出，不免发怯，可是两曲唱罢还是引来热烈的掌声，从评委的表情看，任小米就知道赢定了。果然，YOUNG 以小组第一的名次进入复赛。

第二天任小米还在被窝里，那个女人的电话打进来。任小米兴奋地告诉她结果，话一出口，任小米就后悔了，那个人怎会希望 YOUNG 赢呢？她应该巴不得三人组合输掉赶快打道回府。可是，让任小米没想到的是，听见那个女人很高兴地说：好啊。任小米能够想象电话那头的表情，咬牙切齿地面带微笑。任小米想，今天太阳所以能打西边出来，说明自己留的那封信很成功，跟大人们讲道理是没用的，只能威胁。任小米也不想惹急了那个人，身在异乡才知道，钱，钱，钱，事事都要用钱。说不定哪天还得让那个人往卡里打款呢。所以任小米耐着性子握住手机。两人又聊了两句，最后，那个人还是绕到那个问题：何时能回？任小米得意又壮烈地说：当然是圣诞决赛过后。

就在三人讨论早餐吃什么时，又有人敲门了。任小米起身去开门，她要把他们的比赛结果告诉那彪形大汉。可是门外站的是一个三十岁左右的斯文男人。斯文男人瘦瘦高高的，戴着一副眼镜，他递上名片自称小刘，是环宇娱乐公司的职员。小刘进了屋环顾着这间潮湿阴冷的巴掌大房间，由衷地说：不容易啊，你们真是不容易啊。三人正发蒙不知所以，小刘道：我们老总想要见你们。并要三人将所有随身东西带上。

小刘的老板姓蔡，是一个跟任小米的爸爸年龄相仿的中年男人。长笛和古筝的腼腆自不用说了，就连一向敢说敢做的任小米也没多看蔡总几眼，一直是眼睛盯脚尖。因为一切来得太突然了，任小米无法招架。蔡总说，他们公司昨晚全程看了比赛，最看好的就是他们的组合，决意资助。以后的资助再论，眼前这间双人房就归两个女孩了，同时又让小刘再给长笛开一间房。临进大堂时，任小米看了一眼，这可是家四星宾馆啊。她以前跟着爸妈旅游时住过这样的宾馆。

送走蔡总和小刘，古筝犯起了嘀咕：你们说，他们资助我们，会不会是想让我们低价跟他们签约啊？

任小米瞥了眼古筝说：我们还怕签约么？别说低价，就是无偿都行啊。

这话马上得到长笛的认可。三人于是在柔软的席梦思上欢呼雀跃。

很快就到了复赛，其间环宇公司每天都通过吧台为任小米三人提供水果和点心。复赛可谓惨烈，二百个里，甩掉了一百七十五个，只有二十五个晋级。而任小米的 YOUNG 组合幸运地成为这二十五分之一。下了台，从比赛场出来，三个孩子都绯红着脸。他们找了一家小酒馆，都平生第一次喝得烂醉。幸福说来就来了，多年的努力终是见了成果啊。还差一步决赛，三人碰杯，互相鼓励，欢快中不无悲壮。

可是还没等酒醒，一些不好的消息纷纷传来。很多选手对前景悲观，他们中间流传着一种说法，说最后出来的前三名都是内定，没有关系的人都是分母，或者叫炮灰。古筝问：那咋办？长笛也看任小米。任小米说：你们看我干啥？我又不认识谁。我就不信了，凭咱的实力冲不进去，那么多评委啊，谁还能挨个摆平？话是这么说，任小米却一点底气都没有。三人沉默了片刻，几乎异口同声地说到环宇公司。

他们把蔡总约到宾馆，合盘说出内心的疑虑。蔡总淡淡一笑。

任小米急了：这都是真的？

蔡总很委婉：倒也不能这么绝对。

那您说在组合里，我们是不是最棒的？

不但组合，就是全算上，你们也是数得上一二的。

那您帮帮我们吧。三个孩子脱口而出。

蔡总沉吟片刻，道：帮你们疏通倒是不难。可疏通也有成本啊，当然了，如果将来你们能跟我们公司签约，成本我也可以负担一半。

三个孩子直点头。

但即使一半，对你们来说也太多了，起码要百八十万。你们哪一个家庭能承担得起呢？

古筝和长笛将目光对准任小米，三人中她的家境最好。

任小米噘着嘴：看我干吗？我爸开的是单位的车，我妈开的是捷达，还是个二手的。

三个人立马泄了气。

蔡总最后鼓励三人：也许奇迹也会有的。

送走蔡总，任小米的眼泪流了下来：本来顺理成章的事儿，怎么就成了奇迹呢？长笛说：小米，其实有两个组合也挺好的，咱也算不上是绝对最好的。任小米就见不得长笛的这副德行，数落他：你有点出息行不行？没怎么着呢，就自我安慰上了。实力败在人情上这是最大的悲哀。古筝也哭了。两个女生一哭，长笛的鼻子也禁不住发酸。

这时，任小米的手机响了，是丁大露打来的。本来每次一见这个号码她就堵得慌，可这一次，却说不出为什么，竟对着电话放声大哭。那头的丁大露一个劲地问怎么了。任小米一口气讲了现在的处境，这是长这么大以来，她跟丁大露说话说得最多的一次。电话结束后，丁大露隔了一会儿又打过来，跟任小米要蔡总的电话号。任小米马上警觉：你要干什么？人家可是一直在帮我们。丁大露说：想了解下情况，看看怎么能疏通下关系。大人间毕竟好说话。任小米问：你不烦我唱歌了？丁大露说：真能唱出来，妈也高兴。任小米掂量了这几句话，特别掂量了电话那边的说话口气，感觉还有几分真诚。于是，稀里糊涂地将蔡总的手机号给了她。死马当活马医吧。

三天过去，蔡总却再无音信，丁大露也不再有电话打来。任小米不由得后悔，怎么能相信那个女人呢？她只会破坏啊。又过了几天，眼看决赛在即，两个大人仍没动静，任小米有种不祥的预感，或许那个女人已经从蔡总那里打听到了自己的住处，指不定什么时候就会杀将过来呀。这么一想，任小米打了个激灵。

果然，这日傍晚，三人回到宾馆，刚进大堂就看见刚办完入住手续的丁大露。任小米倒吸了一口气。任凭长笛和古筝怎样拉扯，任小米都假装不见，径直进了电梯。丁大露也不恼，从另一电梯跟了上去。

进到房间，任小米一屁股坐在沙发上，双脚架在床边：我告诉你啊，谁要拦着我参加这比赛，我跟谁玩命。

丁大露还是不恼，她坐到了任小米的对面，端详了任小米半天，从兜里掏出一张银行卡放在茶几上。

干啥？任小米被眼前这人的和蔼态度吓着了，不知道她葫芦里卖的什么药。

这是九十万。

任小米喝到嘴里的水差点喷了出来，这句话同时也把长笛和古筝的目光吸引了过来，张大了眼睛。

你有这么多钱？行啊。平时我还真没看出来呀。任小米放下双脚，拿起银行卡。

我把咱家房子卖了。

真的啊？任小米不敢相信，这怎么可能呢？你，这事，支持我？你真支持我？

对，赌一把。本来房子可能值一百万，但是卖得急，就卖这些了。

跟着丁大露缓缓地解释着，她已经跟蔡总达成协议，任小米三人拿不了前三名，九十万退回来八十万，十万权当学费了。最低，丁大露说，退一万步，如果九十万他都不还了，他答应包装你们，为你们出专辑。我上网查了一下，环宇公司算不上大公司，但还是有一定影响的。

任小米乐了，她绕着丁大露走了一圈儿，郑重地说：丁大露，以前我不认识你，自打我出生，十六年了，你第一次干了件正确的事儿。放心，你卖了个两室一厅，将来我让你住别墅。

丁大露淡淡一笑。

任小米冲着愣神的长笛和古筝一挥手：愣着干吗呀？抱抱我妈呀。

于是，三个孩子一起扑向丁大露，将她拉起，又推倒在床上，亲吻着拥抱着。

任小米笑嘻嘻地问：你是不也看出我是潜力股了？她觉得身下的这个中年女人太妩媚太可爱了。

是，是，是……丁大露让三个孩子折腾得喘不上来气。

突然，任小米后腰一热，她愣怔了瞬间，是丁大露的手臂，手臂越来越用力地环抱着她，这样一个多年不曾有过的待遇，让任小米颇为尴尬和羞涩，不等她做出反应，手臂忽地用力，反身将她半侧着压在身下，随即她的脸蛋儿被实实地亲了一口。任小米看见，丁大露的笑容也很羞涩、腼腆。因为不知目光如何安放，任小米索性闭上双眼，她的脸蛋再次被亲了一下，又一下……

决赛的那天晚上，任小米让丁大露坐在了一个最显眼的位置，这么可爱的女人坐在哪都不为过的。前一天，蔡总提走银行卡里的钱后，也表示任小米尽管放松地表现，一切他都会安排妥当。任小米的发挥很出色，她几乎每唱几句就要看一眼丁大露，她看见丁大露和着音乐冲台上低低地摆手。她还看见丁大露擦着眼角，任小米想，她下了舞台的第一件事就是要为这个女人擦去泪水……

最后宣布结果时，是从季军开始的。季军，亚军都出现了，站在台上的任小米心咚咚地跳，难道她们是第一名？天哪，这将是怎样的瞬间。任小米闭上了眼睛，可是主持人在卖了一顿关子后，最后喊出的却是另外一个组合的名字。

任小米不知怎样回到的后台，怎样换下的衣服。三人默默地出了更衣间，看见丁大露站在门外。

丁大露上前抱了下任小米：没关系，路还长着呢。

任小米泪奔。

丁大露说：钱我们不用他还了，我们可以商量一下专辑的事情，说着操起手机给蔡总打。可是得到的是关机的提示。她又给小刘打，也是关机。丁大露的脸色变了。

任小米一夜未眠。第二天早起，却不见丁大露的影子。快中午的时候，丁大露一脸倦意地回来了。

任小米问道：你真的可以不要钱，为我们出专辑？

出不了了，我们被骗了。丁大露说话已经没了力气。

原来，丁大露一早去了趟网上标注的环宇公司，此蔡总非彼蔡总，此小刘非彼小刘。

算了，小米，丁大露说，出不了专辑咱就先不出，咱还是回去先上学。世界上的道儿多了去了。这一趟北京，我也看出来了，音乐这里边的事儿还真多，水真深……

任小米怔怔地看着丁大露，终于明白了……半天，她从牙缝里挤出这些字：我就不应该再唱歌了，对不对？这回你高兴了，是不是？

你说什么呢？妈妈被骗了几十万哪。全部身家呀。

花几十万告诉我一个道理，这多值啊。丁大露，你费尽心机，就为告诉我一个道理，你累不累？啊？累不累？说着，任小米捂着嘴冲出房间，她从没想过一个人一个母亲的心可以这般恶毒。丁大露也跟着追出去。

离我远点，任小米喊着。她烦透了这个人。不，不是烦，是恨，她恨透了这个户口簿上被称为她母亲的女人。突然她听见身后传来什么东西倒地的声音。接着是古筝的喊声：小米，你妈妈晕倒了。

病床上，丁大露微闭双眼。丁二露连夜赶到北京，将丁大露用救护车接回家这边的医院。

任小米已经泣不成声。小姨丁二露说：你妈妈在你走后的第二天突然查出患子宫癌晚期。你妈妈说任治学就是肿瘤外科的医生，她什么没听过，就算花钱治疗也不过多挨些时日，又有什么意义呢？这时，她恰好听到环宇公司开出的条件。

我要用全部的积蓄跟我的女儿做一次沟通，丁二露说，这是你妈妈的原话，她是想这辈子跟你心心相印地共同去做一件事情。

任小米抚摸着妈妈的脸，看着她塌陷的眼窝，妈妈何时这么瘦了？应该是很久了吧。因为大量血小板的输入，妈妈蜡黄的脸此时变得惨白。

一旁的小姨又道：你妈妈渴望得到你的认可。

任小米的眼泪滴在妈妈的手上，她使劲地摇头：对不起，对不起……她想说点什么，她知道她的妈妈也一定想说点什么。

你妈妈不会生你气的，她说过，不管到什么时候，不管你做过什么说什么，你都是她的宝贝儿。

突然，丁大露输液的手抬了抬，翕动着嘴唇，费力地挤出几个字：叫你爸爸来。

任小米马上跑出病房给爸打电话。却无法接通。她疯了似地打车跑到医院，可是爸爸的办公室落着锁。她又跑去爸爸的新家，上个月，她曾经去过那里跟爸吃过一顿中午饭。爸爸的年轻女友吃惊地看着任小米：你爸爸出事儿了，你不知道么？

什么事儿？任小米感觉自己要瘫软。

他帮一个朋友推销医疗器材，结果出了事故。她盯着任小米，半天又补充道：一个姓汪的朋友，你妈妈应该知道。

任小米听不懂年轻女人说的是什么：我爸他人呢？

双规你懂么？

任小米只感天旋地转，她要怎么告诉她的妈妈？

站在病房的门口，任小米的手几次抬起又放下，外面响起辞旧迎新的爆竹声。丁二露说，妈妈再没有醒来。任小米央求着主治医生，让她的妈妈睁开眼，哪怕几分钟，哪怕一分钟，她要跟妈妈说几句话，她也想听妈妈说几句话。医生同情地看着任小米。

再次回到病房的时候，晨光正照在病床上，温暖无比。新的一天到来了，这是新年的第一缕阳光啊。任小米握起妈妈的手，打开一张小小的纸。这是她昨晚写的一首小诗，她要读给她的妈妈听。

新年的第一缕阳光

爬过玻璃窗

爬过我的书桌　练习册　玩具熊

趴在我的肩膀上

阳光啊阳光

请你绕过晒台

被子的香

请你绕过厨房

扑噜噜的白粥

绕过花镜

和忘记关掉的电脑

请你以轻悄的脚步

溜进爸爸妈妈的

卧房

请你用最温暖的手指

抚去爸爸眼角的皱纹

妈妈两鬓的白霜

把他们变回原来的样子吧

变回 1999 年 7 月 8 日的清晨

我睡在襁褓里

第一眼看见他们时的模样

(作者注：文尾的诗句选自作者侄女王小相的诗集)

出轨

在婚外恋之前的某一个下午，陈茜的生活发生了一次很琐碎的争执，跟男女之情一点儿不着边，这样的事情在婚后的十几年里经常会发生，有时候像吃饭吃到了沙子，嚼巴嚼巴咽了，有时候比较激烈，像吃鱼卡了刺儿，自己拔不出来，还得上医院，打麻药动钳子，一点儿小事折腾得精疲力尽。

事情缘于一次家庭午餐。礼拜六的中午，陈茜的小叔子和公公、婆婆来了，陈茜和丈夫请他们在饭店吃火锅。吃到一半的时候，婆婆说小叔子要结婚，要买套房，让哥嫂资助十五万块首付。陈茜问了句首付总共多少，婆婆说三十万，但马上又补充说，他们还要筹办婚礼，到处都用钱。陈茜的丈夫叫吴文彬，吴文彬马上表态，全力支持。陈茜却立刻冷了脸，端起一盘肉倒进滚开的火锅。

几人一起去了小叔子已经看好的那套两室一厅。站在那套毛坯房里，陈茜感觉脚底无根，随时都要栽倒，品评房子优劣时，陈茜还是没有态度，脸色铁青。等到送走公婆一行三人，天色已晚，陈茜和丈夫开车行驶了一段路，丈夫突然踩了刹车。

你什么意思，一言不发？

陈茜不明白，自己结婚时，没有向婆家要一分钱，为什么小叔子结婚，却要让她拿钱买房？她还不明白，公婆有病，为什么要让她全权负责，而小叔子可以当一个旁观者？最让她想不明白的是，公婆可以每年全国满天飞地游玩，为什么不能省下钱来去给他们的儿子结婚？她跟吴文彬还要养一个初中的儿子，难道他们不知道生活的不易么？

因为我是老大，吴文彬很生气。

老大就不是人么？就不需要好好过日子么？

那十五万里，总有我七万五吧。

这种算法，把陈茜逗乐了：就算十五万都是你挣的，我就不能管么。

你少他妈这么笑，你蔑视谁？我最烦你这么笑。

无耻。

谁无耻？吴文彬突然一扭身揪住她的衣领，谁无耻？

陈茜被这个动作弄得猝不及防，脸先是红了，旋即又白了下来，衣领勒得她干咳了几声。

吴文彬松开陈茜，大吼一声：滚，下去。

陈茜不明白，吴文彬让她往哪儿滚？这里已经接近外环，出租车少而又少，公交车更是过了时间。而且关键的是，几天前陈茜下楼时崴了脚，至今走路还一瘸一拐，他让她往哪儿滚呢？

吴文彬见她不动，干脆下车走到副驾一侧，拉开车门，将她拽出车外，然后返身一脚油门消失在马路的尽头。

陈茜在夜色里深一脚浅一脚的两个小时才打到了出租车。两个小时里，她始终想不通一件事，为什么吴文彬从家里拿走十五万，还这般天经地义呢？这个数额是家里存款的大半哪，难道她陈茜连表示不满的权力都没有么？很长一段时间，这个问题和这个夜晚在陈茜的心里挥之不去。

　　就是这天后的一个礼拜，陈茜遇到了那个叫石小朋的人。

　　认识石小朋跟她的闺蜜苏一琴有关。

　　那天，陈茜去苏一琴的办公室，本来是想跟她叨咕一下自己眼下的境遇，可前脚刚迈进办公室的门，后脚还没有跟上，她就改变了想法，怎么能告诉苏一琴丈夫把自己扔在黑暗的街头呢？哪怕扇了一记耳光都可以说，但一百多分钟可以有无数次回心转意，他却义无反顾，包藏了多大的仇恨啊。陈茜看着转过身的苏一琴，立马换成了笑脸。这么多年，俩人虽亲密无间，但对不如意绝对是点到为止。

　　苏一琴拿出一份报告，说道：又一个非亲生，明早又有戏了。

　　苏一琴是亲子鉴定师，每次陈茜来，都能听到各种各样又万变不离其宗的故事。陈茜最初听着，觉得好奇也刺激，听多了，不免生出怜悯。家庭和睦，谁能想着做这个东西呢？所以，每一个鉴定背后都牵着一桩恩怨，大人的纠葛尚且可以叫咎由自取，孩子得罪谁了呢？陈茜记得苏一琴讲过一个案例，前一天来做鉴定的时候，心疼儿子抽血的父亲买了一兜的糖果和玩具，第二天，面对非亲生的结果，父亲就丢下哇哇大哭的儿子愤而离去。苏一琴没有孩子，陈茜有孩子，陈茜能想见那个四岁男孩的眼神。

　　苏一琴说：我看到的是欲望。

陈茜笑了，苏一琴总是这么犀利。

跟着，苏一琴拍了下她的手背，挤了挤眼睛：你有过么？

什么？

欲望。

陈茜反应了一下她的问题。

苏一琴快人快语：就是跟吴文彬之外的男人，有没有过？

没有。陈茜下意识地摸了摸脸。

真没有？

真没有。

那你摸脸干吗？苏一琴不依不饶。

陈茜只好把摸脸的手放下。

渴望。苏一琴盯着陈茜的眼睛。

陈茜的心底仿佛被什么东西抓了一把。苏一琴咯咯地乐了。

笑声未落，苏一琴拿起陈茜的手机，点开微信，使劲摇了摇，发出刷刷的声音，同时尖叫道：一千米。陈茜凑过去，看到了屏幕上一张男人的脸。陈茜才知道这是微信的一个功能。这个功能告诉她，在距此一千米的地方，有一个男人也在使劲摇晃着手机。就在苏一琴要跟对方打招呼时，陈茜一把将手机抢在手里，问：你最近有事儿吧？苏一琴挑了挑眉毛。陈茜感到眩晕，无论如何，她都不会把苏一琴跟婚外情联系起来。因为苏一琴实在不好看，没身段，没脸蛋，还有通常说的气质，苏一琴也不具备。但是，暧昧的笑容告诉陈茜，苏一琴确确实实有了情况。最让陈茜震惊的是，面前这张三十几岁的脸上竟现出十几岁少女的羞涩。

陈茜耸耸肩，匆匆收了手机，往回走的路上，脑子里时时想的还是丈夫和那十五万，进了工作间，打开空调，喝了杯冷饮，重新拿出手机时，才看到了头像旁的三个字。

石小朋就这样走进了陈茜的视野。

接受石小朋，是几天后的晚上。那天，陈茜的工作很顺利，下午刚一上班，就把冬季裤装的设计图交到业务主管案头。陈茜是服装设计师，她所在的服装公司是一家规模不小的合资企业，主打中国的中产女性市场。虽然她的设计总能博得客户的叫好，但因为在此的工龄不满四年，至今还没混上部门头目，甚至连首席都不是。陈茜对此倒无所谓，本来最初进入服装界也仅仅是为糊口而已，就如吴文彬进入装修行业，都是一个美术生的堕落。

除了工作完成得顺利，那天，儿子苹果也让陈茜松了口气儿。苹果正读初二，在这次期中考试中考了个全班第三的成绩。陈茜领着儿子打了两个小时的电玩，又买了几样事先承诺的玩具，才往家走。在陈茜所有的生活中，儿子是她最大的安慰，学习自立，干啥像啥，从不让她和吴文彬操心。儿子颠颠地走在她身边，让她觉得心里很踏实。

回到家，四菜一汤已经摆在桌上。自从那天被丢下车后，陈茜跟吴文彬一直冷战。家里三个人只有两组对话，她跟儿子，吴文彬跟儿子，如果儿子没什么事儿，家里就一片沉默，仿佛掉张纸儿都能听得到。但是，自从前天吴文彬将十五万块提走，如数交到他母亲手里，对陈茜的态度就开始缓解了，比如主动说句不咸不淡的话，做些陈茜爱吃的饭菜，或者洗洗衣服、拖拖地。今天，吴文彬除了这些，还做了一件出乎陈茜想象的举动，就是在儿子熟睡后，爬上了陈茜的床。

陈茜的家是两室一厅。儿子一室，两口子一室。这几天，吴文彬一直是在厅里的沙发度过的。吴文彬掀开陈茜被子时，陈茜以为终究是男人，耐不住欲望，可是很快，陈茜就改变了看法。吴文彬表现出了久违的温存，以及久违的热烈。如果没有那个芥蒂，这将是一个美好的夜晚。

陈茜想，一个完美的性生活，用十五万换来，说明吴文彬值钱，还是说明自己不值钱呢？吴文彬熟睡后，陈茜坐在厅里的沙发上百思不得其解。她特别想找人说说话。打开微信，翻了半天，最后还是落在苏一琴身上，但是最后，还是像上次那般放弃了这个想法。就在她要收起手机，准备睡觉时，手里的手机突然震动，低头一看，对方发过来一个笑脸，正是那个她已经忘记了的名字，石小朋，那个苏一琴替她摇来的"一千米"。

外面一个响雷滚过，却听不见丁点的雨声，已经十几天的持续三十几度高温，而现在才五月，今年的夏天要怎么过呢，全城的人几乎都在讨论这个话题。石小朋被陈茜接受后，对话也从这该死的天气切入。

怎么这么热？石小朋说。

是啊，热得睡不着觉。

热得人心慌慌。

热得想跳楼。

石小朋跟着发来一串跟抗暑有关的图片和视频，绝大部分陈茜已经看了个烂，世界就这么大，陈茜想。

一直到说再见，两人都没有谈及天气之外的事情，陈茜觉得很轻松，跟一个毫不相识的人聊了一个多小时，让她长长地舒了口气，重新躺回床上，再次听到吴文彬鼾声时，也心平气和了许多。

第二天一早，陈茜按部就班地忙活一家三口的早餐，然后，吴文彬分别把儿子和她送到学校和单位。陈茜到了单位，开了一上午的周会，快到中午时，才得空坐进工作室的转椅里，冲一杯咖啡，在班台上翘起双腿，舒展自己。就在此时，她想起了那个叫石小朋的人。

拿出手机，打开微信，找到石小朋，点击他的相册，陈茜看到了一张又一张骨头一样的东西，这是什么？X光片。有胸的，头的，大腿的，等等，还有的标注 CT 片，核磁片，每一组片子，都作了说明，各种各样稀奇古怪的病，看得陈茜的身上起了一层鸡皮疙瘩。除了这些，陈茜还看到石小朋穿着白大褂的照片，一天天翻下去，当然也有生活照，但还是白大褂居多。原来是个大夫，影像科的大夫，陈茜想。

陈茜放大了很多照片，发现这是一个长得不赖的人，五官很精致，眼窝有点凹陷，关键是眼神给陈茜留下深刻的印象，温暖，羞涩，忧郁中又透出坚毅的力量，集体照中，他的目光总能脱开众人，直抵你心底最柔软的地方。

微信响了一声，陈茜返回一看，竟是他。

石小朋说：午休？吃饭了么？

不吃，热。

石小朋说：我吃过了，总是全院第一个出食堂。

陈茜不知道说什么，就发了个笑脸儿。

石小朋说：你是服装设计师？看看你的工作室怎么样？

陈茜问：怎么看？

陈茜正思忖着，对方发起了视频邀请。陈茜有点发懵地点击了接受。

首先，映入陈茜眼帘的是那个咄咄逼人的目光，仿佛很熟，又很陌生。陈茜倒吸了一口气，像手里拿的是手榴弹，想迅速扔掉。对方肯定也看到了她，同样显出很不自然的微笑。陈茜的美丽会让男人很快产生好感，这是她的一个前任男友的评价，年轻时的清澈，经岁月的打磨，如今更风情洋溢。

移开手机，陈茜对着房间扫摄。

石小朋说：你的工作室真大，快赶上我们几人的办公室了。

是么，陈茜说，让我也看看你的办公室。

于是，陈茜看到了一间分隔成几个小格子的房间，每一个小格子包着一把转椅。

镜头最后走到了一把靠窗的转椅前。这是我的地方，石小朋的声音非常好听，让陈茜觉得他特别热爱他的这一块儿天地。

果然，石小朋说：我特爱上班，往这一坐，打开电脑，看上片子，我就兴奋。

手机晃动时，陈茜发出一声尖叫。那是什么？她问。

石小朋笑了，将镜头摆正说：骨架，人的骨架。

陈茜想说，让她再看看他，但说不出口。估计石小朋也有类似的想法，而且也说不出口，因为他的手机始终对着那副可以摇摆的骨架，人却没了刚才的热情，突然出现短暂的沉默，只留给陈茜若有若无的喘息声。陈茜赶紧把手机移得远一点，不想让对方也听见她的喘息声。就在此时，视频中断了。陈茜想，大概是石小朋那边有同事进门了吧。

陈茜等了一个中午，又一个下午，再一个晚上，也没等到石小朋的再次出现。

第二天中午从食堂回来，陈茜第一件事就是把微信打开，结果还是没有石小朋的任何消息。不会吧，陈茜想，难不成，我竟惦念起这个人？下午上班的时候，为了把石小朋赶走，陈茜找了很多工作，没有设计任务，她就收拾房间，把工作室擦得窗明几净。下了班，去接儿子，看着儿子抱着个篮球跑出校门，她再次不合适地想到了石小朋。儿子苹果问她：妈你想啥呢？陈茜说：我在想晚上吃什么菜。

晚上，还是吴文彬先睡着的，在丈夫的鼾声里，陈茜又一次掏出手机，仍不见石小朋的影儿。陈茜很想主动招呼下对方，最终却在左思右想中睡着了，蜷在沙发上一直到天亮。

一天，两天，过去了，期待被一场狂风暴雨冲刷得基本没了痕迹。雨整整下了两天两夜，停的时候是礼拜五中午，陈茜站在工作室的窗前，看天空突然云开日出，阳光晃得她闭上了眼睛。这时，手机响了，是一个陌生号码。

喂？

陈茜觉得这个声音很耳熟。

我在你楼下。

陈茜转身冲出房门，朝电梯跑去。但是一个电梯在维修，另一个却迟迟无法到达她所在的十层。陈茜只好推开安全门，走步行梯。高跟鞋敲打着水泥楼梯，发出叮叮当当的声响，耳边生风地，她一口气儿跑到了楼外。

真的是他，没错，阳光下是那双眼睛。陈茜不由得驻足，微微弯着腰喘息着，同时把目光胆怯地若有若无地放在那张英俊的脸上。那张脸绽开了笑容，陈茜发现，他的牙齿很白。

石小朋并不言语，一直耐心等着陈茜的呼吸渐渐平和，渐渐直起身，最终也冲着他绽开笑脸。去内蒙，通辽，喜欢么，去过么？石小朋的话让陈茜摸不着头脑。

好啊，还真没去过呢。

那上车吧。说得不容置疑。

什么？陈茜张大了嘴，没听错吧，他说的是现在？

没等陈茜发问，石小朋闪身打开了车门，陈茜这才注意到他身后一直停着一辆两厢高尔夫。刚才的陈茜，眼里好像什么都没有，没有车，没有树，没有远处来来往往的同事，只有那双眼睛。现在这双眼睛用力一推，把她推上了副驾，并让她毫不犹豫地关上门。石小朋回到车上，先是打开空调，一股冷风裹身，随着他食指的轻轻一弹，大提琴演奏的《小路》在小小的空间荡漾。这双眼睛就应该配大提琴，陈茜闭上眼深吸了一口气。这时，她才意识到，她还没有跟丈夫请假。我得跟他说一声，陈茜说。

石小朋把车靠在路边，陈茜迈上人行道，似乎还觉得距离不够远，又朝前走了一段路。她跟吴文彬说的是，去通辽，跟苏一琴。她叮嘱了很多事项，都跟儿子有关，比如，他要期末考试了，完成作业后，要看着他复习，还有，晚上一定喝一杯奶再睡，早餐必须吃一个鸡蛋，放在冰箱下层的是农村买来的笨鸡蛋……陈茜长长地说了一堆，以此缓解紧张的语气，避免发出颤音。当然，结束跟丈夫的通话，她马上给苏一琴追了个电话。苏一琴又咯咯地乐了，说：你到底干什么去，我凭什么跟着你撒谎？陈茜不想回答。苏一琴问：是那个人么？陈茜说：哪个人？苏一琴说：你们缘分可不浅，一般都是摇到个一千公里两千公里的，好家伙，你们才一千米。苏一琴把最后三个字拉得很悠长。陈茜从来没觉得闺蜜这么有用。

回到车里，陈茜就拿"一千米"问石小朋：你单位也不在那儿呀，家在那儿？

你单位也不在那儿，你家在那儿？石小朋反问道。

我在朋友单位，女朋友。陈茜不知道为什么加了后一句，她想，有必要跟这么个男人表白么？

石小朋嘴角一撇，笑道：我在必胜客。

自己？陈茜脱口而出，问完，她就后悔怎么会问这么愚蠢的问题。

石小朋说：不是。

陈茜没兴趣再问，车子一路朝国道奔去。石小朋不喜欢走高速，说国道的风景好，旅行么，又不是赶去开会，可以慢慢地走，慢慢地看。

上了国道，刚才的紧张和不知所措瞬间退去，陈茜兴奋难耐。这么多年，她还是第一次跟丈夫之外的男人远行，而且是一个陌生男人，一个颜值如此高的陌生男人。去他的吧，主任，老总，设计图纸，去他的吧，十五万，去他的吧，吴文彬。陈茜觉得自己是一个快乐无比的女人。

石小朋打开导航，陈茜也打开数据，她要查一查沿途路过的地方，有什么好吃的，有什么好玩儿的。这种行为，是一家三口出行时她的必做功课，但那是给吴文彬查，更是给儿子查，今天她要给自己一个满意的安排。

有什么，说说。石小朋也挺感兴趣。

陈茜说有一个水库，两座山庄，还有一片湿地。

水库吃鱼，石小朋确定了方案，将导航重新定位。

两人接着开始说鱼。石小朋说，他爸喜欢钓鱼，他从小跟着去过不少水库。他还告诉陈茜，在那种大水面上钓鱼，要带着帐篷住上一天一宿，提前喂上窝子。陈茜说，她没钓过鱼，一次都没有，但是只要吃一口，就能分辨得出是库里的鱼还是塘里的鱼，她还说了很多不同鱼的不同做法，比如鲢鱼清蒸，鲫鱼酱焖，鲤子红烧，眉飞色舞的像一个厨子在讲实践课。

吃饭的时候，陈茜终于可以面对石小朋的正脸了，一览无余地面对。看着看着，陈茜扑哧乐了。

你乐什么？石小朋让她看得不自在，问道。

高兴就乐呗。

石小朋用湿巾擦了下嘴，放下筷子，也端详起陈茜，突然扑哧也乐了。

你乐什么？陈茜问了同样的问题。

也是高兴。石小朋伸出手臂，却停在半空中。陈茜想他是想摸摸自己的脸，正拿不准是迎合还是躲闪时，石小朋的手收了回去，抓起桌上的车钥匙，右臂猛力地一挥。

两人继续上路。

天怎么这么蓝，陈茜想，云朵也出奇地白。她把椅子的靠背

176

向后放了个仰角，铺天盖地的蓝和软软的白便向身后流淌，陈茜遗憾，这会儿有画板多好，她一定能调出这个世界上最美丽的也最让人心跳的蓝色。

去过草原么？石小朋问。

没有。

我也没去过。

明天，石小朋侧头看了眼陈茜，明天草原看日出。

两人都为这个提议感到激动，陈茜马上在手机上百度草原日出几个字，想象着那个辉煌时刻的到来，不时地冲着手机尖叫：太漂亮了，天哪，太漂亮了。

石小朋竟跟着音乐哼起了歌儿。

陈茜听着他的嗓音有些哑，打开矿泉水瓶递上，自从山庄吃完饭出来，两人默契了不少，几乎石小朋每一次出手，陈茜都能准确地满足他的需要，比如，点燃一支烟，掏出几块薯片，或者抽出一张湿巾。

天渐黑时，车子进入了通辽市。按照石小朋的安排，今晚住在通辽，明晨三时起床去七十里外的草原看日出。

高尔夫在通辽的主要街道上来回兜了两圈，终于找到一家比较像样的宾馆，石小朋要了陈茜的身份证先走一步去大堂登记，陈茜将车上的零七八碎收拾进垃圾袋，打扫好里里外外，也步入大堂时，石小朋已经拿了房卡等在电梯旁。

进了电梯，上到九层，来到902门前，石小朋伸出房卡刷了下门锁，伴着嘀嘀声，陈茜顺口说：我就住这间吧，你是哪间？

石小朋推开门，顺带着将陈茜拉了进去，陈茜一愣，因为矮了对方一头，她的目光刚好落在石小朋的肩头，灰蓝色的 T 恤让这副肩膀结实又圆润，陈茜打量着它们，不敢抬头，她也想说，让我出去，或者，你出去，或者讲几句我们不应该如此的道理，可嘴唇翕动了半天，就是吐不出只言片语，突然，她的下巴被一只绵软的手轻轻地抬起，陈茜感觉一股热浪自脸颊席卷全身。

陈茜已经很久没有接吻了，一时间好像回到了初恋。

陈茜被抱上了床，几十分钟里，好像回到了她和吴文彬的第一次，没有世俗的背景，和人际的笼罩，只有心的需要。

……

半夜，陈茜是被压麻的胳膊弄醒的，翻了几次身，却动弹不得，才发现石小朋躺在她的臂弯里。天哪，陈茜差点叫出声，想起了刚刚与这个男人的纠缠，她轻轻地抽出胳膊，石小朋朝着陈茜这一侧蜷了下身，并没有醒，给了陈茜喘息的机会，她打量着这张精致的脸，深凹的眼窝，笔挺的鼻子，一丝不苟的眉毛，忍不住伸手去抚摸，这皮肤竟如婴儿般细腻光滑，石小朋还是没有醒，陈茜一把将他再次搂在怀里，感受他均匀的呼吸打在她的胸脯，想不到男人的鼾声可以这么轻柔。石小朋醒了，伸手紧紧搂过陈茜的腰，不等陈茜反应，再次压在了陈茜的身上。

日出当然没有看成，石小朋问陈茜：今天去哪儿？

陈茜说：今天还出去么？

石小朋笑了，不但这一天没出宾馆的大门，此后的两天，他们都是在宾馆度过的，二楼有餐厅，有时两人去坐一会儿吃点小菜，有时候干脆点了餐送到房间。其间，石小朋接过几个电话，有医院同事的，有朋友的，也有患者的，却唯独没有他媳妇的。

陈茜问：你没结婚么？

结了。

离了？

没有啊。

她在哪儿？

北京进修。

噢，陈茜没再问，突然明白石小朋为什么会找她了，心底竟涌起一股莫名的不愉快，但细一想，石小朋媳妇进不进修跟她有毛关系呢，石小朋找她的动机又有毛区别呢。

陈茜的手机两天里倒没响过几次，除了周五财务打过来电话催促她报销，就是吴文彬和儿子分别在周六和周日打过来两个电话。吴文彬来电话时，陈茜正跟石小朋在餐厅吃中饭，吴文彬问她电费充值卡在哪里，说门外贴了欠费通知单。陈茜告诉他在衣柜的第三个抽屉后，电话就挂断了。儿子苹果的电话倒是吓得陈茜起了一身的鸡皮疙瘩，电话是在周日一早打过来的，用的是吴文彬的手机，当时陈茜正倚在石小朋的怀里看早间新闻，以为又是吴文彬找不到了什么东西，却不想听见的是苹果的声音：妈……

陈茜腾地坐起身，紧张地环顾着四周，好像声音就在这个套间里的某个角落。你在哪儿？她脱口而出。

我，我在家呀，咋了，妈。苹果发懵。

陈茜长长出了口气：没事儿。她离开石小朋去了卫生间，坐在马桶上，调整了思绪和声调，问道：有事儿，儿子？

今天学校有一场篮球比赛，红方缺人，让我去替补。

比赛来来回回，再加上比累了要休息，一天就折腾进去了……课间玩玩行……可你马上就期末考试了。

妈，苹果央求着，就两个小时，好吗，啊，就算通知你了啊，拜拜。跟着电话就断了。

放在平常，这种事陈茜是一定要追过去一个电话制止的，但今天她放弃了这个想法，生怕电话打过去，再节外生枝，比如儿子顺嘴问妈在干什么，她要怎么回答？

陈茜坐在马桶上紧握着手机，儿子的电话让她回到了那个两室一厅的三口之家。不知道那父子俩的早餐吃的是什么，儿子吃了鸡蛋没有，吴文彬出门时会不会忘记关闭煤气阀门。门开了，石小朋披着睡衣走到陈茜跟前，蹲下身，轻轻地亲吻她的脸颊，陈茜站起身，想要逃离，却让石小朋一把搂住，扯去她的睡袍，陈茜闭上了眼，这个世界再一次只剩下了这双忧郁的眼睛……

回到床上，那个两室一厅已经无影无踪，阳光照着她和石小朋的被子，发出淡淡的兰花香。原来说好，中午退房回返。陈茜不想走，她猜想石小朋也一定不想离去，也许他会说，太阳落山前出发？没承想，刚刚有点困意，石小朋抽出搂着她的手臂，拿起手机看了一眼，道：还有十分十二点，下楼。虽然是按原计划进行着，可陈茜说不清地还是很失望。

往回走的路上，石小朋开始不停地打电话，应该是跟两台手术有关，普外科和脑外科里反反复复地联系了七八个大夫，还有他的影像科主任。不打电话的时候，他就沉思，沉思应该怎么打下一个电话。碰上某一个人的占线时间过长，他还要不停地骂。陈茜知道，这个男人的度假结束了。后来，石小朋可能也觉得怠慢了身边的人，就伸出手刮了下陈茜的脸蛋儿。

要下车的时候，石小朋还是在接电话，陈茜等了几秒钟，见他没有结束的意思，他们又占了道，身后有人按喇叭，她只能匆匆下车。

一直目送高尔夫走远，陈茜很希望这个银灰色的家伙能戛然停止，石小朋有哪怕一瞬间的回望，可惜，它不但没有停顿，甚至在空旷的马路上加了油门。

进了家门，儿子苹果正在写作业，吴文彬倚在沙发上看手机，陈茜扔下背包直接冲进卫生间沐浴，流水过后，渐渐清醒，我干了什么？她问自己，我干了什么？我为什么？因为吴文彬不再年轻身材发福，因为他的琐碎和计较，因为那十五万，因为没完没了的口角，因为周而复始的日子？陈茜想，如果因为吴文彬，没有一条理由可以让她走出这一步，可她确确实实地走了，而且走得如此激情澎湃，那就是跟吴文彬无关，这个结论一旦冒出，陈茜出了一身的冷汗。反反复复地打了两次浴液，她要把这两天的污浊冲进下水道。

苹果在外敲门：妈，比赛，我们队赢了，我拿了八个篮板，五个三分，体育老师说我太有天赋了，让我参加校队。

陈茜说：不可以。

陈茜披了浴巾打开门，却被苹果迎头抱住，央求着：妈……

好吧。

儿子欢呼着跳跃着，陈茜竟然答应了，事后，她怎么也想不明白，怎么就答应了呢？这么轻而易举地答应了呢？她为什么要答应呢？怎么可以去参加校队呢？影响了学业如何是好？

吴文彬也小心翼翼地问陈茜，可否未来的一个月都由她接送苹果，自己要去帮弟弟装修房子。那套房子是两人间的疙瘩，这不是要将疙瘩系死的节奏么？可是陈茜想都没想，同样欣然应允。她不敢正视吴文彬，自从进了家门，就始终回避着，即便吴文彬的脸杵到了她的鼻子底下寻求答案，她也把脸投向了电视。

吴文彬说：你生气了？

我没生气，陈茜知道吴文彬不会相信她的话。

躺在床上，陈茜更羞愧不已，吴文彬把手伸进她的被窝，被她轻轻挪开，不管吴文彬什么想法，陈茜想，现在能做的就是别让丈夫碰她这么肮脏的身体。她瞪着天花板，想尽快地把石小朋赶走，那双眼睛却放射出无比温柔的光芒，抚摸着她进入了梦乡。

苏一琴当然不会放过陈茜，两人相约去吃牛扒。

苏一琴笑嘻嘻地说：你现在可是有把柄在我手里。

陈茜几次岔开话题，苏一琴都千方百计地绕回来。苏一琴说：只问好，还是不好。

什么呀？陈茜嘴角轻轻一撇，还是不承认。

苏一琴伸出双手捧着陈茜的脸：我看看，我看看。

陈茜别过脸。

苏一琴松开手：德行，好就是好，有什么不能说的。

陈茜说，那你说。

说就说，苏一琴的脸上再次现出少女般的光泽。陈茜不明白，婚外恋，竟也可这般张扬？虽然这么想着，陈茜也还是喜欢听，在另一个女人的叙述中咀嚼着自己的滋味。

陈茜知道的是，苏一琴的丈夫几年前去深圳闯荡，一年到头只春节回家几天，最初的两年，苏一琴也追问盘查过，这么不思家，难道身边有人不成？后来她就不问了，丈夫好似家里的一个旧物件，别人拿去就拿去了，偶尔送回来用用也无妨。

半年前，我跟他好上了。苏一琴拿出手机，调出照片。

陈茜感觉嗓子里被什么东西卡住了，看上去这么猥琐的一个男人，怎么会让面前的女人这般容光焕发？

我爱他，他也爱我。苏一琴合上手机，但是他也有家。

整整一个中午，都是苏一琴谈这个秃顶瘦男人。

而陈茜心里一直躲又躲不开、放又放不下的是，石小朋为什么没有一个电话或者短信呢？陈茜想，自己掉进了一片沼泽，既是沼泽就注定很难拔出。

她由疑惑到期待，转而愤怒，随着时间一分一秒地流逝，感受到了什么叫灵魂出窍，每天行尸走肉般地上班，回家，做饭，看着苹果学习，心里只想着那个名字，石小朋，石小朋。有一次擦拭房间倒水的时候，连同抹布一起倒进马桶，吴文彬急忙去捞，没抓到，就打电话找人疏通，一个下午，三口人都是去楼下的邻居家上的厕所。吴文彬责备：你说你想啥呢。本来顺嘴一句话，让陈茜心惊肉跳，好似吴文彬钻进了她的心里。

陈茜如果到此为止，只当前两天是一个短暂的弯路，生活便可以朝着另一个方向发展。可是，周四的中午，她身不由己、无法控制地拨出了石小朋的电话，这个电话让她向着沼泽深处又迈进了一步。石小朋问：你在哪儿？在单位。陈茜放下手机，心跳加速，赶紧去拿化妆包，重新勾眉毛，涂口红，这几天的早晨，她总是早起半个小时，细致地描画这张脸，直至满意为止。

陈茜知道石小朋很快就会到。她等待着桌上的三星手机震铃。走廊里有人喊她：陈茜，春季总结交了么？没呢。陈茜对着镜子将盘起的头发散落在肩上，没错，这样才更温婉，石小朋不喜欢女强人。有人敲门，陈茜有些烦，喊话的主管是个胖胖的女人，天天催命一样，用鞭子赶着手下的几头驴拉磨。陈茜惹不起，本来心胸就不大又正值更年期的中年妇女，谁敢招惹呢？陈茜堆起笑容，打开门应了声：我马上就交。

站在她面前的，是石小朋。陈茜一阵眩晕，石小朋关好门轻轻一拉，她便顺势倒在他的怀里，紧紧地抱着，就像洪水中抱着一棵救命的大树，她仰起头拼命地亲吻……她知道，她完蛋了，彻底地堕落了，不但身体交给了这个人，灵魂也被他掠走。

门外的胖女人又喊陈茜和另外几个设计师的名字，让她们的总结不要草草了事，起码要文图并茂地写满五页 A4 纸，陈茜大声应着，接着是急促的敲门声：陈茜，陈茜？

我要睡午觉啦。此时的陈茜已经让石小朋压在了沙发上。

胖女人对陈茜的态度很意外，不敢相信地问：你说什么？

我要，睡午觉，不好意思了。

陈茜能想见那个胖女人的脸色，自入公司以来，如此顶撞还是第一次，但是管不了那么多了，世界都可以不存在，何况一个小小的主管？

……

石小朋走了以后，陈茜裸着身子站在落地镜前，前后左右地审视，她的身材算不上魔鬼，但绝对凹凸有致，平时，陈茜对此很满意，现在不同了，她拉过一个塑料模特一起冲着镜子，她想，她应该参加一个舞蹈班，或者瑜伽班，把自己训练成模特这般紧致。陈茜的工作室里摆放着七个肤色不同的模特，后来工作之余，她经常要把她们脱得一丝不挂，欣赏，抚摸，手指轻轻划过。

陈茜给石小朋打电话，说：我们还没好好说说话。

石小朋说：我们已经用最好的方式说了话。

陈茜对此不太舒服，在她的要求下，两人终于在一次约会时聊了很长时间。通辽的时候，因为还不太熟，有些事儿陈茜不好意思问，现在她盘问出了很多她想知道的细节。比如，石小朋的媳妇进修已经一年，还有一年半；比如，他在她之外，还有没有其他的人，石小朋说没有，她不信，石小朋说你爱信不信吧，陈茜就信了；还比如，他看见她第一眼时的感觉，石小朋说像被雷击了，陈茜不信，石小朋说你爱信不信吧，陈茜就又信了；再比如，她问他，如果他的媳妇没有离开这座城市，他们会在一起么？石小朋说不知道，陈茜使劲踹了一脚，石小朋马上说也应该会吧……

陈茜这类问题，让石小朋觉得很没意义。在得到答复后，陈茜也觉得没意义，后来就再也不问了。顶多的，陈茜讲一些时装界的绯闻，石小朋说些医患纠纷的段子。偶尔的，石小朋会晒一晒他的病例，讲他诊断得如何精准，用他的话说，虽然没进过手术室，但心中装着解剖。陈茜了解到，因为无数次地纠正临床医生的看片结果，让他成为全院乃至全市影像科的明星。你在跟一个医学天才睡觉，有一次，石小朋说。

约会的内容越发单一，因为单一就越发疯狂，两人寻找一切可能的时间，不分地点地做爱，有一次竟然是在医院核磁室后一间仓库，里面漆黑一片，石小朋嬉笑着说：如果现在灯突然亮了怎么办？陈茜不由得打了个冷战。

到底是想他的身体，他的搂抱，他的每一个细腻的动作，他的暖情，还是他这个人？每一次约会，陈茜都反复地问自己。她找不到答案。找不到答案的陈茜就像一只飞蛾，只顾朝着光亮扑奔。

因为心里装着另一个男人，不自觉地减少了对家的关注。有一天儿子苹果给陈茜放了个卫星。苹果代表学校参加了省里的物理奥林匹克竞赛，原本陈茜没抱太大希望，不想得了个二等奖，一二等奖总共三人，苹果将代表省里去北京参加全国赛。老师说，她从教二十年，不会看走眼，日常的题对苹果来说太简单，看不出他的出类拔萃，但是奥赛会让这类高智商的尖子生脱颖而出。公布成绩那天，陈茜给儿子买了一套耐克的篮球服，她与儿子回到家看见，另一套篮球服摆在茶几上，同一品牌只是颜色不同。吴文彬冲出卫生间问：喜欢么？苹果笑了。陈茜也笑了，这样的默契让她心底对家的歉意更加翻滚。

接苹果的时候，陈茜看见学校的围栏外挂着红色条幅，庆祝也是张扬获得重奖，苹果是这座城市里唯一可以去北京参加全国赛的学生，为他的老师也为学校争得了荣誉，他是被老师送出校门，送到陈茜车里的，老师的脸红得像天边的晚霞，她说：你的儿子将来差不了。

陈茜同样面带红晕地把这句话学给吴文彬听，吴文彬说：何止是差不了，肯定挺牛逼。三人晚上喝光了一瓶红酒，畅想着未来，吴文彬给儿子设计了很多跟物理有关的职业，可是苹果说，他要去当操盘手。吴文彬问他，知道什么是股市么？苹果说，他看过马克·威斯坦的传记，他要当中国的马克。陈茜当然不能同意儿子做这种随时可能跳楼的职业，但是她为儿子有理想而欣慰。两口子回到卧室，很自然地搂在一起，继续谈论他们的儿子，所有的不愉快和摩擦，在这个夜晚显得那么微不足道。

奥赛的作用持续地发酵，他俩共同的几个朋友设宴庆贺苹果，地点定在一家新开的台湾菜馆。朋友去了三对夫妇和两个孩子，两个孩子都没苹果大，才上小学，苹果成了他们的榜样。觥筹交错间，面对着潮水般的祝福和颂扬，陈茜突然想起了石小朋，突然觉得应该告别做贼的生活，这样阳光地活着，享受着鲜花和掌声，多好啊，何必再有阴暗的忐忑？此念刚起，陈茜的手机响了，竟是石小朋。

你疯了？这个时间给我打电话？

你下楼，我在大厅的卡座，我们门外见。

陈茜的脸白了，想都没想直接关机，回到包厢，接下来的饭也吃得没滋没味儿，她很反感石小朋的冲动，生怕他有更过分的举动，果不其然，仅仅十几分钟，石小朋的身影在半掩着的门外一闪而过，陈茜的心提到了嗓子眼儿，还好，他没有推门招呼。陈茜希望快一些结束聚会，哪怕早一分钟。她只能看见一张张熟悉的面孔上翕动的嘴唇，却不听见其发出的声音。多天来石小朋的攻击和热烈，让陈茜体验了从未有过的冲动和力量，可今天难得的幸福却让他搅得一塌糊涂，陈茜有点恨了，两人床上的男欢女爱此刻闪在眼前，甚至让她觉得有点恶心。她决定跟石小朋摊牌。

第二天一早，把儿子送到学校，陈茜便直奔石小朋的医院。人不在科里，同事也奇怪，一向守时的石小朋为何还没签到。陈茜的手机响了。

你怎么还没到单位？这是石小朋问陈茜的。

他竟然去了她的公司？陈茜只好立马回返。半路再次接到石小朋的电话，说医院有个会诊，催他去。

陈茜说：我想跟你谈谈。

可是信号中断，再次听见石小朋的声音时，就听他问：你现在在哪儿？

天津路上，第一个红绿灯。

第二个红绿灯，下便道，等我。

陈茜下了便道，看见高尔夫远远地驶来，在绿灯的最后一秒，一个急转弯，稳稳地停在自己身边。

石小朋冲出高尔夫，进了陈茜的车，不等陈茜做出任何反应，紧紧地抱着她亲吻，陈茜使劲地挣脱开，大喊着：你毛病啊？大庭广众……

石小朋的嘴堵住了陈茜余下的话，也让她昨晚刚刚结成的坚硬冰块瞬间融化。陈茜能感觉到车流在他们的身边倏忽而过，行色匆匆的路人偶尔投来好奇的目光。

约会依旧。

陈茜一家三口的日子也依旧。奥赛带来的黏合渐渐稀释，陈茜跟吴文彬之间仍然会为一些琐事闹得鸡飞狗跳。

吴文彬无意间看到一张健身卡，十分光火地问陈茜：一万八办张健身卡？你当你是米歇尔？

你弟弟可以买房，我为什么不可以办卡？

买房是正事儿。

都是享受。

吵了一个晚上的结果是冷战一个礼拜。陈茜最后决定主动缓解的原因，是想到办健身卡的初衷跟另外一个男人有关。她问吴文彬：你想吃饼么，我烙一次饼。陈茜和儿子都喜欢米饭，只有吴文彬喜爱面食。吴文彬说：不要油饼，要单饼，卷菜吃。

我们公司一大姐，没几个钱，成天奔高档使劲，衣服一千以下不看，哪有那么过日子的，其实都是商家迎合女人的噱头。吃饭时，吴文彬说。

这种不依不饶阴阳怪气的时候，陈茜常常想扇自己一个耳光，怎么嫁了这么一个男人？但是今天，她什么也没表示，而是包好一张饼递给丈夫。晚上，吴文彬又主动温存一番，两人的磕绊就算了事了。因为石小朋的存在，陈茜没有资格恋战。

对于陈茜内心的水与火捕捉最准确最敏捷的，是苏一琴。自从得知陈茜的婚外恋，她几乎每周都要找闺蜜见上一面，对陈茜的缄口也不逼问，只对这个有共同遭遇的女人甜蜜讲述她的秃头，陈茜则在她的讲述里回味着与石小朋的缠缠绵绵。

可是这天，苏一琴却鼻涕一把泪一把地坐到了陈茜的对面。

这王八蛋跑了，苏一琴说，领着老婆孩子去北京了。

他终归是他老婆的。陈茜想了半天，如实规劝道。

卷走了我十二万。

陈茜喝到嘴里的水半天才咽到肚里，瞪大了眼睛。

人没影了，找不着了。苏一琴的牙齿发出吱吱嘎嘎咬合的声音。

陈茜看见窗外的一只鸟从电线上飞走，叹了口气：报警？

报警我说什么？苏一琴绝望的两眼也盯着那只来回盘旋的鸟，我在乎的不是那十二万。

我知道。

苏一琴用光了一盒纸巾，临走，丢给陈茜一句话：男人没一个好东西，小心点你那个人吧。

陈茜说：好，我小心。

苏一琴的这句话，让陈茜一夜未眠，把与石小朋的交往来来回回过了几遍，他会以怎样的方式离开自己呢？

你放心，我是不会卷走你钱的，至多把你的魂儿卷走。石小朋搂着陈茜说。

石小朋这阵子的心情大好，他的主任再有半年就退休了，把他提为主任，是实至名归也是众望所归。这座城市将诞生史上最年轻的影像科主任，石小朋趴在陈茜的胸脯上轻轻吐出这么一句。

陈茜的父亲突发脑溢血病故，接到电话，一家三口连夜赶回县城，临行前，陈茜给石小朋发了微信，取消晚上的约会。陈茜是家里的独女，父母一直对她备加宠爱，想不到壮如牛的父亲说走就走了，陈茜哭了一路，父女间的点滴往事历历在目。

紧随陈茜回乡的是苏一琴，几年前，苏一琴跟着陈茜回过一次老家，陈茜的父亲还请她喝过自制的葡萄酒。苏一琴说：你长得像你爸。陈茜的爸是个美男子。

当晚，苏一琴跟着陈茜一起给亡人守灵。天放亮时，陈茜接到石小朋的微信，说他已经下了高速，进入县城，问她的家在哪儿。

你要干吗？陈茜发过去一条信息。

送送老父亲，也看看你。

多余。陈茜发出这两字，又写道：别给我添乱。

后来，石小朋再没信息过来，陈茜以为他打道回府。没承想，两个小时后，陈茜回楼上取水返回时，看见石小朋正在灵棚前鞠躬。双膝发软的陈茜迈不动脚步，好在，吴文彬和儿子在楼上补觉，她看着石小朋向父亲的遗像三鞠躬后又上了一炷香。

石小朋回过身也看到了陈茜，旁若无人地上前说：节哀。听到这两字，又看到这张温暖的面孔，陈茜僵硬的脸上竟然滚过两行热泪。后来，石小朋说，两人看 GOOGLE 地图时，曾听她说过老家的位置。

陈茜觉得她的眼泪很不合时宜，也很无耻，更无耻的是，她竟跟着石小朋上了他的车，跟着他走进一家宾馆开了房。这个举动让陈茜后来很久不能原谅自己。

石小朋一边疯狂着亲吻，说：想死你了。

陈茜闭上眼，因为石小朋出差，他们已经半月没见。她也疯狂地亲吻，也想说：我更想你。可无论如何说不出口，仿佛父亲就在不远处盯着她质问：我的死，你到底难过不难过？

陈茜死死地抱着石小朋光滑的身体，哭得一塌糊涂。

回到灵棚前，苏一琴递给她一份刚刚送到的盒饭，陈茜刚才临走时，对苏一琴说要去买点东西，她知道，苏一琴根本没相信她的话，也知道苏一琴看到了石小朋。所以，陈茜断定，苏一琴见到她的第一句话，一定是，是那个人么？出乎意料，苏一琴什么也没问，仿佛什么也没发生，只说吴文彬父子送姥姥的亲戚去殡仪馆办手续了，言外之意，替她成功地做了遮掩。陈茜想，苏一琴一定非常瞧不起她，再放荡的女人，也不会在为父亲奔丧时，急迫地跟男人上床。直到出殡结束回到城里，苏一琴始终避而不谈，陈茜也就越发地无地自容。

但是这份无地自容丝毫没有影响陈茜一次又一次的约会，她感觉自己像抽了大烟，即便想戒，也摆脱不掉魔鬼的召唤，总是在这次约会后想要结束，再一次约会到来时，又奋不顾身前往。心里盛着父亲的陈茜常常在松开石小朋的身体后，泪流满面。

大概半个月后的一天，吴文彬说公司有事儿出差，中间隔了五天，再回到家时，陈茜看出有很多不对的地方。先是看他瘦了一圈，脸色很差，最关键的是，进了家门一言不发，哪怕和他商量苹果的学业，他也一脸木然，这绝对是史无前例的。陈茜关心地问公司有什么情况么，吴文彬不说有，也不说没有，蒙上被翻了个身。这几天的夜晚，吴文彬总是装作看电视，一直看到很晚，然后直接睡在厅里。

陈茜意识到问题是在一次约会后。石小朋问她：昨天电话打过去怎么是儿子接的？陈茜很不高兴：已告诉你不许晚上打电话嘛。石小朋不乐意了：明明是你先打给我的，响了几声掉线了。陈茜炸了：谁打了，你不能胡说八道。石小朋拿出手机，调出通话记录，其中一条是陈茜打来的，未接，显示昨晚八点二十分。陈茜的脑皮倏地发麻：我儿子接的？石小朋又给她看下一条拨出记录，通话时长7秒，说：我们一直在喂，喂，除了喂什么都没说。令陈茜诧异的是，自己手机，却没有这两次电话的痕迹。

接到儿子前，陈茜还有一丝侥幸，也许只是儿子不经意碰了她的手机。可事实远比她想的复杂。苹果上了车，陈茜递给她一瓶可乐，行驶了一段路，装作顺嘴地说：昨天你给妈妈同事打电话，他还以为有什么急事，没想到一回拨是个孩子打的。

我没打，我就是接了。

你没打？

没打。

那他怎么会打来呢？

我怎么知道，爸爸让我接，我就接了。

爸爸让你接的？

对啊，他说让我接。

他在干吗？

抽烟。

你在干吗？

吃点心。

陈茜说不清怎么把车开回家的，问题已经相当清楚，那个拨出电话的不是儿子，家里就三个人，当时陈茜正在洗澡，那就只能是吴文彬打的，他打了电话又搁下，等到电话回拨响铃时，又指使儿子去接。事后删除了她手机上的这两次电话记录。他知道了石小朋的存在？应该是这个答案。回想吴文彬最近的表现，他不但知道陈茜有了一个男人，而且准确到姓甚名谁。陈茜的手心出了汗。她的丈夫现在要怎样看待她，又要怎样对待她？

193

吃晚饭的时候，三人都默不作声，苹果一定是感觉到了两个大人间的微妙，也少有的一声不吭，往常父母冷战时，他总能在餐桌上开个玩笑调剂下。陈茜想，吴文彬跟儿子到底说了什么？又到底对她跟石小朋的关系掌握到何种程度？还有就是，他究竟是怎么知道的？所谓出差的那五天，吴文彬去了哪里，又发生了什么？

这顿气氛异常的晚饭好像让吴文彬心情大转，夜里竟然回到床上睡觉。两人都半天没能入睡，陈茜等待着对方的发问，吴文彬却依旧沉默，拿出手机胡乱翻动。等吴文彬鼾声响起，陈茜窒息得跑到厅里打开窗子，夏夜的风湿漉漉地裹在身上，让她的心也像苔藓般黏滑。

琢磨了很长时间，陈茜仍无从判断吴文彬究竟如何知道了石小朋这个人，但不管怎么说，她需要结束了，她不能继续对不起丈夫，她不想离婚，不想失去这个家。

约会的地点，定在半岛咖啡厅。

石小朋笑嘻嘻地打量着宽敞明亮的大堂，跟对面的陈茜说：这不是浪费时间，浪费生命么？

陈茜说：我们到此为止吧。

电话的事儿？

不是，那只是个误会。陈茜不明白为什么要这么说。

我不结束。石小朋显然没有意识到问题的严重，一只手伸过来压在了陈茜的手上，陈茜想挣脱，石小朋却握得更紧，拇指在她的手背上使劲地碾过，陈茜浑身燥热，被他牵引着站起身，走出咖啡厅，上了他的车⋯⋯

又是以这种方式完结，陈茜很恼火。从宾馆出来，她不敢让石小朋送回公司，总担心吴文彬说不定躲藏在公司外的某个角落。分手时，两人也没再提结束不结束的话题。陈茜想，石小朋说的对，他没要她的钱，却要了她的魂儿。

回到家，面对丈夫和儿子的陈茜更加心神不宁，为了遮掩，她尽量地做出无异于常的举动。遇到事儿，儿子总要站在吴文彬一方，比如，晚餐做汤，陈茜正在切黄瓜，吴文彬突然说想吃西红柿，放在从前，儿子会跟着母亲一起埋怨父亲麻烦，可是现在却立马蹿进厨房，对正发牢骚的陈茜说，黄瓜切了明天再做呗，言语中透着股不耐烦。每天上下学的路上，儿子的话也明显减少，陈茜只好不停地提起话题，不停地说，一来二去地，两人才能融洽地交流。如果仅仅是接了妈妈男同事的电话，何至于此？他的父亲，吴文彬，一定是用一个非常微妙的言行传达了某种认识和情绪，或者是直截了当地表达了什么。

吴文彬的态度倒有所缓解，偶尔还能露出一丝说不清道不明的微笑，陈茜想，也许他只是猜测而已。让她没有想到的是，电话事件仅仅是一个开端。

周五下午，陈茜接到吴文彬电话，让她去第二附属医院一趟，苹果已经感冒两天。陈茜问：严重了么？吴文彬说：没严重，但要检查一下，开点药。第二附院是石小朋所在医院，陈茜不太愿意去，迟疑间，吴文彬又催促了一句：你得来接我们哪。

家里的车最近一直由陈茜开着，她以为只是用用车，到了医院的停车场，给吴文彬打电话让他和儿子下楼。吴文彬说：你上来，我跟儿子在影像科。

在那儿干什么？陈茜几乎脱口而出。

拍片检查呀。

咳嗽就拍片？

咳嗽不拍片么？

毫无疑问，这是吴文彬故意为之了，谁感冒能不咳嗽呢？苹果以前咳了一个月也没吃过射线啊。相持了几秒，吴文彬跟了一句：你儿子看病，你不上来么？陈茜知道苹果就在身旁，这样的问话，让她这个母亲不能不前往。等待她的能是什么？陈茜想，难道吴文彬要在这里挑明发怒，而且当着儿子的面儿么？

走到影像科门前时，陈茜已经面色惨白了，登记室没见到吴文彬父子，刚要打电话，听见两个熟悉的声音从里间的阅片室传来，陈茜循声而去，石小朋正拿着片子和吴文彬一问一答。陈茜死的心都有。冲着门的石小朋首先看到了她，露出标志性的笑容，不等他开口，陈茜上前拉了把苹果：看完了么，儿子。她感觉到了石小朋的震惊，也看到了吴文彬的冰冷。听到陈茜的提醒，石小朋即刻装作去看电脑。

吴文彬拿回片子，塞进塑料袋里，对陈茜说：没事儿，肺纹理增强，我问明白了什么是肺纹理。

吴文彬只说了这些话，便在陈茜紧张的等待中领着儿子走出阅片室。陈茜恍惚着跟在两人身后，难道就这么结束了么？陈茜难以置信，刚刚设想的几种可能都没有发生，倒让她不知所措。但是，她知道，肯定没有结束。

上了车，打着火，陈茜觉得脚下没数，让给吴文彬开。

果然，车行一段，吴文彬开口了：刚才那大夫的声音特耳熟。

是么……陈茜拿不稳声调。

像那天儿子接电话那人。

是么。

哪个人？儿子突然问。

喂了半天的那个。

儿子不再接话，坐在副驾的陈茜无法想见儿子的表情，却看见吴文彬嘴角的一抹笑意，他竟如此自然地提到了那个电话？事不迟疑，她要跟吴文彬谈谈，就在今晚，千错万错，都是她陈茜的错，对她可以千刀万剐，但是大人的恩怨别把孩子牵扯进来，她要跟他认错，无论他能不能原谅，无论他们还能不能继续生活在一起，她都要跟他认错。

回到家直到就寝，苹果一直都很沉默，只跟父亲有过几次必要的交流。对于母亲的问话，至多回答，是或者不是。终于把苹果挨进了卧室，陈茜也挪进卧房，见吴文彬正在看一张设计图纸，她侧着身倚到床上，听着自己咚咚的心跳，想，吴文彬定要有一场疾风骤雨，可是，这个夜晚依然平静如水，吴文彬看了很长时间的图纸，一笔未动，就像看了一晚的书一页未翻一样，陈茜的开场白在脑子里反复多次，但吴文彬的平静，让她找不到缝隙开口，假如她先坦白，吴文彬却说，你的话我听不懂，她要怎么收场。陈茜此时明白，吴文彬不想挑明，大概就是不想离婚。这么一想，半夜看着熟睡的丈夫，陈茜越发地无地自容，不由得想起了两人曾经的美好时光，自己多么愚蠢，差点葬送了多年经营的世界，她抓起吴文彬的手轻轻地搭在小腹上，感受着年轻时的温度，就是这双手曾经为她画过上百张的肖像啊。

吃早饭的时候，陈茜拿着苹果的成绩单说：你不能只顾着学物理，忽略了其他科。哼，陈茜竟然听到了一声冷笑。她以为听错了，又说了一遍：听到了么，别的科也很重要。苹果却根本不予理睬，放下筷子，去拿书包。苹果虽然不是事事顺从的孩子，可对母亲的话从来都是有去有回，哪怕顶撞也是个态度。陈茜不敢恼，说：我还没吃完饭，你等会儿。苹果仍然不看她，瞥向父亲。吴文彬说：行，我送，我接。因为是周六，陈茜不用上班，苹果便由父亲带着去上二课。门被苹果砰地关上，陈茜听见有欢快的口哨声传来，吴文彬每每高兴都要吹南斯拉夫的《桥》。

　　今天的《桥》格外清晰，明快。

　　石小朋发来微信要求见面，陈茜稍作犹豫便去化妆，她想，分手时也要给石小朋一个美好的印象。

　　你们吵架了吧？石小朋的镇定让陈茜意外，她知道他想保持着体面。

　　没有，也许还是误会。陈茜也不想说窘境。

　　报告已经写得清清楚楚，他没必要再问我，肺纹理增强，再无知的人也不会问这个。

　　陈茜不想跟他纠缠细节，说：咱们结束吧。

　　这次，石小朋没有反对：好。

　　两人沉默半天，石小朋报以微笑，陈茜也紧张地咧了咧嘴。这是两人唯一的见了面却没有上床的一次，走上马路的陈茜突然感到一身轻松。

　　做了个深呼吸，汽车尾气也让她备觉清爽。她要给她的家人做一次丰盛的晚餐。

炸牛排，烤大虾，还有两个蔬菜一份米糊，全都摆上桌后，却迟迟不见父子俩，陈茜不想打电话，静静地坐在沙发上等。天快黑的时候，俩人才进门，儿子直接回了自己的屋，陈茜叫他吃饭，吴文彬说吃过了。陈茜盛了两碗米糊，以为吴文彬不会喝，没承想，他坐在对面，稀溜稀溜地喝起来，声音跟他的口哨声一样悦耳，回荡在小小的饭厅。

一个晚上加周日一天一宿，儿子很少走出他的卧室。家里静到可怕，陈茜倒希望吴文彬出去办事或者喝酒，或者打羽毛球，每周吴文彬都要去球馆打球，可这个周日他一步未出，陈茜莫名地有种感觉，他在家的目的就是为了把气氛绷紧。

周一的早晨终于到来。陈茜以为可以借着上学的路上跟儿子独处，吴文彬却说，苹果让他送。又恢复到以往，先送儿子到学校，再送陈茜到公司。苹果下车时，陈茜叫住他，想帮他弹掉后背的灰尘，苹果却躲过母亲伸出的手臂，让它悬在空中，跑向两个同班同学，勾肩搭背地跑进了校门。

陈茜的手臂在空中轻轻地划过一个美丽的弧。

知道真相，是在一个闷热的中午。

陈茜想约苏一琴吃冰点，自从奔丧回来，俩人只匆匆见过一面，苏一琴给她送落在车上的衣服，后来就再没了动静，蒸发了一样，陈茜不知道，是因为对自己的鄙视，还是因为那个秃头，让闺蜜变得沉默，但不管怎么说，她应该去表示一下感激。

苏一琴说单位忙乱，回绝了陈茜的邀请，此时，陈茜已经到了鉴定中心的楼下，没作迟疑便上了楼，哪怕说几句话，或者一句话不说，只要让苏一琴知道她去过，也是个态度。

办公室没人，陈茜见房门开着，手机也摆在桌上，想苏一琴应该没走远，就坐在转椅里等。苏一琴的手机响了，陈茜本能地扫了一眼，这一眼让她吓了一跳，伸手拿起来确认，真的是吴文彬的号码。在陈茜的印象里，他们两人见面的机会很少，彼此并不知道手机号码。走廊里高跟鞋的声音由远及近，陈茜听得出是苏一琴的节奏。

你咋来了？苏一琴一惊一乍地。

看看你呗。此时的手机已经放回了原位。

寒暄了两句，苏一琴靠在桌角顺手拿起手机查看，陈茜屏住了呼吸，希望能有一个完美的解释，可事情还是朝着她最不想要的方向发展了，苏一琴一声没吭地放下手机，抬眼看了看陈茜，陈茜的心咯噔地翻了个个儿，怎么会这样呢？她分明看到了不安、慌张和恐惧，苏一琴不再正视陈茜，转身去卷柜取资料，说要准备下午的一个会。陈茜只能拿起背包告辞。

打开门，陈茜突然停下脚步，回过头看了眼苏一琴，恰好碰上对方的余光。

你不想说点什么么？陈茜问。

苏一琴堆起笑容：什么呀？

刚才你电话响了。

噢。

我看了。

是么？

陈茜彻底转过身，盯着苏一琴：什么时候的事儿？

200

苏一琴舔了下嘴唇。

我的事儿也是你告诉他的？

我们俩没事儿，他给我来电话，问过你的情况，我什么也没说。

陈茜迈近几步，走到苏一琴跟前说：吴文彬没挑明的原因，就是不想离婚，成，我去挑，成全你们。

她摔门而去，飞奔到楼下刚要伸手打车，被追上来的苏一琴一把拉住。

我跟他真没事儿。

陈茜试图甩开对方，却被牢牢地抓住。

你想知道的，我告诉你，真到了离婚那步，他得恨死我。

苏一琴让陈茜上楼，陈茜不肯，于是，在吵吵嚷嚷、轰轰隆隆的街头，陈茜听到了让她目瞪口呆的事实，多天前，苏一琴打电话约了吴文彬，告诉他妻子出轨的行为。

你有病啊？我得罪你什么了？

苏一琴说：从小你什么都比我好，长相比我好，丈夫比我好，你还有孩子，就连婚外的男人都那么出色，跑到那么远见你，他看你的眼神儿，我这辈子都忘不了……

就为这？

苏一琴的眼泪夺眶而出。

陈茜双手按住苏一琴的肩头，使劲摇晃。你他妈告诉我，就为这个？她的喊声压过了所有的嘈杂，击得苏一琴身体打战。

对，这还不够么，凭什么？苏一琴也带着哭腔大喊道。

陈茜松开苏一琴，趔趄着过了马路。骄阳似火，烤得她口干舌燥，还有比这更险恶的么？二十年的朋友啊。按苏一琴的说法，吴文彬知道真相后，并没有马上回家，而是就在这座城市找了个地方呆了几日，陈茜想起了吴文彬的那次出差，一切变化始于那次归家。陈茜能想见一个男人听说妻子这种事情后的打击，特别是从一个熟人嘴里叙述出来，如果有可能，她真恨不得把苏一琴碎尸万段。

此刻，陈茜最想做的就是，拥抱她的丈夫，吴文彬。

回到家，推开卫生间的门，吴文彬正在洗手，陈茜站在他背后，拈着十指，想趁他还没抬起头的时候，举起手臂，可吴文彬突然冲着镜子说：我弟弟买家电家具的钱不够了。陈茜的一只手在半空中转了方向，拿起一条毛巾擦脸上的汗，等着下文，她知道她不能说不。

现在什么都贵，再给他拿八万。吴文彬用力地关了水龙头。

陈茜再没了拥抱的想法，因为家里的存折只剩下十三万，她真想扳过吴文彬的双肩大声问问他，到底要干什么，辛辛苦苦拼搏了十几年的积蓄，就这么拱手送了出去。

陈茜没说行，也没说不行。吃饭的时候，吴文彬直接问她：存折你放哪儿了？给我呀。

陈茜看了眼苹果，不想当他的面讨论，吴文彬却暴躁地催促赶紧拿出存折，不容商量。陈茜问：少拿点行么？苹果明年就中考了，考不上附中就得一大笔。

不行，吴文彬说，不够了就还得拿。

陈茜还能说什么呢，只能顺从地找出存折放在桌上。

吴文彬的强势，换句话说，陈茜的屈服，让苹果更加沉默，他一定是感觉到了父母眼前的关系来源于母亲的不忠，陈茜想。

没等吃完饭，陈茜的火气就消了大半，刷碗的时候，她对丈夫说：需要的话，可以把那十三万都给你弟弟。此时的吴文彬正在排烟罩下抽烟：你什么意思？

我不是气话。

那你什么意思？

陈茜没再接话，就是，她什么意思呢？

陈茜的手机响了，她擦了手跑进厅里，刚拿起来，便断了，陈茜看了眼是个外地号码，估计又是诈骗电话，就放回茶几，一抬头正好碰上儿子刀子一样的目光，穿过她的眼睛直剜到她的心底，陈茜想躲，又觉不好，好像这个电话有问题，索性去迎接，迎接又拿不妥当表情，最后竟变成了对峙。手机，又是这该死的手机，陈茜突然憎恨起这个现代的工具。吮当一声，儿子在对峙中败下阵，脚下的洗脚盆让他一脚踩翻，谢天谢地，给了陈茜离开的借口，她赶紧去收拾。

水一直漫到沙发底下，陈茜先是用笤帚扫，接着又用抹布擦，折腾了半天，她才发现，儿子始终一动未动，盘腿坐在沙发上，陈茜看了眼儿子的脚，没敢看他的眼睛，但是她知道那双眼睛一直放在她的后背，让她的脊骨冒凉风。

第二天早晨，吴文彬还在熟睡中，陈茜将手伸进了他的被窝，并且准确地抓住了他的一只手，陈茜觉得此时触碰他身体的任何部位都有性爱的嫌疑，只有手可以表达单纯的情感。她一直保持着握姿，直到吴文彬迷迷瞪瞪地睁开眼睛。

吴文彬很意外，僵硬地由着陈茜，两人沉默了半天，也好像一次较量，陈茜特别希望吴文彬能有所表示，比方也回报她一个握手，哪怕手指动一动，但是吴文彬丝毫没有反应，到后来，陈茜甚至希望吴文彬抽回手掀开被愤而离去也算有个态度，可吴文彬就是木头一般静默着。两人的手都出了汗，陈茜听到自己的心兔子样地跳，再握下去，怕连手都要跟着一起抖，就只好轻轻地松开，起床。

吴文彬翻了个身，转身又睡了个回笼觉。陈茜可以确定他睡得很踏实，枕巾被口水洇湿了一片。

陈茜到了公司，上到十楼，看到幽暗的工作室门旁靠着一个身影。双膝发软的陈茜走到他跟前差点跪了下去，幸好被人影牢牢地搀扶。一股熟悉的体味沁入，陈茜打开门的同时，软软地倒在了他的肩上。

说好结束了，陈茜气若游丝。

石小朋疯了似地亲吻着，虽然再没说一句话，却用他的行动告诉陈茜，想你想得不行。陈茜也用尽了全力地去拥抱，去抚摸，很快便将石小朋融化在了怀里。

风平浪静后，陈茜捋了捋额前被汗水打湿的头发，冷冷地道：你走吧，快走吧。石小朋一愣，不想刚刚那么热烈的女人，突然像冰一样，一边整理衣服系好扣子，一边笑嘻嘻地朝她走过去。

我让你走，陈茜皱起了眉头。

石小朋只好收住脚步，找寻着恰当的话。

你什么也别说，我不想听你说话，你走吧。

石小朋可能觉得始终没有一句语言不太好，打开门时，回头又看了一眼，陈茜反感地摆了摆手，门便咔嗒一声关合。

陈茜的脸上流下两行泪，她恨自己为什么这么不可救药，捂着脸，嘤嘤地哭出了声。

一个上午，陈茜的心情都很糟，恰好中午有同事约她逛街，便欣然应允。但是这次逛街很快就出了问题。

晚饭时，吴文彬轻描淡写地说：中午我去你公司，你不在。

有事儿？陈茜吓了一跳，马上想到了石小朋。

吴文彬说：没事儿，路过，口渴了。以为你天天在公司午觉。

同事要结婚，陪她买床上用品。

是么？

是啊。陈茜再次想到了石小朋，如果他晚去一会儿，或者吴文彬早到一些……陈茜不敢想象，她咽了唾沫说：的确是，童装部的小汪。

吴文彬不再接话，拿起一根黄瓜蘸酱，发出咔嚓咔嚓的巨响。陈茜又去看苹果，始终埋着头的儿子发现母亲射来的目光，突然抬起头，对父亲说：爸，你炸这个肉酱特别好吃。陈茜看到一张笑得开花的脸。

吴文彬说：因为肉多。

还因为切的是丝，肉末就不好吃。

那好，以后就切肉丝。

不对，炸酱面时，就是肉末好，还可以放胡萝卜丁。

两人你一言我一语的讨论，只当陈茜不在，说完了肉酱，改成篮球的话题时，陈茜看了眼墙上的钟说：你该写作业了吧。苹果也看了眼钟，却没答复母亲的话，继续跟父亲预测 NBA 的这个赛季排名。

母子关系的彻底恶化是在第二天的中午。

上午的时候，陈茜给石小朋的微信发去一条信息，表示一刀两断，从此不再相干，然后就把他的微信和电话拉入了黑名单。没承想，正午睡时，石小朋又来了。

陈茜把他堵在门口，不让进门，压低了声音说：不是说了么，不让你再来。

微信、电话恢复，我就走。

结束了。

可以结束，但是你不能彻底消失，我受不了你消失。

陈茜嘴上说着行行行，往外推石小朋，走吧走吧。

石小朋耳语着：既然来了，让我进去。

不行不行，她说。

石小朋却不肯走，用力拉陈茜，陈茜慌乱地往外推搡，一抬头，看见一个瘦瘦的身影出现在电梯口，是苹果。

陈茜咬着牙吐出几个字：我儿子。她感觉掉进了无底的深渊，再次睁开眼时，石小朋和苹果都不见了，只剩下那条幽暗的走廊。她想，她必须跟儿子好好解释一下，说什么呢？

除了解释，陈茜很想知道，儿子中午去她的公司，究竟是有事儿还是去窥视她，从学校接出苹果时，车上有吴文彬，她不能问，但苹果的目光告诉她，儿子对她这个母亲已经厌恶到了极点。晚上，苹果在自己房间学习时，陈茜送过一次水果，她很想跟儿子聊几句，话到嘴边，却见儿子拿起耳机，打开 MP3 开始了英语跟读，这个明显不理的举动，让陈茜退缩。

在经历了一个无眠夜后，第二天一早，陈茜在桌上看到了一张字条，是儿子工整的小楷：我长大了，可以坐公车去学校。陈茜喊了声苹果，没人应，各个房间找了遍，儿子果真走了。陈茜立刻穿了衣服抓起车钥匙慌慌张张地去追，今天天没亮，吴文彬就赶往外县的一个工地了，陈茜知道苹果是不想单独面对母亲。

远远地就看见儿子天蓝色的校服，陈茜踩足了油门，却被一辆晃晃荡荡的大巴挡在前，只好压着实线超过去，停在了站桩，放下车窗，对苹果道：上来。

苹果犹豫着不想动。

陈茜又唤了一声。

苹果憋红了脸，看看左右，不得不进了母亲的车，本来他下意识地打开的是副驾的门，却又即刻改了主意，坐到了后排。

一路上，只陈茜说了一句话，你还没长大，不能自己走，路上不安全。除此外，两人便一直沉默着。儿子这个算不上出走的出走，吓坏了陈茜，半天也无法从惊恐中走出，临下车时，她终于又想起了昨晚一直想做的解释，对儿子说：很多事儿，不是你想的那样。出乎意料的是，苹果竟然没有摔门而去，他埋着头，揉捏着手指，陈茜看到他干燥的嘴唇翕动着，可算能听到儿子的态度了，哪怕只言片语，陈茜心跳加速地等待着。上课的铃声响起，眼见着电动校门缓缓关合，陈茜没有催促儿子下车，她不能错过这个机会。

你……这是儿子最终吐出的一个字。

你什么呢？陈茜等待着儿子的宣判。

可是，苹果再多一个字都没说，在陈茜咚咚的心跳声中，默默地打开车门，跑向收发室去敲窗了。

我什么呢，儿子究竟要评价我什么呢？很多天，陈茜都在想这个问题，多半是难以入耳的话，否则他为什么要咽回去呢？无论白天黑夜，陈茜只要一想到儿子吐出的这个字，就不寒而栗。

本以为字条行为仅仅是个偶然，没想到，从此开始，几乎每一天，陈茜都会看到儿子留下的几行字。母子间的交流越发少，但凡苹果想说点什么都写在纸上，比方他想换一双球鞋，想跟同学去看一场电影，或者周末想吃一顿麦当劳……每次看到字条，陈茜都会感觉像儿子在她的心上划了一刀。吴文彬也发现了儿子的这个举动，却佯装不见，偶尔还会偷瞥一眼。发展到后来，陈茜想说点什么，也要在纸上给儿子留言。

一天晚饭后，苹果放了又一张字条在水池旁，陈茜扫了一眼：今天我没有睡午觉。她不明白儿子是什么意思，没睡午觉还要跟她汇报么？但是很快，她就知道了答案，石小朋在微信里给她发来两张照片，他的高尔夫前前后后四个门被划了个稀巴烂。陈茜马上意识到了问题的严重性，儿子中午没在学校，跑到了那么远去了附二院，而且要了解到哪个是石小朋的车，还要等待时机，陈茜突然觉得，也许不止这一个中午，也许很多个中午，他的儿子苹果都在谋划这个事件。

陈茜放下手机，就往儿子的卧室冲，她必须制止他这个愚蠢的行为，但她的手刚搭到门边，就改了主意，儿子怎么会跟她交流呢？于是，她只能像往常一样，拿起笔，可跟儿子说什么？总不能说你不能不学习你不能干违法的事儿吧，那就等于向儿子坦白了她跟石小朋的关系，她只能说睡觉的问题，于是，她在字条的背面写了一行字：你需要睡觉，好儿子。

站在书架前的苹果放下手里的乒乓球拍，扫了眼母亲放在桌上的字条，思忖着又写下一行字。

陈茜拿在手里，看到了一行狂草：如果能做更有意义的事情。

不，你需要午睡，儿子，必须午睡，妈妈求求你了。陈茜不再用笔，带着哭腔恳求着。

苹果依旧背冲着母亲，不言语。

儿子，陈茜上前一把抱住苹果，紧紧地抱着他，好儿子，你要午睡，没有比这个意义更大的事儿了。

你也要午睡，苹果突然吐出了几个字。

陈茜一愣，马上说：好，我也午睡，我们都午睡，我们都午睡。

浑身战栗的陈茜感觉瘦长的儿子长长地舒了一口气，她很想占用这个机会，接触下儿子的身体，这种肌肤之亲已经仿如隔世，可是苹果轻轻地挣脱开，坐到椅子上，拿起了一本书，陈茜只好拍了拍他的肩膀说：你好好学习，你一定要好好学习。

陈茜还没有从儿子的划车事件走出时，吴文彬又在一个夜晚表达了积攒多天的愤怒。当时，陈茜刚要入睡，听见喝酒回来的吴文彬发出乒乒乓乓的声音，知道他在卫生间吐了，就起身走过去替他拍后背。吴文彬甩开她回头看了一眼，说：你什么态度？

我什么态度？

你搐什么鼻子，皱什么眉头，吴文彬指着陈茜：老子怎么着你了？

陈茜还从没听丈夫自称过老子，磕磕巴巴地接话：是味儿，味儿大。

谁没味儿，你说，谁他妈喝多了没味儿？吴文彬一把揪住陈茜的头发。

小点声，儿子在那屋睡觉。陈茜想要挣脱。

我他妈就让他听见，吴文彬更加用力，借着陈茜挣脱的力量，顺势把她推倒在地，一脚踩在她的头上，谁喝大了没味儿，你告诉老子。陈茜被吓到了，吴文彬还从来没对她用过暴力，她想挪开吴文彬的脚，却无论如何都搬不动，吴文彬的声音更大了：臭婊子，你个臭婊子，老子喝个酒就得看你脸子。陈茜不敢再反抗了，果然，在陈茜安静着任由摆布后，吴文彬俯下身，声音降了几度：凭什么喝个酒，老子就得看你脸子？

陈茜的右脸和身体贴在磁砖的地面上，因为只穿了薄薄的吊带睡衣，让她感觉冰冰的凉，她闻到了踩在脸上的拖鞋发出的橡胶味儿。

你怎么不说话？吴文彬的脚下用力地碾了碾。

陈茜闭上了眼。

第二天一早，陈茜先起了床做好早饭，为了避免再跟吴文彬正面冲突，草草吃过后，便催促着儿子要早走，可刚刚拿起背包，听见卧室的门开了，陈茜的心咯噔一下，害怕吴文彬当着儿子的面像昨晚那么辱骂她。

今天我不去工地了，也坐你们的车。

吴文彬的意思很明确，让母子俩等他。陈茜只好放下背包，忐忑地替吴文彬盛了碗粥。让陈茜没想到的是，丈夫好像什么也没发生一样，喝了粥，还问了问天气，嘱咐陈茜关好窗，说天闷可能要下雨。临出门时，他问了句：我昨晚是不是喝多了？

陈茜说：是喝多了。

吐了？

吐了。

陈茜不相信，醉酒能至于把几个小时前的事儿忘得如此一干二净，下楼的时候，她听见身后的吴文彬又吹起了南斯拉夫的《桥》，明快的节奏告诉陈茜，他依旧沉浸在昨晚暴力的喜悦中。

午休时，吴文彬给陈茜打电话，说弟弟的房子装修好了，要带她一起过去参观。放在从前，陈茜一定不会前往，她为什么要参观呢？拿着她的血汗钱去享乐，还要让她参观？不是等于杀了人，还要拎着尸体出现在他的家人面前么？站在小叔子那套装饰考究的新房里，陈茜才明白，吴文彬要的就是这个效果。

吴文彬向陈茜说着两室一厅的每一处细节，很多都是陈茜对于家的理想。比如光明家俬的卧室全套家具，她曾经无限神往地跟吴文彬说，有条件了一定买光明的床和柜，吴文彬当时还搂着她的肩膀发誓说，有钱了，从里到外换光明。再比如，斯帝罗兰的沙发，陈茜也去看了很多次，却总是下不了决心。再比如德国进口的不锈钢橱具，等等。所有的这些，陈茜没有舍得买，但是她的小叔子用她的钱实现了。

好看么？吴文彬问。

好看。看到了丈夫的灿烂笑容，陈茜很想逃离此地，但是吴文彬却不放手，继续讲解介绍着每一处装修的心得。陈茜在他的话语中想象着那对新婚夫妇的甜蜜。

放走陈茜，是因为吴文彬接了公司电话，让他马上回去开会。

陈茜说：你开车吧，我打车走。

回到公司，午休还没有结束，陈茜躺在沙发上眯了一会儿。进来一条微信，石小朋说：想你了。陈茜没理，直接按了关机键。自从那次碰上儿子，陈茜怕石小朋再来，就恢复了微信，他的电话却依然被拉在黑名单。石小朋也说到做到，果然没再来过工作室。

第二天的午休，石小朋又发来一条微信，还是说：想你了。陈茜仍然没理。

第三天，第四天……半个月过去了，每天石小朋都发来这三个字，陈茜都没有回复，她不能继续对不起吴文彬和苹果。但是，突然的一天，石小朋的微信变换了内容，发来另外几个字：你想我么？事后，陈茜想，这四个字一定是调动了她身体当时的荷尔蒙，让她最后滑向了深渊。

那个中午，那方方正正的四个字仿佛跳动的音符，敲打着陈茜心底最敏感脆弱的角落，石小朋的目光，石小朋的微笑，还有石小朋修长的身体，从那个角落里喷涌而出，潮水般推动着陈茜，将她推向撒满阳光的沙滩。

走进附二院，石小朋正在做竞聘演讲，陈茜曾经听他说过，这是二院的惯例，每次中层调整，重要的岗位都要公开竞争，然后民主测评，最后领导打分；石小朋还说过，对于他来说，这些不过都是过场，因为影像科的主任非他莫属，没有任何异议。

虽然只是在门外一闪而过，陈茜还是被石小朋瞬间捕捉，她听见他流利的演讲停顿了片刻，还听见他轻咳了一声。陈茜没敢走进礼堂，怕影响石小朋的发挥，她站在门廊很享受地听完了一个医生对于职业的最忠诚的告白，想不到，这个社会这个年头，还有这样的人。她特别羡慕此时的石小朋，能对工作怀有一颗童真的赤诚之心，她要是能这么热爱她的职业该有多好。

掌声响起又落下的时候，陈茜看见意气风发的石小朋风一样走过身边，冲她挤了挤眼睛，又努了努嘴唇。陈茜被这股暖洋洋的风裹挟着，飘忽着再次进入了核磁室后那间熟悉的仓库。

那是什么？被石小朋紧紧搂着的陈茜低声叫道。

是人脑标本，石小朋的手指游弋在陈茜光洁的后背。

陈茜闭上眼，突然想起石小朋上次笑嘻嘻说过的话，如果现在，灯突然亮了怎么办？

灯，的确亮了，却是在两周后的一个夜晚。

陈茜正熟睡着，手机突然炸响，抓起一看，竟是石小朋，陈茜赶紧按了关机键，好在吴文彬没被惊醒，陈茜不明白，石小朋疯狂到了如此地步么？

第二天早晨，与吴文彬分手后，陈茜打开手机刚要拨打石小朋的电话斥责，看到微信里有他的十几条未读信息，点击开，陈茜险些栽倒。十几条信息都是微信群和 QQ 群的截屏，内容是她和石小朋那次仓库的赤身裸体照片，漆黑的房间里，门缝正好挤进一束微光照在两人的身上。石小朋最后发来一句话：你丈夫一直在跟踪你。

陈茜面色惨白，感觉全身的血往脚下涌，她想不通，吴文彬跟踪的照片怎么会发在石小朋医院的群里？

电话通了的时候，陈茜已经说不出话。

他有病啊？找我媳妇？石小朋沙哑着声音。

你在哪？

我不想看见你。

现在怎么办？陈茜已经不会哭了。

什么怎么办？石小朋的声音严重变形，我的提拔泡汤，前程泡汤。说完就挂了机。

陈茜基本明白发生了什么，吴文彬一直在跟踪她，也许很多个午休时间，他都躲藏在她的公司附近，窥视和等待着，那天的中午，他一直跟着她到了附二院，也一定目睹了她站在礼堂外享受石小朋演讲的过程，更目睹了她和石小朋在仓库里的全程，然后，他拍了照，拿着这些照片找到了石小朋的妻子，那个女人是附二院的护士，于是气疯了的女人将它们公之于众……想明白来龙去脉的陈茜浑身瘫软，城市就这么大，附二院的群就是公共群，很快她的熟人就会看到这些照片，或许附二院的家属里就有她的熟人。

陈茜再打石小朋的电话，已经关机。

她本能地想到了吴文彬，她相信这不是吴文彬想要的结果，无论吴文彬会怎样对她，她现在唯一能找的人只有他。

陈茜坐在车里，看着丈夫慢吞吞地挪出装修公司的旋转门，回想过去的半个月，他的脸上并没看出更多的异样，只记得他曾经一夜未归，现在想，应该是去北京找石小朋的妻子，陈茜不敢想，他目睹了妻子与另一个男人的性爱，对他来说那是怎样的一种打击。面对坐进车里的吴文彬，陈茜泣不成声。

对不起，对不起，陈茜反复地说。

吴文彬从陈茜断断续续的叙述中，知道发生了什么，陈茜等着他发作，甚至希望可以死在他的手下，可是吴文彬哆嗦着放下手机仅仅是闭上了眼睛。

半天，吴文彬说：这个女人疯了。

谁？

我制止你了，儿子制止你了，可是都没用，我总要找一个人去制止他。

陈茜明白了，跟踪她的人并不是丈夫，而是石小朋的妻子。她看着丈夫铁青的脸，再次反复地说：对不起，真的对不起……

你喜欢他什么？爱他什么？

没有爱。

吴文彬陷入可怕的沉默，车里只能听见陈茜的抽泣。她咬着嘴唇，说：你跟那个女人说，不要再继续下去了。

还能有什么继续。说完这句话，吴文彬打开门下了车，陈茜发现他的背影瞬间苍老了许多。如果没有苹果，她真恨不得开着车直接冲进汹涌的江水。

可是，吴文彬说错了，事件还是可以继续的。

吴文彬的背影还没有完全消失在陈茜的视野，苹果的老师打来电话让她去一下。陈茜只能强打精神往学校赶，听老师的口气，苹果大概捅了什么娄子，这么多年，他很少被找家长。老师说：请您务必亲自来一趟。这么坚定又严肃的语气，陈茜还是第一次从他的老师口里听到。

到了校门口，远远地就看见班主任等在那里。

班主任是一个跟陈茜年龄相仿的女人，她掏出手机打开QQ，说：我想，我们还是单独谈谈比较好。

这是我们班的 QQ 群。她又说。

陈茜接过手机，先是面红耳赤，跟着天旋地转，石小朋发过来的那些照片，一张张地重复出现在眼前，最后，还写了一句话：这个三儿是吴浩然的妈妈。吴浩然是苹果的大名。

班主任扶了把陈茜，说：虽然我现在做了处理，但是在过去的几个小时里，应该全班同学都看见了。我也弄不清，这个人是怎么进来的。

此时，羞耻已经成了奢侈品。陈茜无助地看着老师颤声问：浩然在哪儿？

上课，老师说，但是目光涣散，虽然他想表现坚强，没有趴在桌上躲避，但是我看他要崩溃了，因为同学们在交头接耳，我怕他出大事，希望您赶紧妥当处理。

老师说完，把陈茜留在了空荡荡的校门口。

远处车来车往，陈茜感觉嘈杂的世界再与她无关，她自己不重要了，吴文彬也不重要了，现在唯一重要的是，她的苹果怎么办？

拨通了吴文彬的电话，很快又被她挂掉，有一块巨大石头堵在嗓子，让陈茜无法开口，她用微信把此事告诉了吴文彬，并嘱咐一定按时接苹果。半天等不到吴文彬的回话，陈茜只好再次拨打过去，却只响了两声，就被挂机。

很快接到吴文彬的短信：你就不用回家了。

陈茜能想见，电话那端的吴文彬除了对她的气愤外，此时一定跟她一样，绝望到了顶点。

回到家的时候，父子俩正在吃饭，看见陈茜进门，苹果起身回到卧室，陈茜想跟过去，被吴文彬一把拉住，她看见丈夫的眼里涌上泪水。

吴文彬松开妻子，蹲下身，掩面而泣，眼泪滑出指缝，淌在他粗糙的手背。半天，陈茜听见他说：我应该想到她会疯，应该想到，她说是她教会那个王八蛋使用的微信……陈茜想起，石小朋说过，摇一摇的当时是在必胜客，而且不是一个人。

陈茜想替丈夫擦拭泪水，被他一把推开。陈茜没再努力，她迫切地要见她的苹果，可是卧室的门被反锁，陈茜敲了几下：苹果？苹果？

没有丝毫回应。

苹果？陈茜又唤了一声，回头惊恐地看着丈夫。

吴文彬也意识到了问题，一个箭步冲上前，拼尽全力撞门，却纹丝不动。是爸爸，苹果，吴文彬大声喊道，里面没有半点声响，他回身取了斧子和螺丝刀，带着陈茜疯了似地凿门。

咣，咣，咣，时间一分一秒地过去，门终于被推开，他们看见，苹果正悠然地躺在床上。两口子长长舒了口气。

陈茜走到床边，声音沙哑着说：儿子，妈妈给你转学。这是她在外面想了几个小时唯一可以做的事情。

出去，苹果说。

陈茜没动，泪如雨下地说：对不起。

所有人，所有的人，都在耻笑我。出去。

见母亲没动，苹果又加了一句：滚出去。

吴文彬拉了一把陈茜回到厅里，替儿子重新关好门。

两人坐在沙发上，一夜无语。陈茜想起了几月前的争吵，如

217

果还能回到那些脸红脖粗、鸡飞狗跳的日子该有多好。

阳光探进窗里时，陈茜看了一眼正瞌睡的丈夫说：离婚吧，求你把儿子给我。

离婚是小事儿。

我知道，先转学，陈茜说，我去联系。

为了避开苹果，没有洗漱的陈茜早早离开了家，想到儿子又要面对老师和同学的目光，她的心比刀割都疼。

约了老师在学校附近的一家茶馆见面，老师说：转学基本没可能，因为初中实行的是户籍就近入学。

那我该怎么办？

不知道，老师反感地皱了下眉头，我还告诉你一个情况，吴浩然不打算去北京参加物理奥赛的全国赛了。

分手时，老师又补充了一句：一个好好的孩子可能就这么毁了。

陈茜没有上班，一直坐在学校外的马路边上，她的儿子正在经历煎熬，除了陪伴，她还能做什么呢？

放学时，苹果看见车里是母亲，便低着头转身跑开，陈茜打开车门去追，黑压压的人群中无数的眼睛射向了她，她意识到，也许最不该做的就是出现在儿子的学校。

晚上，陈茜进到儿子的房间劝他参加竞赛：拿了名次就有可能免试进附中啊。

没意思，苹果说。

陈茜的眼泪再次汹涌而出：儿子你不能不要你的前程啊。

苹果还是坚定地说：没意思。

218

回到厨房刷碗的陈茜突然对吴文彬说：如果我死了，我赎罪了，儿子会不会在人面前抬起头来呢？

不能，死了你也还是他的母亲。

一只玻璃杯从陈茜的手里滑落，掉在了橘红色的磁砖上，溅起水晶般的花朵。

陈茜想，如果，我不是他的母亲该有多好。

春天里

何梅英今年四十三岁。自从二十九岁那年被确诊为不孕症，挨丈夫的打骂就成了她的家常便饭。

何梅英的丈夫叫王大吉，是一家4S店的油漆工。每天回到家，他的身上甚至头发丝里都藏着浓烈的油漆味儿。何梅英二十九岁以前，王大吉没碰过她一个指头，虽然那时候他也酗酒，但是喝多了，他只摔东西，比如碗，盘子，还有花瓶……但是，自从得知自己将断子绝孙后，他就不摔东西了，改成打媳妇。他有他的账，媳妇打就打了，东西摔坏了还得花钱买。

何梅英不是没想过离婚，可是她离不起。虽然王大吉也没有正式工作，但好歹有门手艺，有手艺就饿不死，他能吃干的，至少会让何梅英喝稀的。不像何梅英，没长相，没文凭，没技术，啥啥不是，啥啥没有。结婚的当年从毛线厂下岗后，何梅英四处打游击，干过很多零碎活儿，眼前她在一家保险公司当业务员，业务员要求能说会道，可她嘴皮子也不行，所以，连滚带爬，她也很难完成任务。何梅英离不起婚的另一个原因是，离了婚，她去哪儿住呢？何梅英在家是老大，下面是一对双胞胎弟弟，这两个弟弟一出生，父母基本就不拿她当孩子了，而是当半个大人使唤。长大后，由于条件平平，何梅英嫁得也不好，多年来日子又没有起色，所以更加不受娘家待见。一年到头，何梅英回家的次数都是有限的，有个大事小情的，自然也不会有人替她遮挡和出头。用王大吉的话说，你就是你们家泼出来的水。而他们现在住的小两室是当年婆婆家动迁时分的。因为婆婆家的院子大，所以分了两套，另一套也是个五十平米的小两室，在城南，公公婆婆自己住呢。也就是说眼前的房子跟她何梅英半毛钱关系没有。除了糊口和栖身的需要，何梅英不离婚还有一个最重要的原因，毕竟现在还有一个男人跟她过日子，可一旦离了婚，她连这点资本都没有了，她就彻彻底底是一个一无所有的人了。当然，何梅英也知道，王大吉更不会离婚，真离了，他找谁去呢？哪个女人能跟这么一个寅吃卯粮的酒鬼在一起呢？所以，半斤对八两，两头将就着混吧。

虽然日子一目了然，前途黯淡，但是，何梅英也是一个有理想的人。她口挪肚攒，开源节流，背着王大吉存私房钱，都为着一个目标，有朝一日开一家小超市，当老板娘。她想象着当老板娘的日子，觉得惬意无比，不仅能挣点钱改善生活，关键是有尊严，在王大吉面前有尊严，在娘人以及很多很多人面前有尊严，更主要的是，挣钱的过程有尊严。不像当保险业务员，因为完不成任务，每天都要点头哈腰地看那个丫头片子主管的脸色。穿行在那群长得标致、行为干练的同行们中间，何梅英觉得自己仿佛一粒掺进米里的沙子，醒目又别扭。遗憾的是，何梅英天天掰着指头数她的存款，可是年年存，月月攒，也还是够不着她的理想。本来脚踏实地、土里刨食的何梅英也不知从哪天开始幻想着奇迹了，啥时能飞来一捆人民币砸在自己的脑袋上呢？

除了理想，何梅英的心里也有一个温暖的角落，这个角落是一个叫铁三的男人给打扫出来的。铁三是她在毛线厂的工友。上班的时候，俩人基本没说过话。倒是下岗后铁三在何梅英家附近开了家彩票站，俩人才有了联系。彩票站所在的那条小街是何梅英的每天必经之路，一来二去的，也说不清从哪年哪日起，俩人就有了那么一层意思。何梅英闹心的时候找铁三诉诉苦，铁三的婚姻也不像样儿，媳妇经常跑得无影无踪，铁三心里憋屈时就找何梅英唠扯唠扯，再不就打个情骂个俏，铁三说个荤段子，逗得何梅英母鸡一样咯咯一乐。日子里一丝甜蜜拂过。偶尔，铁三也会送一些小礼物给何梅英，夏天的丝袜，冬天的手套，或是一包松子仁儿，一袋李子干……何梅英挨打之后也有几次想干脆就把身子给了铁三，可终究没能迈出那一步，至多，她让铁三拍拍她的屁股，摸摸她的手。不过即便没啥实质内容，铁三很知足，何梅英也很知足。

如果今年的春天一切如故，像此前的四十二个春天一样平淡如水，何梅英的这辈子便一眼望到了底。可偏偏，这个春天发生了一件意想不到的事情，这个事情让何梅英的内心和生活都起了波澜，也在短短几十天里改变了她的下半辈子。

事情要从一个清晨，一份保单说起。

这天清晨，何梅英又挨了丈夫的一顿胖揍。导火索看似有，也看似没有。当时何梅英正对着大衣柜的镜子化妆，柜子是结婚时的嫁妆，三开门，现在每个柜门都已经残缺不全，镜子更是因王大吉砸了一次裂开一道长长的口子，但这并不影响何梅英描眉画眼的心情。她将短了半截的眉毛补齐后，拿起口红噘起嘴，却听身后的王大吉说：又弄得花里胡哨的，出去勾搭谁呀？

其实，何梅英一直能从镜子里看着王大吉。家就这么大，想不看见都不行。王大吉从起床后始终坐在厅里的饭桌前喝酒，没有热菜，他就拿着一张干豆腐卷了截大葱蘸臭大酱，蘸一口酱，喝一口酒，发出嗞啦嗞啦、吧嗒吧嗒的声音。王大吉拿干豆腐的手有时还去挠一下架在椅子上的脚丫子。各种臭气、酒气和各种噪音混合在一起，让何梅英的早晨一点食欲都没有，不仅这个早晨如此，几乎每一个早晨何梅英都是这么过的。听到王大吉的阴阳怪气，何梅英顶了一句，你要是一个月挣个七八千的，让我出去我都不出去。

王大吉放下手里的干豆腐，又找抽是不？我要是能挣七千八千，还跟你耗着？早生孩子去了，还能让你占着茅坑不拉屎。

何梅英白了眼王大吉，可是王大吉已经起身奔她走了过去：你白愣谁呢？啊？白愣谁呢？

何梅英预感到了什么，但她今天就是不想太委屈。你，白愣你，咋地吧。何梅英话音没落，王大吉一把将她推倒在墙角，接着拳头和脚就跟了上去。

何梅英始终捂着脸，所以劈雷闪电过后，刚才化好的妆一点也没花，她捡起地上的口红，口红已经让王大吉踩扁，不能用了。她就抓紧时间穿制服，不管咋地，今天例会，上班不能迟到。拉

223

链一提，小肚子的赘肉便兜了进去。再蹬上高跟鞋，挎上廉价的PU包，何梅英灰着脸在王大吉的骂声中出发了。

尽管一路低着头，路过彩票站时，何梅英还是被铁三一眼看出了哪儿不对。彩票站的玻璃窗上贴着大红喜报：本店又出五万元双色球。

铁三逗着何梅英开心，笑眯眯地冲她伸出手掌，五根手指全分开了，说：你看人家这手多旺，机选，五万。进屋啊，沾点财气。

何梅英脚步不停：给我打两注，晚上取。

铁三追上前，盯着何梅英的脸看，十分肯定地说：又吵架了，挨揍了？

何梅英突然停下脚步，变成笑脸冲着铁三说：没有。

铁三碰了一鼻子灰，可脸上还是挂着笑：没有就好。

不说话你能死啊？何梅英咬着牙说完这句话，头也不回地走了。这样的情形经常会发生，在王大吉那受了屈儿，跑到铁三这拧巴几句，拧巴完了，何梅英的心头便轻快了许多。

何梅英连跑带颠地进了保险公司大楼，气喘吁吁地轻轻推开业务经理办公室的门。此时，年轻的经理面前已经站了一排业务员，何梅英还是迟到了。经理不高兴地瞥了一眼何梅英，道：敲门会不？出去重进。何梅英只好退出去，敲门。再次站在经理面前时，何梅英便不敢抬头。伶牙俐齿的经理将一沓保单扔向何梅英，道：自己好好看看，半年了，一份保单都没上来，没有业绩光拿薪水，好意思吗？最后和你说一次啊，这个星期再跑空单，你就别来了，该干吗干吗去。

何梅英就谦卑地挤着笑：我能干吗呀张经理，我啥也不会，我保证不跑空单了……我小叔子王小吉都答应了……

何梅英没撒谎，出了保险公司的门，她直奔机场。小叔子王小吉的确答应她买两份人寿险，她必须赶在王小吉两口子登机之前办完手续。小叔子一签字，她这个月就算混过去了。

小叔子两口子都是大学老师，何梅英知道他们一点不喜欢她。所以，在换登机牌儿的地方截住他们，何梅英的脸上一直堆着笑，指点着王小吉和他媳妇填各种表格，王小吉的媳妇直接建议何梅英换个工作，何梅英捣蒜一样点头称是。最后，王小吉拿着笔问：受益人怎么填？何梅英顺口说：就写你儿子吧，一般都这么写。王小吉两口子匆匆签了字将保单还给何梅英，何梅英这才想起一直坐在行李箱上的大宝，便象征性地去摸他的脸蛋。

好好玩儿呀，大宝。可能因为自己没有孩子的缘故，何梅英不喜欢任何小孩儿，甚至看着就烦，特别同是王家媳妇，一个能生，一个不能生，何梅英看着大宝总有种酸溜溜的滋味。所以她很少正视他。

嗯，我第一次看大海，大娘。大宝倒是很仔细地答复着。大宝是个有些腼腆的六岁男孩儿，五官清秀，脸膛白皙，因为严厉的家教，让他的眉宇间有些与年龄不太相称的沉稳。

何梅英用拿着保单的手可有可无地抚摸了下大宝的头，对着小叔子两口子千恩万谢之后，转身离去。

冲出候机大厅，何梅英举起保单，狠狠地亲了一口，这月妥了。

何梅英还不知道，就是这薄薄的两页纸巨石一般投进了她的

225

生活。她同样不可能知道的是，那个同父母远游的小男孩儿将不再可有可无。

两天后的凌晨，王大吉家的电话突然响起。王大吉摸了半天才摸起话筒。他哦了一声，突然坐起身，大声喊着：啥？

何梅英也被吵醒了，她听到王大吉哆嗦着声音说：我弟他们出事了。

王大吉断断续续说出来的是，王小吉一家在三亚出了车祸，就大宝还活着。何梅英瞪大了眼倒吸了一口气。

王大吉领着大宝回来是四天后的事情了。他怀里捧着两个深棕色的木制骨灰盒。大宝紧紧跟在他的后面，额头上贴了一小块纱布。王家的父母还有他们的亲家母无论如何也想不到，以这样的方式迎接他们的孩子回家。王大吉说，出事儿时，两人把他夹在中间，所以孩子只是擦破了点皮。众人就去看拽着王大吉衣襟的大宝。大宝虽是受了惊吓显得有些紧张，可终究是个六岁的孩子，并不明白发生了什么，并不知道他的父母已经永远回不来了。

人一多，王大吉的父母家便显得拥挤，何梅英把大宝领到一旁摆拼插积木，有一搭没一搭地听着两家老人商量儿女们的后事。大宝的姥姥家姓李，早年守寡，育有两个女儿，大宝的小姨叫李宛童，进门后一直坐在沙发的一角抽泣。何梅英知道的是，两个亲家的关系并不融洽，李家说王家比小市民还小，王家说李家比臭知识分子还臭，互相看不上。但是，突来的灾难却让他们有了相同的悲伤，包括何梅英在内，何梅英跟婆家不睦，也讨厌李家的傲气，可是，此时此刻，她的心同样涌起无限的凄凉，像窗外阴冷的春雨。大宝插好了一个机器人立在地上，何梅英就竖起拇指夸：我们大宝真能耐。大宝似乎不太在意这个娘娘的褒奖，继续自信地又去摆另外一个造型。何梅英听着她的公公对众人道：下面的日子，咱两家就是想着怎么把大宝带好，带大。何梅英抬眼去看大宝，是啊，两家就剩这么一个苗了。何梅英这么看着想着，突然打了一个激灵。她腾地直起身，嘴唇也跟着翕动，事后她可以确定甚至可以拍着胸脯发誓的是，她当时一定是想如实相告的，可事实是，她的婆婆问她，咋地了何梅英时，她脱口撒了个谎。她说：我公司有会我给忘了。

何梅英以此为借口匆匆离开了王家，走了很长时间，才想起坐公共汽车，后来她又嫌大巴干等不来，就少有地招手打车。上楼时，她感觉她的心已经跳到了嗓子口儿。打开抽屉，一张张地翻，很快，小叔子王小吉的那两份保单映入眼中，何梅英抽出那两页纸，从头至尾看了一遍。她的手有些抖。她想了想，用颤抖的手拨通了保险公司的理赔电话。但是旋即她又放下手机。还用问谁么，这份保单已经生效，保单的受益人是大宝，也就是说，谁是大宝的监护人，谁就将拥有这三十万。而此时，还有一个关键的事实是，除了她何梅英，王家还有李家没有人知道这两份保险的存在。一个念头渐渐清晰，清晰得何梅英蒙了。她的第一个想法是去找铁三商量。

踩着云彩一般，何梅英到了那条小街。远远地就听见鞭炮齐鸣，何梅英以为又出了大奖，可是走近才发现，放鞭的不是彩票站，而是旁边一家新开张的小超市，何梅英迎着硝烟一直走到超市前的充气拱门下。拱门上贴着四个土豪金大字：开业大吉。何梅英闭上眼，这味道是她梦寐以求的。这时，有人碰了她一下。何梅英夸张地扭过头。

咋了，一惊一乍地。

见是铁三，何梅英好像松了一口气。

铁三又问：羡慕忌妒恨？

何梅英没理他，心里的鼓越敲越响，脸上却保持着平静。为了掩饰，她不看铁三，只看拱门。她已经打定主意什么也不说了。这种事跟谁能说？跟谁也不能说，绝对不能说。

铁三又看了看左右，低声道：那边还有个门市空着呢，比这小不多少。差多了，我没有。万八的我能给你填上。

何梅英却根本听不进铁三的话，僵着身子缓缓地走出烟雾。

主意就这么拿定了。后来的日子，何梅英经常回忆，她的决定是不是跟小超市的这一幕有关。她的结论是，也许有关，也许无关，多半是无关。何梅英把这一切都归于命中注定。

第二天，何梅英到4S店找王大吉时，鼻孔里仿佛还残存着鞭炮的味道。王大吉让何梅英的话吓着了：啥？过继？

虽然何梅英把王大吉拉到了没人的地方，还是怕他的声音太大了。她用手比量着，小点声。咋，你不同意？何梅英忐忑地问。

王大吉脸上挤出一丝不是笑的笑：这太阳打北边出来了？

何梅英不想跟他啰嗦：说那么多废话干啥呀，你就说你啥意思吧？

王大吉看出何梅英是认真的，就看了眼天：哎呀，这还真从北边出来了。他不看何梅英，一边擦手一边走：想好了？

何梅英跟着王大吉：当然想好了。

王大吉却不理她，何梅英索性停下脚步，看着他的背影说：我这可是替你们老王家着想，王家的血脉别落到李家手里。

回到婆婆家，没有何梅英说话的份儿，她也不想多言，她想这个时候沉默是最好的表达。何梅英又领着大宝在卧室里做游戏，今天再看这个孩子，何梅英觉得亲了不少，玩变形金刚时也变得柔声细气，琢磨着孩子的想法，讨着他的欢心。公婆和王大吉的对话穿过虚掩的门缝断断续续传进耳里，让何梅英的心忽冷忽热。

公公老王说：平常，我还真小瞧她了。关键时候，还行，是王家媳妇。

王老太太却不这么看，只听她说：总比领养一个强吧？她的心眼儿多着呢，表面为王家这个，为王家那个，不就是想要个孩子么？外头领回来的，将来能跟她亲么？这好歹是大吉的侄，能跟大吉亲，跟她也不能太差了。不过，话又说回来，咱该谢还得谢。不管咋说，大宝有个家了。我跟你爸还能活几年？

王大吉提高了嗓门：谢她啥？这么多年也没给王家添个后。半夜一寻思这事儿，我就睡不着觉。要不是咱条件不好，我早不将就她了。

何梅英朝厅里呸了口唾沫，她知道这是给她听呢。

王老太太又嘱咐儿子要实心实意对大宝，特别是得看住媳妇儿，何梅英没听见王大吉的回话，却看见了他举起的拳头。

这时，大宝抱起拼好的变形金刚笑嘻嘻地朝何梅英攻击，何梅英认真地假装倒地。门开了，王老太太绕过两人坐到了床边，道：这么好的苗子，可别给带坏了。

何梅英听了这句不是态度的态度，一块石头总算落了地，说

229

起话也掷地有声：放心吧，妈，我一定往好了带，一定拿他当我自己生的。何梅英的目光刚好落在大宝的脸上，大宝还是举着变形金刚不依不饶地攻击，冲她做着鬼脸，何梅英也跟着做了个鬼脸，亏了有这个游戏，要么何梅英还真摆布不好自己的表情呢。

当天晚上，王家老两口就去了李家，把此事说与亲家。没几日，王李两家便坐在一起吃了顿过继宴。后来何梅英听说，李家开始并不赞成他们抚养大宝，只是没有更好的选择，才勉强答应，李宛童还没结婚，总不能带着个孩子找对象吧？李家老太太只看中了何梅英一点，就是不能生养。自己不能生，对大宝就不能太差。这是李家老太太的逻辑，也是所有人的逻辑，包括两家人请到圆桌上的片警老万。

当然，老万的这个想法只能背地里说一说，表面上，他端起酒杯颂扬了一番王大吉特别是何梅英的大情大义。然后，他抱起大宝让他改口。大宝不干了，挣脱开老万，指着王大吉和何梅英：他不是我爸，她也不是我妈。说着转身跑向李宛童，问爸妈什么时候回来。李宛童眼睛泛潮，却一脸笑容地保证：快了呀，伤一好就回来了。众人就去劝何梅英。何梅英尴尬地摆手：不改了不改了，还叫大爷叫大娘。何梅英想伸手抱下大宝，最起码碰碰脸蛋表示下亲热，可大宝却头一扭给了她一个后脑勺。众人又劝何梅英，何梅英连说无所谓无所谓，他们哪里知道，何梅英现在想的只是咽在肚子里的才是肉，至于大宝的态度真的是无所谓啊。

第二天一早，何梅英马不停蹄地去派出所和分局办理了过继手续，之后又跑到保险公司，将一应材料塞进窗口。

等待的过程总是漫长的。期间，王李两家人去了一趟王小吉的出租屋。王小吉两口子虽然收入不菲，却因为常年资助贫困学生，一茬接一茬，所以既没有像样的存款，也没有一砖半瓦。平日，王老太太着急时也劝，但王小吉总淡淡一笑说，这叫信仰。两人活着的时候不觉怎样，如今撒手走人，大宝奔跑在这两室的出租房内便显得越发凄苦可怜。何梅英倒觉得没房产是好事，真要有个大房子立这，大宝还能落到自己的手里么？收拾好能当作念想的遗物和孩子的物品，大宝就与这个家彻底告别了。两边老人决定就在这一天让大宝正式入住大伯王大吉的家。

说来也巧，回家的路上，何梅英接到保险公司的电话，赔偿金已经到账。何梅英去银行刷卡证实以后，激动地返回家中。此时，王大吉与大宝还没回来。何梅英从厅到厨房，再从厨房回到卧室，来来回回折腾了近一个点儿，终于找到了一个她认为比较稳妥的地方，大宝卧室的一块活动地板底下。她将银行卡用纱布包好塞了进去，之后又在上面实实地压了两脚。现在开始，她何梅英是三十万的主人了，真是做梦一般。

再次面对大宝，何梅英的心便澎湃不已。入夜，她悄悄地来到孩子的房间，大宝已经熟睡，半张的小嘴淌出了一串口水。何梅英跪在床前，伸出手想去擦拭，手却因为紧张抖得不听使唤，她目不转睛地盯着这个小人儿，你可千万别怪我啊，何梅英举起一只手臂，咽了口唾沫突然轻声道，我保证对你好，啊，我何梅英冲天对地发誓，保证对你好啊，想吃啥吃啥，想喝啥喝啥，将来，我要是挣大钱了，我送你出国，上哈佛，上牛津，啊。我给你娶媳妇，买房，买车……何梅英越说越快，双手合十不停地拜。就是这床上的小人儿送了她三十万哪，她可以开个超市，也可以干点别的什么，反正她的日子马上就跟从前不一样了。如果可能，她真想打个板儿，把这小人儿供起来。

虽然不能像祖宗一样供着，何梅英却绝对说到做到，一心一意、纸儿包纸儿裹地呵护着这个宝贝疙瘩。

先说住。现在大宝的房间原是何梅英两口子的卧室，因为是南向，就让给了孩子。何梅英还给添置了新的床和床上用品。可是大宝似乎并不太满意，来的第二天，何梅英问他，喜欢这个地方不？你那屋的东西我都给买的牌子货呢。大宝皱了下眉头说：还行，不太像儿童房，我妈妈说儿童应该住儿童房。正喝着小酒的王大吉放下酒杯，比划着：还行？我跟你说，你现在可不比从前了，可不能当那挑三拣四的孩子。何梅英踹了丈夫一脚，呵斥着：少说两句。自从大宝来，何梅英觉得跟王大吉的关系有了些微妙的变化，说话好像也有了点底气。

孩子的这样一句话，王大吉没当回事儿，何梅英却记在心上。没几日的晚上，她把睡着的大宝抱到自己的房间，反身回大宝房间叮叮当当了个把小时。第二天，她还在睡梦中，就听王大吉高声喊：何梅英，何梅英……何梅英鞋都没顾得上穿，跑出卧室。王大吉正站在大宝的房前，倚门而立。何梅英揉着睡眼，王大吉嘴角一撇，环视着大宝房间乐：老子很满意。何梅英舒了口气，蹬上一双拖鞋也进了大宝房。房间已经焕然一新。窗帘和床单都换成了米老鼠和唐老鸭，最大的变化是四面墙壁。此时，大宝正在挨个抚摸拍打挂在墙上的大大小小恐龙，嘴里不时尖叫着：这是翼龙，这是飞龙……

何梅英叉着腰问：咋样？喜欢不？

232

大宝让何梅英抱：你抱我，我够不着那个。

何梅英抱起大宝说：你先告诉我，喜欢不？要不我就不抱了。

大宝看着何梅英，笑道：嗯。

嗯是啥呀？

就是喜欢呗。

光说就完了，得咋办？何梅英把脸凑了上去，亲一个。

大宝有些不好意思。

何梅英说：不亲不抱了啊。

大宝端详着何梅英半天，似乎在找一个恰当的地方，何梅英又跟了一句：亲哪。大宝轻轻地在她额头上亲了一口。

嘿，亲得跟个小姑娘似的。爷们儿得这么亲，这么亲，知道不？何梅英说着使劲地在大宝的脸上啄着，引来大宝又一次尖叫：有唾沫。

后来的几天，这个房间也总是能被何梅英不断地翻新，每一次花样，都能换来大宝的亲吻，最后轮到何梅英要不停地尖叫。

再说衣。大宝的四季衣服有很多，按说现在也用不着买新的，可何梅英觉得，新衣才有新气象。抖落出几件旧衣，她皱了皱眉头，孩子咋能这么穿？除了灰就是黑，像个老古董，何梅英这么说着，刮了下大宝的鼻子。大宝问：那得咋穿？何梅英拉起大宝奔向国贸的儿童部。自打国贸十年前建成，何梅英这是第二次来，一次是看到广告说这里商品打折，进去一看即便打了折也要好几百，不是她能消费得起的，就算承受得起，真买回去，王大吉还不打折她的腿？所以，何梅英的衣服一直是地摊货。但是，这次不同了，给大宝买东西，必须进回国贸。

儿童部占了四层的大半边，何梅英兴奋地一件件往大宝的身上套，有生以来第一次被允许试穿红红绿绿的衣服，大宝也挺兴奋，专挑艳的颜色拿。一件花 T 恤，一条绿裤子，再扣上一顶红黑相间的帽子，何梅英把大宝推到镜子前说：看见没有，这才叫孩子样，好看不？大宝的脸蛋红扑扑的，咧嘴乐了：好看。说着话，鼻涕拉出老长，大宝要纸，何梅英拿不出，小声说：要啥纸啊。看看左右没人，她将他拉至两排货架之间，拽起衣服的一角擦干鼻涕。

你别老文绉绉的行不？谁说鼻涕非得用纸擦？何梅英又拿新衣服擦了一把大宝的鼻子，过瘾不？

大宝点头：过瘾。说着学何梅英的样子，也用衣服蹭鼻子，呵呵地乐。

何梅英脱下脏了的衣服，冲远处的服务员喊：给我开一件这个，拿个新的。她冲大宝做了个鬼脸，大宝哪干过这么刺激的事儿，捂着嘴笑出了声。

拎着大包小裹，两人跑进了观光电梯。大宝意犹未尽，又举起胳膊擦鼻子，何梅英大叫道：哎，这是咱的衣服了，自个的就不能这么擦了，懂不？可是大宝停不下来，长到六岁，他还从来没这么随便过呢，这可比爸妈在家的时候有意思多了。何梅英斜了他一眼，也就随他去了。

一趟国贸花了小两千，何梅英将衣服摊在床上，对大宝说：件件过二百，你说大娘对你好不好？

大宝不懂二百的概念，但何梅英这么问，大宝就郑重地点头：好。

234

何梅英摸了摸大宝的头，很欣慰：知道就行，你大娘我这一身行头都没过二百。

王大吉对何梅英买的衣服不甚满意，说从前的大宝像个绅士，现在花里胡哨的像个啥？但嘴上这么说，何梅英还是能够感觉到来自丈夫的又一次肯定。

再说吃。住跟穿，婆婆都不太过问，可是吃上就不同了，大宝入住的第二天，王老太太就现身王大吉的家亲自指导。当时何梅英刚好领着大宝从超市回来，买了一口袋孩子的零食，一一掏出来搁在桌上，每放一样她都要叨咕出食品的名称，好让王老太心中有数。老太太并不领情，待何梅英掏完了东西，她去厨房端出来一大碗肉馅，告诉何梅英，大宝最爱吃的是炸丸子。

七分瘦，三分肥。老太太用筷子扒拉着肉馅。

哦。

两天一次。

哦。

买现成的容易，这些做的才叫难。说完，老太太放下碗进了孙子的房间。

放在平时，热脸贴到冷屁股上，何梅英又要生一肚子的气，但今天，她依旧保持着笑容，她也不是装的，天天心里种着一盆花，怎么还能生气？何梅英听见大宝的房间里传出祖孙的对话。王老太太问大宝：娘娘对你好不？大宝的回答很响亮：好。王老太太提高了嗓门：不好你就告诉奶奶。

这句故意说出来给儿媳听的话，何梅英同样没有计较。并且，从这天起，何梅英天天都要炸几个小丸子放在晚餐的桌上，自己

235

不吃，也不让王大吉下酒。大宝吃丸子的时候总笑眯眯地瞅着何梅英发出吧嗒吧嗒的声音，婆婆规定每次吃六个，少了不解馋，多了怕发胖，何梅英每次都多给几个，结果每晚何梅英都要再洗一次脸，大宝总要在最后一个丸子咽下肚后，用腻乎乎的小嘴在她脸上蹭一下。

细致周到的照顾，加上在王大吉这里可以随意而为，何梅英没有底线的纵容，不到一个礼拜，大宝眼里的那份生疏感就无影无踪了，走到哪儿都牵着何梅英的手。

何梅英一家三口时常从小街招摇而过，有一个人不乐意了，铁三。

一天傍晚，何梅英买完了菜领着大宝往家走时，让铁三叫进了彩票站。何梅英让大宝叫大大，大宝字正腔圆地喊了声：大大好。他的礼貌和修养让铁三啧啧撇嘴，低声对何梅英说：不像他们老王家人啊。

何梅英没心思跟他逗咳嗽，让他有事说事，没事打一注，她就走人。

铁三顺手拿了块桌上的喜糖塞给大宝，又对何梅英道：老王家逼的？这也太不地道了。

没人逼，我提出来的。

为了拉住王大吉？代价也太大了吧？你当养猫养狗哪？难着呢。

何梅英不想听铁三啰嗦，不等对方打完彩票，拉着大宝往外走，临出门，她回头仰着脖对铁三挑了挑眉毛：咋地？吃醋了？

236

酸了吧唧儿的。

何梅英扭着屁股一步两晃，她知道铁三一定一直目送着她，所以就越发扭得起劲，时不时地跟大宝做些亲昵的动作。你以为我何梅英的日子是个破烂么？大宝也学着何梅英的样子扭起屁股，俩人一高一矮、一胖一瘦，却又步调一致地扭出铁三的视野。

虽然这么气着铁三，可真有了大事儿，何梅英首先想到还是这个男人。眼下何梅英急需解决的就是兑下一家理想的超市。经过两个多礼拜的思考、打探、比较，何梅英在离小街几百米的地方相中了一个空门市房。门市不大，她租得起；还傍着两个小区，不愁客源；关键是离家和幼儿园近，何梅英每天还得接送大宝呢。外围工作结束，讲价的时候，何梅英叫上了铁三。铁三也果真配合得恰到好处。因为长年在小街做生意，房东铁三也认识，所以大有一手托两家的架式。价钱讲到紧要关头，何梅英咬死一个价儿不松口，房东却说必须再加一万五。

离开门市房，铁三回头确定无人跟上，便低声再次向何梅英保证：这一万五我给你填了。何梅英白了眼对方，声明用不着，说得底气十足，趾高气扬，扬眉吐气，甚至有点牛逼哄哄。按照铁三的说法，这一万五，房东是绝不可能降的，因为原本要价就不高。

我跟你说，机不可失。铁三重申道。

何梅英虽认准了这个店，嘴上却说：你容我想想。

铁三急了：还想啥呀？

我不得跟王大吉说啊？

还没跟他说呢，你看什么房呀？责备的话一出口，旋即有丝笑容挂在铁三的脸上。

何梅英说：我知道你乐啥，美了吧？就跟你商量了。

打发走铁三，何梅英没回家，领着大宝去了菜市场。刚才大宝始终在跟前，何梅英突然觉得有些不妥，六岁的孩子会学话了，特别还走进过一间新鲜的屋子，万一回家跟王大吉冒出点什么，那还得了？

何梅英在街边的小摊前买了只棉花糖。盯着那个干瘦的老头拿着根细细的竹棍在机器上比比划划，轰隆隆的响动中，一丝丝柳絮飘起，很快缠绕成一团白白的云朵，大宝不停地咽下唾沫。

何梅英问：没吃过？

我妈说不卫生。

瞎说，啥叫不卫生？我小时候就吃这个。

大宝接过糖，伸出舌头，贪婪地舔了一口说：好吃。

好吃？

好吃。

何梅英蹲下身说：大宝，大娘跟你说啊，今天的事儿，就是刚才咱与铁大大去了那栋房子的事儿，回家不能跟你大爷说，听见没？

大宝认真地点了下头：嗯。不说。

能保证？

保证。

来，拉钩。何梅英伸出小手指。

大宝也伸出小手指。

拉钩拉钩，拉拉钩，大宝就听娘娘话，回去啥也不跟大爷说。

何梅英抱起大宝，笑了，活了四十多岁，她也有同盟军了，一时间感觉像喝了糖水。大宝趴在何梅英的身上也吃得起劲，不时将嘴边黏糊糊的东西往何梅英的肩膀上蹭。俩人母鸭领小鸭般咯咯地一路走去。

走了一段，眼看到家门口，何梅英突然停下脚步，说：超市一开，咱日子就好了，咱就能挣着钱了。挣的钱，一半，大娘都给你花，啊。

买棉花糖？

对，棉花糖，还有好多好多好吃的。

那我爸我妈呢？大娘给他们不？

给，也给。

大宝猛地亲了口何梅英。何梅英胳膊使劲揽了下，让大宝贴得更紧。即将动用那三十万，她心里还真不咋是滋味儿。

回到家，何梅英一直想找个机会跟王大吉说超市的事儿，几次心提到了嗓子眼儿，话就是说不出口。为了让愧疚之情降降温，何梅英第二天一早提议去游乐场。

因为是周日，大宝不用上幼儿园，何梅英告诉大宝可以玩个够。为表诚意，刚一进门，她先去买了三百块钱的游乐券。何梅英陪着大宝玩了过山车、激流勇进和转马几个项目，四十多岁了，何梅英还是第一次碰这些玩意。小的时候家里穷、孩子多，爹妈倒是带她进过类似的地方，但她只能看，玩的是双胞胎弟弟。搞对象的那两年，王大吉一般都是领她先吃饭再进电影院，吃饭是铺垫，电影院是主题，铃一响，灯一灭，王大吉的手便伸进她的衣服里，偶尔她也把手伸进王大吉的衣服里，可是不知道该往哪摸。何梅英提过一次游乐场，但这么光明的地方，王大吉是不会肯花钱的，有啥用啊？钱得花在刀刃上。

游乐券刚用了一半，却花不出去了。何梅英买雪糕回来，见大宝仍骑在王大吉的肩膀上看人弹钢琴。刚才从转马上下来，路过这片草地，大宝就被这架钢琴吸引，弹琴的是个穿白衣白裙的少女，因为围观的人多，大宝就让王大吉扛着他。何梅英举起雪糕，大宝说不吃，又让他抓紧时间玩剩下的项目，大宝说不玩了，哪都不去了。何梅英问，就看这？大宝眼不离钢琴点点头。嘿，省钱了。何梅英挥舞着手里的余票赶紧去退。退完票，又上了趟厕所，转回草地，大宝果然还在听钢琴，只不过从王大吉的肩膀上下来了，站在人墙的前排。两个大人一左一右一直陪着大宝，听了一曲又一曲，何梅英后来感觉脚都站得发麻了，提出离开，大宝却说什么也不肯走，直到过了午饭时间，王大吉嚷着肚子饿，强行把大宝拉走，还差点把他的眼泪弄出来。

这有啥好听的？

就是好听。

以前听过？

嗯，我妈还领我听过音乐会呢。

肉串，烤肉串，吃不吃？

听到肉串俩字，大宝才乖乖地跟着王大吉走了，却仍忍不住三步一回头。

肉串好，还是钢琴好？王大吉问大宝。

此时，三人已经坐进了大排档，大宝吃得正香，眼前摆了一堆撸下的扦子。肉串好，大宝说。

爱吃就多吃啊，以前没吃过吧？

没。大宝顾不上说话，又拿起一只鸡骨架。

你爸你妈尽整些没用的，王大吉抠了下牙，孩子乐意吃啥就得给啥。

就是，哎哎，何梅英看着大宝着急了，你别把骨头吐出来呀，都能吃，老酥老香了，试试，香不？

大宝嚼了口骨头说：香。

王大吉踢了媳妇一脚：去，再给我要两瓶啤酒。

何梅英不动地方。

王大吉瞪起眼睛：你去不去？

何梅英只好又去拎回两瓶原汁麦。

酒过三巡，王大吉蹿到烤串的小兄弟跟前，摘下他的新疆帽给大宝戴上，逗得大宝前仰后合。直到太阳西落，一家人才兴高采烈地穿过小街，在铁三的注目下回到了家。

何梅英见王大吉高兴，觉得时机已到，晚上给大宝洗澡的时候，就试探着说出超市一事。何梅英拿着喷头在大宝的身上来回地扫射：哎，小脚丫抬一抬，小屁股撅一撅。大宝尖叫着躲闪着，何梅英却突然冲坐在马桶上洗脚的王大吉说：我想开个超市。

啥？王大吉一直在打酒嗝，听了何梅英的话，突然止住了，你说啥？

开个超市啊。何梅英装出轻描淡写地。

偷钱去啊？

咱不是有点么，不够可以跟我妈他们借啊。

从前不借，现在就借了？

241

现在咱不是有孩子了么，像个家了，试试呗。

拉倒吧，你不光是你们家泼出来的水，王大吉站起身，转身将盆里的水倒进马桶，还是洗脚水。

看着王大吉的背影挪出卫生间，何梅英不但不恼，反倒舒了口气，好歹要办的事让王大吉知道了，就不算她何梅英先斩后奏，接下来她就可以具体实施操办了。何梅英欢快地加大水量冲向打了香皂的大宝：来了，来了啊……

大宝的尖叫一浪高过一浪。雾气也渐浓，欢快地漫出了卫生间。

这天晚上，大宝病了。何梅英给他洗完澡，就去包饺子，大宝不肯穿鞋，光着脚在地上跑，何梅英怕孩子着凉，连哄带吓地围着沙发转了几圈，算是把他按住，但大宝的脚还是不往鞋里伸。商量来商量去，大宝同意不再满地跑，而是踩在何梅英的脚上，跟着她一起包饺子。

这样的姿势让何梅英很惬意，不由自主地哼起小曲儿。擀皮，包馅，手里飞快地忙活，心里也不停地盘算那间超市。何梅英想，她一定要把货的品种上得全一点，有些东西，比如针头线脑，可以不挣钱，但是绝不能少了，为的就是让顾客一站购齐，平日里自己就是这样，谁家的货全进谁家的门，对了，还得卖熟食，十八里铺的熏肉一定得进点，猪耳朵，猪肘子，还有豆腐卷……何梅英越盘算越细，渐渐忘了身下的大宝，等到大宝喊肚子疼时，她一低头才发现，孩子的大半脚掌早就离开了自己的脚背，再一摸，冰冰凉。何梅英赶紧停下手里的活，灌了热水袋，抱起大宝进了卧室。

这一抱竟是抱了一宿。月亮升起来的时候，大宝也不让开灯，就蜷在何梅英的怀里说悄悄话。

以后可不能再着凉了，何梅英靠在床上，对怀里的大宝说，不光肚子疼，小牛牛也该坏了。

坏了，我就不尿尿。

你当小牛牛光尿尿哪？

那还能干啥？

何梅英一时不知说啥好。那，那，你太小了，长大了你就知道了，用处大了去了……说着去挠大宝的腋窝，大宝发出咯咯的笑声。

很快，大宝毛茸茸的眼睛显出困意，缠着何梅英讲故事。何梅英又拿出看家本事——《拔萝卜》。

拔呀拔，可是怎么也拔不动，他们就找来了小花猫；小花猫拉着小狗，小狗拉着老奶奶，老奶奶拉着老爷爷，可是啊，还是拔不动，他们又找来了小耗子。说着，何梅英看了眼大宝，是不是不咋疼了？小时候啊，我肚子疼了，我妈就这么搂着我，搂着搂着就不疼了。

不想，大宝说：我想我妈妈了，我妈妈什么时候能回来呀？

听了大宝的话，何梅英顿时睡意全无，后悔哪壶不开提哪壶，她没有正面回答，反问：在大娘家不好么？

大宝说：好，那也想我妈妈了，我妈妈什么时候能回来呀？等她回来了，我和我妈妈一起在这儿玩。

何梅英见大宝不依不饶，就道：你小姨不是说了么，等你爸你妈伤病好了，就回来了……快了，啊。

大宝的头向何梅英再次靠了靠，一只手搭在了她的乳房上，何梅英一愣，想起大宝是吃母乳长大的，她记得双胞胎弟弟也是这般大了还往她妈的胸脯上拱，要奶吃呢。

何梅英继续叨咕着：咱讲哪儿了？小耗子来了，小耗子拉着小花猫，小花猫拉着小狗……

被王大吉推醒时，已经是第二天早上。王大吉拉开窗帘，阳光刺得人睁不开眼睛，只听王大吉说：你手机也不开，电话都打到家了，你不要工资啦？

王大吉破例地送了一次孩子。大宝过继以来，始终都是何梅英接送幼儿园，但是今天，王大吉必须让步了，因为在这家保险公司，只要例会不缺席，即便任务完不成，也能拿到一定的基础工资。王大吉从来不跟钱过不去。

何梅英在王大吉的骂声里匆忙跑出家门，跑进公司大门。

年轻的经理冲何梅英开火，因为你，这会晚开了半个点儿。

何梅英抬头看了眼经理，一改从前的谦卑和讨好，小声嘟囔：家里有事嘛。

经理仿佛看到了新鲜事儿：何梅英都会顶嘴了？怪不得你拉不着保单，就你这副冤种样儿，谁爱搭理你？她突然提高了嗓门儿：告诉你，何梅英，这月你再完不成任务，就给我走人儿。

对方话音一落，何梅英转身便往外走。

她听见经理喊着：哎，哎，你干吗去？

何梅英停下脚步，回头冲着经理，瓮声瓮气地表达着她的意思：我完不成啊，我走人儿啊。

走廊尽头的落地窗闪着耀眼的光芒，何梅英朝着光芒走去。

她挥了下手臂，喊道：姐姐我受够了，不跟你们玩儿了。她的声音不但吸引了很多人探出头来，也把自己吓了一跳，长这么大，她还从来没这么大声说过话呢。过瘾。

真他妈的过瘾。何梅英觉得一股热浪要从胸膛喷薄而出，她要把她的快意与人分享。

下午从幼儿园接出大宝，何梅英领着他又去了昨天的那个大排档，不但点了好几种肉串，还要了一瓶酒。

何梅英止不住兴奋：吃，多吃点儿，今儿大娘高兴，大娘干了件大事儿，当了回人。她又递给大宝一串肉，以后咱高兴就来撸串子。

大宝不明白地问：大娘，你以前也是人哪。

何梅英笑了：傻小子，你还小，你不明白。吃吧，多吃点。她又冲老板说：酒给我启开。

何梅英给大宝也倒了一杯：喝过没？来一口，爷们儿嘛……

说着，她自己先干了一杯。大宝也抿了一口，辣得直伸舌头。何梅英哈哈大笑，干脆一把将大宝抱在腿上，娘俩同吃一块肉，同喝一杯酒。

看上去，好日子已经在向何梅英招手，可老话说的好，喝凉水花脏钱早晚是个病，还有句话叫，纸是包不住火的，反正，保险金一事，东窗事发了。揭露者是李家的人，大宝的小姨李宛童。

大宝过继后，何梅英见过这个女孩儿。那是一天下午，何梅英领着大宝从幼儿园出来去市场买菜，总感觉身后有人跟踪，开始因为作贼心虚她还不敢往后看，后来恰巧在一家理发店的镜子里发现竟是李家人,她便拽着大宝在一棵大树后闪了下身,结果与李宛童撞了个满怀。尴尬地寒暄过后,何梅英警觉地问对方有啥事。

李宛童支支吾吾地表示就是想看看孩子,说着蹲下身,轻轻地抚摸着大宝的脸蛋,眼泪像泉水一样奔涌。想小姨没?她问道。

大宝眨着眼睛。

想没呀?李宛童又问了一遍。

何梅英事后一直记得大宝的态度,大宝吞吞吐吐地问:不撒谎的么?没,没想……

就是这句话让何梅英一下来了底气,冲大宝说:告诉你小姨,我对你好不。

大宝看着何梅英:好。

何梅英说:冲你小姨说,在我们家待着有意思没。

大宝还是看着何梅英:有意思。

何梅英再次告诉大宝:冲你小姨说。

李宛童马上摆手制止,一把搂过大宝,免得孩子看着她的眼泪,何梅英真切地记得,她还向自己道了谢,感谢的目光真诚得让何梅英经常能回味起来。所以,无论如何,何梅英都不会想到,问题会出在这个看着单纯奶味还没干的小丫头身上。

事情来得很突然,毫无征兆。这天,何梅英正在解放西路的超市里考察,还像模像样地拿着个本子密麻麻地做着记录,先是接到铁三的电话,问考虑得如何,何梅英回复几天内签合同交款。跟着,王大吉的电话就打了进来,劈头盖脸地一句话:赶紧滚到我妈家。

何梅英没问咋地了，但她知道，出事儿了。大宝过继以来，王大吉已经不用这种口气说话了，肯定出了大事儿。

到了婆婆家，李家老太太和李宛童也在，再加上公公婆婆，四人齐齐地在沙发上正襟危坐。不等何梅英站稳，王大吉大喝一声：跪下。何梅英不动，站在后面的王大吉上前踹了一脚，何梅英腿一软，双膝着地。

钱呢？钱在哪儿？

什么钱？何梅英搪塞着。

王大吉将一张报纸扔在她的脸上：还想赖？你个损老娘们儿。何梅英不捡报纸也不敢抬头，难道三十万的事儿，还能登在报纸上？何梅英觉得汗毛都立了起来。李宛童上前一把扯过报纸：你不认字儿吧，我给你念。她点划着，前面咱就不念了，从这儿，2013 年，天天寿险推出了"一纸快赔"等一系列理赔服务，使受益人利益得到最大的保障，等等等等，这也不念了，往下，这，我市居民王某是一名六岁幼童，本月 2 日，其父母在去往海南前办理了人寿险，结果父母旅途中双亡，保险公司很快按其投保额度赔付三十万元，让孩子未来的生活有了保障……李宛童啪地将报纸摔在茶几上，你们公司的新闻、广告，没料到吧？偏偏这报纸就让我看见了，要想人不知除非己莫为。

李老太太颤着音：我问你，真有那三十万？

何梅英仿佛被浇了盆冰水，不抬头，也不吭声，咋会这样，咋会这样呢，何梅英想不明白，所有人都屏住了呼吸。见她默认，最先回过神的是王老头，他使劲地拍了下沙发，道：你们结婚这么多年，我们王家哪点对不住你，这种丧尽天良的事你都干得出来。

王老太太跺起脚：你说你，要长相没长相，要条件没条件，做个保险还得找亲戚帮忙，连个起码的孩子都生不了，我们大吉不也跟你过着么……真是没良心哪。

王大吉指着媳妇的脑袋：胆肥了你，还背着我独吞我弟弟的卖命钱。

何梅英虽不敢抬头，却接了话：我没想独吞。我对大宝好，我现在对他好，以后也会对他好。我就是想开个超市，我啥啥没有，啥啥不是，也干不了别的。将来挣的钱也给大宝花，养个孩子得不少钱呢……

王老太太说：将来？将来要是你赔了，这钱没了，你还不立马把大宝赶出去。

我没那么想，何梅英紧着回答。

王老太太痛惜地摇着头，指着儿子：你瞅你找的这个媳妇，家门不幸啊。

王大吉呼地站起身，上前扇了何梅英一个耳光。沙发上的四人一愣，但谁也没有阻止的意思，王老太太只表示让他们回去打，李宛童则在一片混乱中，表达了最关键的意思：大宝王家不能再养了，抚养权得归李家，同时交出那三十万。

何梅英趔趄着被王大吉揪回城北的小家，哆哆嗦嗦地从地板下翻出那张银行卡，王大吉一只手接过卡，另一只手朝何梅英的脸上挥去，直打得她鼻孔流血，口吐白沫，方才罢手，嘴里却依旧骂个不停：你个损老娘们儿，给老子丢大人了，你个王八生的杂种。王大吉像头公狮一样在屋里来回踱步，说：离婚，离婚，

248

这婚老子是铁定离了，离定了。二十岁老子就认识你，今年老子四十二，二十二年哪，老子就没看出来你这么阴这么狠。二十二年，老子找谁现在都生孩子了。儿子都比老子高了。守着你这么个不下蛋的鸡。离，明天就离……

何梅英缩在墙角，一夜未动。十几年前，那个妇产科大夫第一次宣布她不育时，她悲痛欲绝，仿佛天塌地陷、世界末日来临，可是今天这个晚上，悲痛都显得奢侈了。何梅英很想悲痛一下，浑身上下却找不到疼的地方，出血的鼻子不疼，打肿的屁股不疼，心也不疼，一点感觉没有。生不如死就是如此吧，何梅英想。大宝让李家直接从幼儿园接走，此时的家里静得掉根针都听得见，从前近二十年的家，也是俩人，咋从来没觉得这么静？孩子的喊叫就像炒菜的油烟，随着排风机飘走散去，敢情这一个多月做了个梦啊。

第二天天一亮，何梅英被王大吉揪着走出门，披头散发跟在这个愤怒的男人身后，听着他对离婚事宜的安排：我告诉你啊，房子，钱，你啥啥别要了，你给老子净身出户，连块肥皂都不能给老子带走。

何梅英停下脚步。

王大吉回头看了一眼：咋地？你还不服？那你就告去。看谁丢人。这事捅出去，唾沫星子都能淹死你。他使劲地揉了一把何梅英：我看你上哪儿去。打结婚，你妈你兄弟就没管过你。睡马路牙子去吧你。我让你损……

铁三从店里探出头，何梅英正好迎上他的目光，往常委屈的时候见着这个男人，何梅英总能掉下眼泪，可今天她却对他的关注视而不见，不光是铁三，在何梅英的眼里，这个世界都不存在了，或者说，这个世界存在还有什么意义呢？她何梅英啥都没了，三十万没了，未来没了。

在民政局办理手续时，办事员将两页纸交到何梅英和王大吉面前。王大吉拿起笔，气呼呼地问办事员：往哪签呢？

何梅英却不动手，嗫嚅着从嗓子眼儿里挤出一句话：钱不要了，咱还养大宝。

王大吉一愣，停下笔，扭头看何梅英：你说啥？

何梅英失魂落魄地重复了一遍：钱不要了，咱还养大宝。

王大吉想了想，扔下笔，也不看何梅英，骂骂咧咧地背着手走了。

可是，事情并不像何梅英想的那么简单，大宝现在在李家，不是想养就能养的。过了一个周末，礼拜一的上午，法院的传票送达王家，这有点出乎王家的意料，李家当真起诉了？他们不是知识分子么，知识分子咋还上法庭？王老太太打电话把这件事儿告诉了王大吉，却不允许他和何梅英踏进家门。何梅英不明白刑事和民事的区别，颤颤地问王大吉法院能不能把她扣下，王大吉说：扣下你也得去，咱都是被告。他说的"咱"是指他和何梅英两口子，还有他的父母，按传票上的说法，就是王嘉宝的祖父母。李家起诉的内容是，要回大宝的抚养权。王大吉朝何梅英唾了口唾沫，想养还养不成了呢。何梅英低眉顺眼地又热了壶酒放在桌上，自从事情败露，王大吉的酒量又大增，每次喝完了骑上媳妇就打。

转眼到了正式开庭的日子。何梅英低着头跟在王大吉的身后走进民二厅的大门，公公婆婆已经到了，何梅英刚要打招呼，听见大宝的脆声：大娘。循声看去，李家母女和大宝正坐在对面的长椅上，李宛童按住大宝，不许他奔向何梅英。何梅英瞥了眼跃跃欲试的大宝，对这个几天前还打得火热的孩子，此时此刻已提不起半点兴趣，但还是朝着他挤出一丝笑容。她用余光瞥了眼四周，偌大的房间，只有王李两家，显得空空荡荡。

法官就是在何梅英的打量里走进法庭，走上审判长位置的，他咳了一下，朗声道：李宛童起诉主张王嘉宝抚养权一案，现在开庭。这就开庭了？何梅英想，这么简单就开庭了？李宛童端起几页纸，何梅英听着她历数自己的罪行，手心里出了汗，他们会把她怎么样呢？门外不时地传来大宝的笑声，一个年轻的女法官正带着他玩弹子。

李宛童声泪俱下念完起诉书，王老太太不干了，坚持犯错的是儿媳妇，孙子今后可以由他们带，因为孩子姓王，姓王就不能离开王家。李家老太太冷眼相待，一言不发，法庭上只是王家老太太和李宛童的口舌之战。见争执不下，法官宣布休庭，半个小时后进入调解阶段。法官是一个五十几岁的男人，他说：我上有老下有小，从事法律工作二十几年，所以，无论从情从理，我劝你们一切以孩子的成长为重。民事以调解为主，争个高低上下没有用。王老太太和李宛童几乎同时说：咋没用？王老太太干脆表示：钱，你们李家管着，我们管孩子。李宛童直言：您这么大岁数您能管多久？这时，王大吉缓缓举起手，笨嘴拙腮地说：我跟我媳妇还接着养大宝，钱归李家管。王老太太长长地舒了一口气，很满意地看了眼儿子，也捎带着看了眼儿媳。可是何梅英却一直不敢吭声，生怕哪句话说不好，惹了李家人不说，再惹了法官。

两家争得面红耳赤时，法官却离席而去，再进来时，手里领着大宝，他蹲下身，说道：孩子，小姨家，大伯家，愿意到谁家你就跑到谁那去，去吧。大宝受到鼓励，松开法官的手，几乎没有思考，径直跑到王大吉的跟前，王大吉刚要咧嘴乐，大宝却往前跨了一步，贴到何梅英的身上。何梅英愣了片刻，立马端正了身子。不管咋说，这种时刻，大宝的这个举动还是让她在丈夫乃至在婆家人面前长了脸。法官乐了，说这个结果其实最好了，孩子可以有爸有妈，有利身心发育。李宛童腾地起身严词反对，李老太太拽了她一把，不容置疑地道：就这样吧。

出了法院，王李两家一行几人一同去了李宛童工作的储蓄所，将那三十万放在了她所在的银行，按照法院调解书上的约定，银行卡由王家保管，密码由王家掌握，但是李宛童随时监督，在大宝十八岁时交由孩子本人。一切妥当，李家老太太领着大宝走到何梅英和王大吉跟前，道：大宝是你们要的，既然要了就得负责。又冲何梅英单独说了句：人在做，天在看。李家母女便招手上了辆出租车。

王家五口没有坐车，王大吉跟着父母在前表达着得胜的喜悦。王老太太说：她何梅英认命吧，这下也好，三十万给大宝留住了，让她挣钱养活孩子去吧。几步之外的何梅英领着大宝一边走一边踢着石头子儿，大宝嫌她踢得不好，让她重踢，何梅英挑了块大的狠狠踢向垃圾箱，咣的一声，吓得三人齐回头。

你干啥？王大吉问她。

踢石头啊。

王大吉瞪了她一眼。

大宝像从前一样在何梅英身前身后跳蹿，时不时地还要把手伸进何梅英的手里，以前感觉像玉一样的小手，此时，何梅英却觉得像块木头，而且是没有刨过的木头，扎在手里烦在心上。从现在开始，这个孩子跟三十万没关了，没关了就是累赘了，婆婆说的对，以后她何梅英挣的钱一大半得花在他的身上啊，还要一天天地侍候他，管理他，这都哪跟哪呀？刚才法庭上在王家人面前吐了口气，可这口气吐出来又能咋地？受罪的日子在后头呢，何梅英想，李家怎么就同意了呢？

能解释李家老太太态度的，还是王老太太。后来的一天，王老太太恍然大悟，一拍桌子说：原来如此，她们想的就是三十万，压根就不是要大宝的抚养权。何梅英让婆婆这么一点拨，也明白了，李家打抚养权的官司为的就是各退一步，还真是斗不过臭老九啊。

对于眼前的局面，不但何梅英窝火，王大吉也不乐意，在父母面前挽回了面子，回到家，他就骂何梅英是个败家的老娘们儿，说当初如果何梅英将三十万摆在桌面，王李两家和气地一分，他们兴许还能落一半儿呢，现在可倒好，他踢了脚何梅英，毛儿都没了。何梅英正在切菜，她恨不得操起刀砍向王大吉。王大吉用黄瓜尾巴杵了下何梅英，又把话往回拉，说：告诉你啊，对大宝可不能差了，差了我要你的命。

何梅英带着一肚子怨气吃完了饭，到了该给大宝洗脚的时候，她关上卫生间的门，将大宝的脚按在水里，大宝像平日那样在盆里乱扑腾，试图浅溅出水花跟何梅英嬉闹，何梅英可没那份兴致，也懒得伪装，她严肃地不耐烦地放开手，一副你洗不洗的架式，大宝只好乖乖地不再乱动。何梅英糊弄了两把，拎过来抹布，端详了大宝半天，突然道：我这哪好啊？嗯？你小姨银行的，挣得多，你姥退休金也高。我这哪比得上她们哪？我跟你说，这往后的日子更难着呢，说不定哪天吃不上饭了。

何梅英突然的态度变化，让大宝摸不着头脑，他问道：大娘，是不是大伯欺负你？你很难过啊？

去去去，何梅英把大宝撵出门，插上门栓，回身坐在马桶上假装方便。何梅英想，我拉屎你们得让我自己呆着吧。

自己呆着的何梅英就想，这个春天咋这么倒霉呢？鸡飞蛋打，最后还留下这么一个罗乱。一辈子就这么过了么？本来钱就不够花，又多出这么一张嘴。

第二天一早，何梅英送大宝去幼儿园的路上，王大吉再次发飙，骂她牛逼个屁，没等咋地呢，工作先辞了，让她赶紧找活去。

何梅英嘟囔着：找啥活呀？

王大吉指着马路对面的人力市场：那头，长胳膊长腿儿就能干。

何梅英不想去：那都是农村人干的。

王大吉眼睛瞪得像灯泡：想过不？想过就去。我一个人养仨，喝西北风啊？

目送着王大吉走远，大宝问何梅英：你们为什么吵架呀？

何梅英没好气地说：为你。

大宝委屈地眨着眼睛：大娘不喜欢大宝了么？

何梅英手里拽着大宝，感觉到他的拉动，却不愿低头，她看着来往的车流，动了动嘴，终究没张得了口。

送走大宝，何梅英不得不去找工作，真要是在家闲起来，王大吉还不劈了她？她在人力市场转了几圈，因为第一次来，摸不着门道，竟然有人问她是哪片的，何梅英说：啥哪片？对方说：我们是二道水库的，你呢？何梅英笑了，合着擦个玻璃还得交份儿钱呗？我靠。何梅英想，自己一个城里人无论如何不该沦落到给一个农村人打工的地步。她转身走进一家家政公司。家政是城里人开的，她可以接受城里人的剥削，很快就谈妥了一份保姆的工作。签合同时，铁三的电话打进来，问她啥时交款，何梅英说超市不开了。铁三问为啥。

为啥？何梅英喊道，姑奶奶遭抢了。

何梅英的怨气一直带到晚上接回大宝，因为王大吉下班晚，她只能带着孩子去雇主家。活儿很简单，就是做一顿晚饭，待雇主一家老小吃完，她收拾妥当就可以回家。她把大宝安排在了门口，让他看书包里的动漫画册，然后一人在厨房叮叮当当地忙起晚餐。雇主家的厨房很漂亮，炊具都是那种锃亮的不锈钢，何梅英在商场见过，要好几千一套。和着嗞嗞啦啦炒菜声的是屋里哗啦哗啦的搓麻声，男主人今天的手气好像挺好，挺兴奋，何梅英想，这就是穷人富人的差别啊，靠。两个菜炒毕，户门响了，何梅英知道是女主人接孩子回来了，不等何梅英放下手里的大勺，就听外面有个孩子喊：王嘉宝。跟着是大宝的喊叫：洋洋。何梅英迈出厨房，看见了一个熟悉的身影。

洋洋跟大宝在同一个幼儿园同一个班，所以每天接送孩子，何梅英都能跟眼前的女人打照面，有时也寒暄两句，本来挺平等的关系，现在突然变成了你雇我佣，虽然女主人傲慢中保有着礼貌，何梅英还是羞得满脸通红，洋洋让大宝跟他进屋玩一会儿，遭到女主人的制止，要求他去二楼的琴房练琴，何梅英则留下大宝讪讪地回到厨房继续干活。

四菜一汤摆齐，主人一家吃饭的时候，忽听楼上传来刺耳的琴声，女主人一愣，放下碗筷上楼，何梅英也好像意识到发生了什么，扔下正在洗刷的锅碗瓢盆，出去一看，大宝果然不在门口。

看见突然出现的两个大人，大宝停下按键的手。女主人说：这是钢琴，不是玩具，不能乱动。女主人这时特别严肃，何梅英马上去拉大宝：不乱动，不乱动，你听着没？大宝却十分认真地对何梅英说：我不是乱动。何梅英使劲地拽了他一把：叫你别动你就别动。

出了主人家，外面已经漆黑一片，何梅英越想越憋气，本来已很丢脸，让大宝那几个手指头按下去，更是颜面扫地。她只好靠不停地数落发泄。

何梅英说：以后，你眼皮子可不能这么浅了，听见没有？不能谁有啥好东西，你都想碰，都想有。丢不丢人？咱没那条件，能吃上饭就不错了。明儿再去，绝不能乱动了。

我不是乱动。我会弹一个练习曲，我上过钢琴课，冬天开始的。

何梅英更烦：那也不能动。

大宝有点生气了：不动就不动。我妈妈说，旅游回来就给我买钢琴。我妈妈要找一个调音师，找他买。

你妈，你妈，你妈在哪儿呢？我还想找你妈呢，你妈回不来了，永远回不来了，回不来了……

大宝突然抽出手，愣怔着站在原地，不走了。

何梅英发现大宝的手没了，喊着：走啊。

可是大宝却没跟上来，何梅英扭过头，看见有两行泪从大宝脸上滚落。何梅英这才意识到，天哪，我这是说了什么呀。她伸手给了自己一个耳光，话已出口，收回是没可能了。

路灯的光幽暗清冷，正是乍暖还寒时，凉风阵阵打在脸庞，何梅英和大宝并肩坐在潮湿的马路牙子上，何梅英不看大宝也知道，他哭得一塌糊涂，这还是她第一次见到大宝的眼泪。

这是一个多么让人心碎的夜晚啊。

心生愧疚的何梅英说：大娘刚才说的是气话，你妈妈会回来的……她伸出手臂要搂一下大宝。

可是大宝摆脱开何梅英：你们都骗我，你们骗我，我要妈妈……

何梅英再次给了自己一个耳光，她无言以对，只能陪着孩子长久地坐着。天上飘起了小雨，何梅英起身要抱大宝，生气的大宝再次挣脱开何梅英，径直朝家走去。

第二天早饭时，王大吉看出大宝的情绪不高，何梅英也没敢说出原委，王大吉只向大宝确定一件事：她欺负你了？见大宝摇头，就放心地自顾蘸着大酱喝小酒了。

接下来的几天，大宝一直阴沉着脸，晚饭的时候照旧跟着何梅英去雇主家，但绝对不会再碰琴，坐在门口手里拿着画本，何梅英却发现他半天不翻页，楼上传来叮当的琴音，大宝的身子也跟着一晃一动的。他也没再向何梅英要妈妈，何梅英以为这段插曲就算翻过，可是一件意想不到的事情又发生了。

这天傍晚，何梅英气喘吁吁地跑进幼儿园，看见操场上大宝正被几个小伙伴攻击，他们说他：

你没妈没爸了？

他妈他爸呢？

离婚了。

不是离婚了。

都死了。

没妈没爸。

没妈没爸。

那个叫洋洋的男孩儿也在其中，不但说他没妈，还喊着：他后妈是我们家保姆，侍候我的。大宝低着头在伙伴的幸灾乐祸中狼狈地躲避着。

何梅英的火气噌地蹿上头顶，她冲上前，喊了声靠边，本想拉起大宝就走，却又突然驻足，一使劲单臂抱起大宝冲着孩子们说：谁说他没妈，我就是他妈。

还有你，何梅英指着洋洋，保姆怎么了？跟你那妈一个德行，牛啥呀？

大多孩子见了大人，都不吭声了，只有洋洋不服气地说：你是他后妈。

后妈怎么了，后妈不是妈呀？何梅英扯着嗓门，我告诉你们啊，我这个后妈比你们亲妈都好。

又有一个女孩儿壮起胆子问：那他咋没零食分享呢？

何梅英不明白：啥？

有个男孩插话：他后妈舍不得。

何梅英还是没听懂：你说啥？

孩子们一哄声地跑了。何梅英放下大宝，一把将洋洋拽过来，问他们说的到底啥意思。

洋洋对这个保姆没有一丝的畏惧：我们每天都轮流带零食到幼儿园，给其他小朋友分享。

何梅英不耐烦地问：都带啥呀？

洋洋的声音越来越大：一包薯条啥地。

何梅英问：一包？打开，给大伙吃？

洋洋气愤地点头：大宝不带，就分享我们的。

我靠，放开洋洋，何梅英的嘴里一直在骂，这帮小兔崽子，这帮小兔崽子。她越想越气，越走越快，大宝被她拉扯得趔趔趄趄地跟着。到了雇主家，何梅英梆梆地砸门，不等门完全打开，她伸上一只手说：这两天工钱给我。三言两语结了账，她点划着洋洋的爸爸道：牛啥呀，不用牛，你儿子光会弹琴没用，知道不？说完扭头拽着大宝就走，边走边朝地上吐了口唾沫：呸。她听见身后的男人骂道：神经病。

第二天一早，送大宝去幼儿园的路上，俩人先进了一次超市，何梅英推了把愣神的大宝：你们小朋友都吃什么？

大宝没动：大娘不是说上园前，不许买吃的么？

我就问你，他们都吃什么？

大宝扫了一眼，指向上好佳薯片。

何梅英从柜台抽出两只黑色的大塑料袋，将薯片扔进袋子里，一包，两包……她看了眼大宝：装啊。发蒙的大宝只好跟着往袋里装，何梅英嘴里一直数到二十二，然后扎紧袋口，结账。

到了幼儿园，老师看着两个黑色的大塑料袋也发蒙，何梅英告诉老师，他们班小朋友一人一包，说着，朝大宝的屁股拍了一巴掌，进去吧。看着大宝跳跃着跑上楼梯，何梅英长长舒了口气。六十块钱就这么没了，本来想买二斤牛肉的。

晚上，接回大宝时，何梅英已经在新的工作岗位上了。洗车工。这是王大吉给她找的，何梅英从幼儿园出来时正为自己的壮举得意着，王大吉的电话追了进来，让她赶紧去洗车行报到。何梅英朝电话骂道：看我喘口气，你他妈就难受是不。春天气温虽然转暖，但是春风依旧刺骨，何梅英的手隔着皮手套还是被冻得冰冰凉，雨靴里也溅进水，让她的脚也冰凉。接了大宝，何梅英领着他直接回到洗车行，按规定，她的工作一直要到晚上八点。

大宝坐在洗车房的椅子上，两只脚交替踢着椅凳，眼睛一直跟着正洗车的何梅英转。何梅英拧了下抹布，朝大宝走过去，问道：今天是不是够牛？

嗯。

何梅英苦笑着：牛就好。

大宝不再吭声，何梅英就陪着他默默地坐着，掂量着用什么话安慰他，可是搜肠刮肚也找不着一句恰当的，半天，她无奈地说：我说孩子，大宝，这啥事呀，都得过去。我知道你心里边不好受……

这时有人叫她：老何，来车了，来车了。

何梅英一边应着，一边又对大宝说：我得干活去了，我就不

260

哄你了，啊。

大宝还是不作回应。

何梅英于心不忍，又不得不走：我不干活，吃啥喝啥呀，对不对？她顺手操起一个计算器：你看，我给你算算啊，你呢，一个月托儿费一千一，吃饭，衣服，零食……她又按了下计算器，这时又有人喊她：老何，快点吧。

何梅英接着对大宝说：你再有个头疼脑热的呢？这一个月就小一千哪。我呢，一个月底薪五百。擦一台车提两块，你算算，我得擦多少台车？一天就得二三十辆啊。她最后按了个除法符号。

大宝只默默地看着她。

何梅英叹了口气：你自己慢慢想想吧，啊，啥事啊，想着想着就开了，我这些年都是这么过的，啊，乖乖的……

何梅英没再哄大宝，她累，累得啥也不愿意想，只想回家睡觉。再说刚才这么一算，她越来越清晰一个事实，合着月月就给这孩子赶网呢。她也以为时间是良药，日子长了，大宝慢慢好了，那件事就算过去了，可这天晚上回到家，偏偏赶上公公婆婆来访。王老太太见了大宝，一把拉在怀里，翻来覆去地查看；王老头虽然没什么动作，目光却一直钉在大宝的身上。何梅英不满他们的检查，细致挑剔得像在选妃一般，就躲在厨房剁肉馅，剁得十分卖力，仿佛要把不如意都剁进肉馅里。王大吉却倚着门对何梅英说：别拿菜板子杀气，啊。菜板子哪惹你了？

何梅英瞥了眼王大吉，听见婆婆对公公说："胖了，真是胖了，是不是？"何梅英小声对王大吉嘀咕：能不胖么，两天一顿丸子，猴子也能变成猪，麻秆子也能变大树。

你说这些有啥用啊？都是你自找的。

王老太太抚摸着大宝的脸蛋，问道：宝，你咋不高兴呢？咋地了？告诉奶奶。

大宝委屈地眨着眼：我妈妈爸爸回不来了么？

谁说的？你小姨不是说了么，等……

大娘，还有同学们，都说妈妈爸爸回不来了。大宝说着，眼泪又成串地往下淌。

王老太太马上招呼何梅英：老大媳妇，老大媳妇。

不等何梅英走到跟前，王老太太的食指已经指向她的鼻子：你成心不想让孩子好，是不是？

何梅英的声音像蚊子：我就顺嘴，顺嘴说出来的……

王老太太说：我看你就是故意的，明着虐待不敢，就来损招，看着他高兴，你就难受……

大宝的哭声一浪高过一浪：我要妈妈，我要妈妈。跟过来的王大吉不由分说，将何梅英推搡进北卧室。

何梅英抱住了头，想把脸埋起来，可王大吉还是抓住了她的头发，迎头一拳，何梅英的脸上再次挂了彩，对大宝的愧疚也让这一顿胖揍打得无影无踪。公公婆婆走后，大宝走进卫生间，对坐在马桶上的何梅英表达了悔意，他说：对不起，大娘，是大宝不好。这是他几天来首次跟何梅英主动交流，何梅英却无心迎合，揉了揉脸上的瘀血，心烦意乱赶苍蝇似地说：去去去去去。大宝见何梅英没脱裤子，就问为啥娘娘尿尿不脱裤。何梅英立起眼睛，咬着牙只吐出俩字：出去。大宝看了眼何梅英脸上的伤，凑上前道：大宝给大娘吹吹，好不好？何梅英只好低吼着：你出不出去？

反锁上卫生间的门，何梅英对着镜子往脸上擦风油精，她真恨不得有一天能骑在王大吉的身上，也打得他满地找牙。

王大吉的气也没消，始终揣在兜里，说不定什么事儿，他就能把这股气掏出来，撒在何梅英的身上，只要何梅英不高兴，他便乐在其中。就连去超市买东西这种小事也不例外。礼拜六的中午，三人一起去了彩票站旁边的小超市，本打算只买一瓶酱油和一块大豆腐，可大宝一眼盯上了一架玩具钢琴不放，王大吉要拉大宝走，何梅英这时说了句：看啥呀，看也不能买。王大吉立马松开大宝，拿起钢琴，问老板价格，听说八十，马上掏钱道：买了。何梅英说：月底了，啥叫月底了，就是见底了，不能买了。王大吉说：我拿钱。何梅英不乐意了：你拿钱不是咱家钱啊？何梅英抢过钢琴放回货架上，王大吉一把拽回去。何梅英看出王大吉的意思，问他：你就是故意气我，是不是？王大吉一仰头：对，咋地吧，又找抽是不？王大吉付了款，把琴塞进大宝的怀里，拉着他先一步走出超市，何梅英只好噘着嘴跟出去，大宝不时地回头，却被王大吉硬拉着无法放慢脚步。何梅英眼睛一酸，眼泪在眼眶里直打转，再一抬头，正好碰上铁三的目光。铁三说了一句话，虽然没出声，但从口型何梅英也知道他问的啥：又咋地了？何梅英的眼泪不争气地流了出来，看见前边的王大吉和大宝已经拐进胡同，何梅英索性踅进彩票站，问铁三：晚上你请我吃个饭，行不？铁三倒怕了，看着窗外，直撵何梅英走，何梅英说：瞅你个熊包样，请不请吧？

何梅英太想找个人说说话了。这世界上，除了铁三，还能有

263

谁呢？所以，小酒馆里，她一股脑地把该说的不该说的全倒了出来，从保险金说起，一直说到刚才的钢琴，听得铁三瞠目结舌。

三十万？我的天，三十万？铁三不敢相信自己的耳朵，直摇头，这事儿吧，咋说呢，这事儿你是胆太大了。不该瞒着人家一家老小，咋能这么干，咋能这么干……

咋不能这么干？

你这叫缺德。

我缺德？

缺德。

何梅英见铁三都不向着自己，便鼻涕一把泪一把地抹，铁三顺势去吃何梅英的豆腐，摸着她的手揉搓着，并劝她离婚。不提离婚倒罢了，一提这事何梅英就更来气：那你咋不离？媳妇一整就没影了，你咋不离？整天对我好，对我好，尽他妈用嘴。铁三让何梅英戳到短处，不敢再进一步，只好收回手。

往回走的时候，何梅英喝得东倒西歪，一想自己的日子人不人鬼不鬼，就跟铁三喊不想活了。铁三扶着何梅英说：想辙，想辙，把孩子弄走。也许铁三就是顺嘴应付一下这个绝望的女人，可是何梅英却当真了，夜晚的凉风一吹，她似乎看到了一丝方向和未来。

回到家，何梅英趴在坐便器上开吐，耳边全是王大吉谩骂的声音，骂够了，不等何梅英还口，王大吉推门便走，何梅英知道他这是去了婆婆家，就冲着门喊：滚，你们仨过去吧。说着话，扑通，何梅英趴在了厅的地板上。

迷迷糊糊的，何梅英感觉有人在拉她却拉不动，她挥着手不停地喊：别碰我，别碰我……一边喊着，两行热泪滚过腮边，滚落到地板上，一只小手轻轻地替她擦拭着……

何梅英醒来时，已经是第二天早上，她发现身上盖了条毯子，再一转头，又看见了大宝的小枕头和被子，这才想起昨晚似乎旁边一直躺着个人，她喊道：大宝，王嘉宝？

可是没有回应，何梅英只好起身，找了一圈没找到人。

这时，户门开了，大宝闪了进来，脖子上挂着何梅英的钥匙。

何梅英有些急，呵斥道：你干吗去了？你怎么能自己出门呢？你要是丢了，他们不得扒我的皮，要我的命。

大宝睁着一双大眼睛看了何梅英半天，从兜里掏出一卷钱，说把钢琴还给了超市阿姨。何梅英愣怔着，接过钱，心里很不是滋味了，又找不到适当的话，就盘腿看着大宝，问道：你给我盖的？

大宝点点头。

何梅英心里一热，却不想领情，只道：还真比狗中用了。

大宝说：大娘你不要哭了。

何梅英问：我哭了么？

大宝很认真地点头：哭了。

何梅英道：昨天晚上？胡说，我是大人，我又不是小孩，我怎么会哭。

大宝仍旧认真地表示：你真哭了。

何梅英看了眼手中的那卷钱，笑了笑，说：以后，我不哭了。那你也不要哭了，好不好？

好，大宝响亮地保证着跑远了，没有一丝的笑模样。何梅英看着他的背影，想起了铁三的那番话，是得想想辙了，活人还能让尿憋死？

拿定了主意，何梅英说干就干。铁三的彩票站也卖电话卡，何梅英买了一个新号，揣进兜却几天不肯放进手机里。真要行动了，她挥起的刀终是不忍落下，犹豫来犹豫去。最终让何梅英下定决心的那个夜晚，她正在擦车，趴在桌上写作业的大宝将书本合上，看向何梅英，观察她到了哪道工序。何梅英给车打洗液时，大宝也找了块抹布，跑过去，跟着一起擦。何梅英看了他一眼，没作任何反应，擦就擦，擦了才知道挣钱不容易。

大宝擦了一会儿，知道此时到了水冲的步骤，就跑去拎水管，结果沾满洗液的鞋子一打滑，摔在了台阶上，弄了一身水不说，脚也崴得生疼动弹不得，往家走的时候，何梅英只好把大宝背在了身上。有人见了，劝她打个车，何梅英拉着长音没好气地回道：没钱。大宝倒自在地趴在何梅英的后背，安然入睡。

月亮出奇地圆，马路也停止了白天的喧嚣，刚刚吐出嫩芽的柳枝在暖风里轻轻摇摆，按说这是一年里难得的美好夜晚，不凉不热，不急不躁，还有月光披在身上，可何梅英却无心欣赏这夜色美景，她越走越闹心，越想越生气，忍不住地叨咕：你说你怎么这么欠呢，你擦那几下管个屁用？这下好了，还得买膏药……哎呀，这月亮，还有个圆的时候呢，我这日子是圆不了了，你也圆不了了……她往上使了把劲儿，死沉死沉的：我这可真是给你们老王家当牛做马了，人家马四个蹄，我这马是俩蹄，俩蹄是走不动啊……

266

突然，何梅英背上的大宝咯咯地笑了。

何梅英一愣：你没睡呀？你趴得挺自在呗。

大宝又咯咯地笑。

何梅英蹲下身，放下大宝，也跟着笑了：乐了就好，再乐一个……

大宝再次咧开嘴，何梅英看到了多天不见的笑容，转身又背朝他：上来吧。

大宝说：我好像不疼了。

何梅英坚持着：不疼也背。

大宝重新趴回何梅英的背上，悠荡着两条小腿，何梅英如释重负地吐了口气儿，内心的斗争也就在这一刻有了结果。可以行动了。

第一步，何梅英回到家先用那个新号发了一条短信：作为一个邻居，我实在看不下去了，王大吉和他媳妇虐待孩子，对他一点都不好。孩子每天水深火热，你们必须得管了。发短信的时候，大宝正端着一只冲锋枪，向她啪啪地开火，何梅英偶尔还要停下划拉屏幕的手指头，迎合一下。最后，她轻点发送二字，接收人是李宛童。

第二步，在确定李宛童的跟踪后，何梅英开始了一系列的表演。行动从幼儿园开始，周二的傍晚，大宝从园里走出来时，何梅英将老师递出的书包直接背到了他的后背。

大宝问：为什么今天要自己背书包呢？

何梅英不回话，拉着他往外走。

大宝又喊沉，何梅英还是不吭声，瞥了眼远处躲在树后的李

267

宛童，使劲拽大宝的胳膊。走了一段路，大宝蹲在地上耍赖，干脆不挪步了，嚷着：背不动啦。

为了让李宛童听得到，何梅英突然大声喝道：背不动也得背……

大宝被何梅英的态度弄蒙了，蹲在地上看着她不起来。

起来，起来，你听见没。何梅英甚至抬腿踢了大宝的屁股。

大宝哭了：我背不动嘛……

何梅英说：你的书包，你不背谁背？赶紧起来。

大宝再哭，何梅英一把将他拎起来，拖拉着前行。直至上楼进了家门，才扯下书包，摸了摸大宝的肩膀，问：书包那么重，疼不疼啊？

大宝点了点头，又摇头。

何梅英又问：生气了？

大宝点点头，又摇头。

何梅英说：不生气？

嗯。

为啥？

不知道……

何梅英心里过意不去，晚上就给大宝多做了两个菜，不停地往他的碗里夹，王大吉以为何梅英是迫于自己的威慑，就端着酒杯得意地欣赏着媳妇的一举一动。然而，何梅英的表演才刚刚开始，接下来的几天，她变着花样地展示着对这个六岁孩子的怠慢，她知道，李宛童一直在跟踪、窥视她。两人的交锋是在礼拜五的早晨，何梅英临出家门前，叮嘱大宝待她离开了一会儿，他再出门，并且只许远远地跟着，不许靠前，不许喊叫。大宝乖乖地点头答应。

何梅英知道大宝不会走丢，连钢琴都退得了，还能不记得路么？所以她大步流星地朝前走，走出小区，走过小街，眼看走到了马路边上，她犹豫要不要回头看下，起码等着他一起过马路，可又一想，一旦放慢脚步，前边所做岂不白费？正不知如何是好时，一个人影噌地蹿到跟前，拦住她的去路。

这不是他小姨么。干啥呀，你挡我道干啥呀？

李宛童愤怒了：这么小的孩子你不领着他？

何梅英嘴上说着：我们家的事不用你管。手就去扒拉对方，李宛童也用力地扯何梅英的衣服，两人撕扯起来。

李宛童指着何梅英说：告诉你姓何的，我都跟了你好几天了，你太不像话了，对大宝一点人味儿都没有。别的倒可以忍，你不领着他，丢了怎么办？

这么多天，丢了么？她冲跑过来的大宝说，告诉你小姨，你是不是自己还出来过一次。

李宛童难以置信地问大宝：你自己出来过？

大宝很骄傲地说：嗯，自己又找回家去了。

李宛童指着何梅英：那她在干什么？

大宝说：喝酒了，吐了。

李宛童咬着牙：真行，真行，我服了……咱走着瞧。

何梅英目送李宛童的背影走远，嘴角撇出一丝笑意，恰好铁三奔到跟前，铁三本是来劝架，见曲终人散，先替何梅英舒了口气，哪想她微微翘起嘴角，就莫名其妙地问：咋回事？何梅英骂了一句：滚。

果然如何梅英设计，法院的传票再次送达王家。王大吉气急败坏，在电话里跟母亲咆哮："她们这不是瞪眼说瞎话么？眼看着大宝胖了，高了，天天乐呵地。不怕，让她们告去。啥证据，她有啥证据？放心，大宝还是咱的。没天理了呢。啊，钱看起来了，孩子还要抢走。老李家也太不要脸了……让她告，她不告我，我还要告她呢，诬陷罪……"

何梅英却不管王大吉，凭他在外面怎么吵，她在大宝的房里收拾着东西。一切妥当，她拉过大宝，蹲下身和颜悦色地说：大宝，过几天，那个法官，就是上次那个伯伯一准还要问你跟谁过，你上你小姨那头，听见没？

大宝眼里空落落地看着何梅英，不表态。

你是好孩子不？

大宝点头。

听大娘话不？

大宝又点头。

那明天就按大娘说的办。

大宝只好再点头。

何梅英站起身，在屋子里绕了一圈儿，转回一直盯着自己看的大宝身边，小声地补充着：不是我不养你，啊。这个家，这个家，你自己长眼睛你看得一清二楚，我跟他……她指了指门外，接着说：没你的时候，我们都活不好，你来了，我们活不好无所谓，关键是耽误你成长。什么，月光族啊，吃了上顿没下顿哪，寅吃卯粮啊，就是说的我们这种人。懂不？

大宝似懂非懂地点点头。

你也不一定都懂，你以前跟个少爷似的，这些啊听不懂。听不懂没关系，关键是，你得知道，我是为你好，知道不？不兴记恨我，知道不？

大宝认真地点点头，何梅英拍了拍大宝的脸蛋儿。

开庭的时候，李宛童不但出示了那条短信，还摊了一堆偷拍的照片，证明王家特别是何梅英对大宝没有尽到抚养、看护的责任。看来李家这回是动真格的了。因为李家此次只有一个主张，即要回大宝的抚养权，而王家也历数了李家的种种不利因素，法官最后判决，大宝由王李两家共同抚养，两家每年各半年，先在李家半年，再回王家半年，如此直到他十八岁。王大吉对此很不满，追着法官不停地问：凭啥呀，凭啥呀？法官还是那个法官，虽然保持着一贯的和蔼，却流露出明显的不屑，你说凭啥呢，那么小的孩子……剩下的话，他很有分寸地咽回了肚里，站在楼梯口的王老太太看着李宛童领着大宝渐渐走远，眼泪就噼里啪啦地往下掉。突然，他们看见，大宝松开小姨的手，朝这边跑来，王大吉乐开了花，刚要张开双臂迎接，不想大宝直奔何梅英跟前，搂着她的大腿，哭了，说：大宝不想听娘娘话了。李宛童和李家老太太上前怎么规劝，大宝硬是抱着何梅英的大腿不松手，王大吉欢呼着扛起大宝就往法院外跑，只扔给法官一句话：不用劝我了，你劝老李家去吧。

到了家关上门，王大吉立时变了脸，骑在何梅英的身上，用鞋底开始猛力地抽，一边抽一边骂：败家老娘们儿，那短信是不是你发的？

不是，不是……

撒谎？我叫你撒谎，我叫你撒谎。王大吉抽得更用劲了。

何梅英拍打着床：你打死我吧，打死我吧，我不想活了。

王大吉又问：是不是你发的？

何梅英突然大声地喊道：是老娘发的，咋地吧。你打死我吧。

王大吉一听这话，咬着牙：我就打死你，打死你个败家的玩意……

这时，王大吉突然觉得后腰一阵酸疼，啊地叫了一声，回头一看，是大宝拎着一个擀面杖站在床下，插着腰，俨然一副战士的样子。王大吉举着鞋比划着大宝：小兔崽子，小兔崽子……何梅英趴在床上，哇地哭出了声。

何梅英哭到了天黑，让王大吉一脚踹下床。做完了饭，她拿起手纸去给大宝擦屁股，坐在便盆上的大宝手里也不闲着，架在小桌上写着什么，见何梅英进屋，又马上收起折好，何梅英没心思管他，关上卧室的门，问道：你为啥呀？跟你小姨走就走了呗，你回来干啥呀？

大宝听到责备，有些不知所措。

何梅英又跟了一声：啊？

大宝意识到大娘生气了，不敢看她。

啊，我问你话呢，说话呀。

大宝嗫嚅：我想跟你在一起。

何梅英炸了：为啥呀？为啥呀？

大宝看着发火的何梅英不敢说话了。

何梅英指着大宝的脑袋：我真该头天晚上抽你一顿，扇你俩

272

耳光。这还大鼻涕沾身上，甩不掉了，是不是？

大宝却笑了。何梅英狠狠地瞪了他一眼，擦屁股时也不觉用了点劲儿，疼得孩子直喊。

第二天早晨，王大吉像什么也没发生过一样，吆喝着何梅英和大宝一起出了门。

何梅英哭了一宿，哭得浑身酸疼，就跟王大吉叨咕：这驴拉磨不得有个休息日呢。你就不能管一天，送一次幼儿园，再不接一次，让我歇歇呀？

王大吉看都不看何梅英，说：问题是，你连驴都不如。你咋还能跟驴比？

何梅英生气地站下脚步，手里牵着的大宝也跟着站下脚步，王大吉自顾继续朝前走，嘴里嘀咕着：驴都不如还要跟驴比。突然，何梅英愣了，她看见王大吉的后背上贴着歪歪扭扭的三个豆腐块大小的字：大坏蛋。

何梅英不由得乐了，低头看大宝：你干的？

大宝挺直了腰，十分骄傲：嗯。

何梅英又去欣赏那三个字，还有王大吉得意的步态，哈哈大笑起来：干得好。

王大吉回过头：你有病啊？

何梅英笑弯了腰：王大吉呀王大吉，群众的眼睛是雪亮的。

说着，她扛起大宝往前跑，跑到王大吉的前边，回身冲着他说：姓王的，你再欺负我，有人替我作主了……她欢快地在原地旋转起来，大宝也在她身上发出咯咯的笑声。活了半辈子，何梅英的心里还从来没这般欢快过，她使劲地在大宝脸上亲了一口。

273

可是亲归亲，日子还是不能这么过，凭啥呀，苦巴苦业地养活这么个孩子。那句话叫有心栽花花不开，无心插柳柳成荫。何梅英万没料到，就在她百思不得其法时，甩掉大宝的机会说来就来了。

一日傍晚，铁三喊住路过的何梅英，要请她吃饭，要说吃饭也没啥欢快的，可是铁三趴在她的耳朵边说了句：生日快乐。何梅英吓了一跳，铁三说：我看过你身份证。被一个男人记着生日，细想也没啥欢快的，找机会套近乎呗。何梅英说：不去。铁三笑着低声道：我送你一个大礼。何梅英白了他一眼：扯蛋，房子还是车呀？

铁三当然没房子也没车，西餐厅里，他从内衣兜掏出一个小本本推到何梅英跟前，上面印着离婚证仨字。铁三问？这礼够大不？何梅英打了个激灵，说：这叫啥礼？跟我有啥关系？铁三看了眼坐在一旁的大宝，埋怨何梅英不该把孩子也带来。何梅英挺直了腰杆，搂了把大宝，说：自己人，向着我。

铁三眼睛一亮，低声道：不明白？你也离呗。他又往何梅英跟前凑了凑说：完喽，上北海，那边的开发区老多做买卖的机会，我弟已经在那儿了，给我相中了一个地方，也办彩票站，店都兑好了，说话咱就得去。

何梅英端详着离婚证，刚刚活分的心旋即冷却下来：不能离，还得让我侍候老的小的呢。她白了眼正喝饮料的大宝，将离婚证放回桌上推回到铁三手边。

那就私奔。

铁三的话让何梅英倒吸了一口气，紧张地看看四周。

啥?

私奔。

天啊,何梅英的心狂跳不止,这是一个多么令人兴奋的时刻啊,一个男人要带着你远走高飞,从今以后,再没有谩骂,没有暴力,没有这个非亲非故的孩子,开创一个崭新的日子……一杯,两杯……何梅英又喝高了,铁三不知从哪变出来一顶生日帽套在何梅英的头上。

何梅英少女似地低下头,羞红着脸说:长这么大还头一次有人给我过生日呢。

以后,我年年给你过,铁三替何梅英扶了扶帽子。

何梅英探过身,顺势倚在铁三的胳膊里,却突然意识到什么,说:大宝呢?大宝怎么没了?

话音未落,耳边传来断断续续《生日快乐》曲子,俩人循声找去,天老爷,大宝正坐在大堂的那架钢琴前,何梅英捂着嘴,不敢相信地挪过去,大宝用一根食指艰难地按着琴键,虽然有些跑调,但总还是那个熟悉的调调,跟过去的铁三一边拍着巴掌一边唱着:祝你生日快乐,祝你生日快乐……何梅英也借着酒劲高声唱起:祝我生日快乐……何梅英又哭了。

一曲终了,大宝不好意思地看着何梅英。

你真会弹琴哪?何梅英还是不能相信。

以前跟老师学过,没弹好。

何梅英搂过大宝,想,这可真是一个完美的生日,有男人,有蜡烛,还有生日歌,这辈子,她没给谁唱过这个曲子,更没人给她唱过呢。何梅英一直哼着,哼到了家,哼到了梦里。

第二天上午，何梅英正洗车时，铁三电话打进来，说：票买好了。何梅英问：啥票？铁三说：飞机票啊，今晚十二点一刻直飞北海。何梅英这才想起昨晚的事儿，看来铁三是当真啊，不是闹着玩儿啊。她也记起临走时，铁三要下了她的身份证，说干就干，说走就走啊？这是真的啦？何梅英扔下洗枪就往家跑，铁三电话里让她赶紧回家收拾东西，然后汇合。何梅英一路小跑，想着自己一个半老徐娘，要啥没啥，竟然还有男人一门心思要跟她过日子，激动得腿都发软。穿过小街时，何梅英突然站下脚步，彩票站竟已更换门面，此时，一个生鲜猪肉的牌子刚刚挂好，新换的老板里里外外地忙着打扫，看来铁三是早有打算啊。何梅英觉得一股暖流涌过全身，过电一样，当年跟王大吉第一次搂抱、第一次亲嘴、第一次睡觉都没有过这感觉啊。真好。何梅英飘飘然地就回到了家。

王大吉正在睡觉，昨晚他是夜班。何梅英蹑手蹑脚地将北卧室的门推开一条缝，酒气和着鼾声打在何梅英的脸上，何梅英朝王大吉的后背唾了一口，呸，此处不养爷，自有养爷处。她甩了下头发，挺着胸脯退回厅里，将衣柜的衣服收进旅行包，环视着这间生活了二十年的房子，现在干啥呢？对，大宝，还有大宝，大宝的事儿，她还是得管一下的。她进了大宝的房间，将那些散落的玩具和衣物一一收拾妥当，其实，她知道，要不了两天，这些刚刚归拢好的东西就会被打乱，那她也要最后替大宝收拾一下，毕竟这个小人儿跟自己有过这么几天的缘分呢。

房间拾掇好了，何梅英就进了厨房，打算最后给大宝炸一次丸子。正剁着肉馅，王大吉一声怒吼出现在何梅英的身后。

我跟你有仇是咋地？正睡觉，你给我剁这个。

大宝不是得吃么，你妈定的规矩。

王大吉看着一盆的肉馅：那你也用不着剁这么多。成心是不是？告诉你啊，再剁一下，我就把你当馅剁喽。

何梅英不想跟他起争端，立马收了手，已经剁好的馅足足炸了半小锅的丸子，何梅英拿出保鲜口袋，十个一袋地分好，装进冰箱的冷冻抽屉。

下午放学，照例是何梅英去接的大宝，没到最后一刻，她不想露出一丝马脚。往家走的路上，何梅英觉得该跟孩子道个别，但又不能明说自己要走，说啥呢？

大宝，将来呀，你肯定能有出息。别像我似的，垃圾一个。你得当人上人。何梅英蹲下身看着大宝被春风吹红的脸蛋儿。

大宝听不懂：人上边还有人？把人摞起来？

对，摞起来，比别人都高，就谁也不怕了。这句话，是何梅英发自肺腑的，她希望大宝能记住。

大宝似懂非懂地点了点头。

然后，何梅英又给大宝买了一根棉花糖，她还记得大宝第一次吃这玩意儿的表情，闭着眼，吧嗒着嘴儿，她希望大宝同样也能记住今天的这根棉花糖。

回到家，吃过晚饭，王大吉喝了几两小酒后倒头接着睡，何梅英趁此机会，赶紧将卫生间的化妆品整理好塞进一个双肩包。一扭身，发现大宝正站在厅里盯着地上那三个大大小小的包。何梅英问：你咋不睡觉？大宝不出声，何梅英拉起大宝进了南卧室，抱上床，一边拍一边哼着小曲儿，见大宝闭上眼，半天不动，才放心地退回厅里，坐在桌前从作业本上撕下一张纸，写道：王大吉，我走了，再也不回来了，别找我，回头，我就起诉离婚。

何梅英拿起写好的纸端详了半天，叠好，塞进事先准备好的信封内，又使劲儿压了压，左右找了半天却不知该放哪，最后就夹在了大宝的书包底下。她的手机又震动了，一天里，铁三已经催了她三次，这次，她没接电话，而是拎起地上大包小裹，悄悄地打开了户门。

夜晚的空气可真清新，何梅英狠狠地吸了一口，刚要掏出手机打电话，噌地，铁三从一个广告牌后蹿了出来，一边卸下何梅英身上的东西扛在自己肩上，一边埋怨她太啰嗦，何梅英说：啰嗦啥，都是换洗的衣服。

还带啥衣服，到了那边，我给你买新的。

何梅英空着两手看着这个背包落伞的男人，眼睛一阵潮热，铁三忙制止，行了姑奶奶，赶紧走是正事儿。

两人小跑着上了路边铁三早已雇好的出租车。何梅英感觉自己像一只燕子，即将飞往温暖的南方，去他娘的吉林，去他娘的王大吉，去他娘的王嘉宝吧……

机场的广播里用中英文反复播报着：女士们先生们，我们很抱歉地通知，因为大雾……

因为不能马上成行，兴奋的铁三有些着急，来回地踱步，何梅英看上去目光和心思却不知飘到了什么地方，铁三问了几次：你想啥呢？得到的答复都是，啥也没想啊。

一点半的时候，广播里传来可以登机的播报，何梅英却腾地起身要上厕所，铁三直跺脚：这么半天，早干吗了？

等了半天，不见人回，铁三赶紧去卫生间门口召唤，喊破了嗓子，喊来了保安，却没有何梅英的影儿，再打手机，传来关机的提示。

何梅英站在玻璃门外看着铁三疯了似地寻找，直到发现了她，扑奔而来。

后悔啦？铁三气喘吁吁地问。

何梅英不知说什么好，为难地看着铁三。

我都想好了，咱开一个小超市，你不就想开个超市么？咱开，你当老板娘，你不就想要这日子么？

何梅英低着头不给铁三一句话。

那王大吉不是打就是骂，你有啥舍不得的呀？铁三说着就去拉何梅英。

何梅英挣脱开铁三，咽了口唾沫，道：怕大宝的丸子不够吃。

你做多少他都有吃完那天哪。话音刚落，铁三就明白了，他仰头看了眼天，一只手将何梅英搂在怀里，何梅英在他的怀里呜呜地哭开了。

回到家的时候，天刚蒙蒙亮，何梅英拐过小街，就听见有个声音在喊：我在这儿，我在这儿……一抬头，大宝正趴在窗户的栏杆上激动地朝她挥舞，手里攥着那封信，大宝认识了很多字，不知他看没看懂一点点。何梅英想摆手，可两手都被包裹占据着，她就开始扭屁股，一边走一边冲大宝欢快地扭，眼里是未干的泪水。

半天，何梅英想起手中的玩具钢琴，这是她刚才路过小超市时买的。她放下所有包裹，打开钢琴包装，一只手胡乱地在琴键上划过，刺耳的声音在晨雾里弥漫开来。

春天、夏天转眼过去，秋天的时候，大宝上小学了。

清晨照旧是在王大吉的骂声和臭气中开始的。

何梅英背着大宝的书包，牵着他的手，一边走，一边叮嘱几点注意事项。

你现在是小学生了，那就是大孩子了，大孩子就得懂事了。中午就在学校吃，不许上外头小饭桌吃，学校便宜，小饭桌贵。咱没那条件，听见没？

听见了。

你们班五十多人，啥家庭都有，坐奔驰宝马上学的多了去了，你也不能比，咱只能驾步量，听见没？

听见了。

在班里不能跟同学打架，打坏了咱赔不起，听见没。

听见了。

……

目送着大宝走进教学楼，何梅英淹没在成群结队的家长中间。

图书在版编目（CIP）数据

头顶一片天 / 王可心著.——上海：文汇出版社，2017.5
ISBN 978-7-5496-2044-9

Ⅰ.①头… Ⅱ.①王… Ⅲ.①中篇小说－小说集－中国－当代
Ⅳ.① I247.5

中国版本图书馆 CIP 数据核字（2017）第 053959 号

头顶一片天

著　　者　王可心
责任编辑　朱耀华
特约编辑　甫跃辉
装帧设计　张志全

出版发行　　文汇出版社
　　　　　　上海市威海路755号
　　　　　　（邮政编码200041）

照　　排　南京理工出版信息技术有限公司
印刷装订　启东市人民印刷有限公司
版　　次　2017年5月第1版
印　　次　2017年5月第1次印刷
开　　本　889×1194　1/32
字　　数　155千
印　　张　9

ISBN 978-7-5496-2044-9
定　　价　35.00元